U0858543

侯传文 著

跨文化视野中的东方文学传统

青岛大学『东亚文学与文化研究丛书』第一辑

本书为青岛大学东亚文学与文化研究中心规划资助项目

中国社会科学出版社

图书在版编目（CIP）数据

跨文化视野中的东方文学传统／侯传文著．—北京：中国社会科学出版社，2014.12

（东亚文学与文化研究丛书）

ISBN 978－7－5161－5162－4

Ⅰ.①跨…　Ⅱ.①侯…　Ⅲ.①文学研究－东方国家　Ⅳ.①I300.6

中国版本图书馆 CIP 数据核字（2014）第 279728 号

出 版 人　赵剑英
责任编辑　宫京蕾
特约编辑　孙少华
责任校对　张依婧
责任印制　何　艳

出　　版　中国社会科学出版社
社　　址　北京鼓楼西大街甲 158 号（邮编 100720）
网　　址　http：//www.csspw.cn
　　　　　中文域名：中国社科网　　010－64070619
发 行 部　010－84083685
门 市 部　010－84029450
经　　销　新华书店及其他书店

印刷装订　北京市兴怀印刷厂
版　　次　2014 年 12 月第 1 版
印　　次　2014 年 12 月第 1 次印刷

开　　本　710×1000　1/16
印　　张　15
插　　页　2
字　　数　253 千字
定　　价　46.00 元

目　　录

上篇　文类研究

下篇　现象阐释

绪　论

比较文学视阈中的东方文学

作为一门学科，东方文学既是外国文学的一个分支，也是“东方学”的组成部分，与比较文学有着天然的联系。在我国，东方文学作为一门独立学科确立于20世纪50年代。为一个比较年轻的学科，东方文学在发展过程中始终伴随着困惑和争议，时至今日，其学科地位、性质特点、内涵外延等基本问题都还没有达成共识。有些问题在学科内部，随着学科的发展而逐渐解决；有些问题必须走出学科，才能获得更清晰的认识。比较文学就是一个很好的外部视角。

一　“东方文学”的建构与解构

东方文学是在东方各民族文学比较研究基础上建构起来的一门学科，其中“东方”这一术语的含义具有模糊性和不确定性，在我们国内和世界范围、在学术界和一般知识界都是如此。历史上，我们曾经称印度和阿拉伯为西方，日本为东方（或东洋），“郑和下西洋”去的就是阿拉伯和非洲。这是以我们中国为中心的地理方位概念。后来“东方”一度成为政治概念，指与西方资本主义阵营相对立的社会主义阵营，这样的划分也有地理因素，主要来自欧洲第二次世界大战后的政治格局，东欧大多是社会主义国家，西欧大多是资本主义国家。这样的“东方”概念也影响到学术界，如美国学者卡尔·魏特夫的《东方专制主义——对于极权力量的比较研究》，其“东方”就包括了俄罗斯、中国和一些亚洲国家①。作为一门学问的“东方学”的“东方”是一个文化概念，是相对于以古希腊

---

① 魏特夫：《东方专制主义——对于极权力量的比较研究》，徐式谷等译，中国社会科学出版社1989年版。

文化和基督教文化为传统的欧美而言的亚洲和北非，其中也有地理因素，即以地中海为中心的地理方位概念。用这样一个变动不居的概念来命名一个学科，似乎不伦不类。有学者声称：“‘东方’概念的本真意义存在于它的不确定的流动状态中，存在于东方文化与西方文化的交汇和互融的过程中。人类文化的不断发展和变化促使旧有的文化版图走向崩溃，并消解‘东方’和‘西方’这对陈旧的概念。”[①] 在他们看来，东方概念的流动性和不确定性，说明“东方文学”不具有实在性，也就是不存在一个总体性的、具有明确内涵和外延的东方文学。

作为外国文学分支的“东方文学”是与西方文学相对而言的。与西方文学的一脉相传不同，东方文学具有多元性。一般认为东方主要有三大文化圈，即以中国为中心以儒道文化为传统的东亚文化圈、以印度为中心以印度教和佛教文化为传统的南亚文化圈、以阿拉伯为中心以伊斯兰教文化为传统的西亚北非文化圈。每个文化圈都有自己的历史渊源，社会构成和文化特质，具有鲜明独特的个性。由于三大文化圈在地缘、传承和文化思想方面的独立性，形成东方文化与文学鲜明的地区性，即不同地区的文学在内容、形式和审美情趣方面都表现出很大差异。将如此具有深刻差异性的文学纳入一个体系，建构一个学科，是勉为其难的事情。许多学者甚至学生都质疑“东方文学”概念，认为只有印度、日本、阿拉伯、波斯等国别文学或民族文学，国别文学之上是世界文学、总体文学，不存在一个中间状态的“东方文学”。如果说在国别文学和世界文学之间还有中间层的话，这个中间层应该是与文化圈相对应的东亚文学、南亚文学、西亚北非文学等地区文学。这种地区文学就像欧洲文学那样，属于一个文化体系，有紧密的联系，是一个具有统一性的整体。如果说东亚和南亚地区由于佛教的沟通还有整合的基础，那么西亚北非地区与东亚和南亚的联系，还不如与欧洲的联系密切，缺乏整合的基础。为何非要建构一个相对于西方文学的“东方文学”呢？

实际上，作为文化和文学概念的“东方”（Orient）是一个舶来品，来自西方的“东方学”（Orientalism）。以东方文化为研究对象的东方学是18 世纪在西方建立并发展起来的一门学问，“东方文学”（Oriental litera-

① 王钦峰：《论“东方”概念的流动性——关于东方文学学科基础相关问题的思考》，载《外国文学研究》2003 年第3 期。

ture）就是这个“东方学”的一个分支。由于近代以来西方的社会文化发展走在了东方的前面，西方人居高临下看东方，所以在他们所使用的“东方”（Oriental）术语中往往含有贬义，以至于有学者主张不用“东方”这一术语，而将“东方文学”改称为“亚非文学”，相应地将西方文学称为“欧美文学”。然而由于约定俗成，在学术界，“东方文学”还是比“亚非文学”名称更为流行。

经过数百年的发展，西方的东方学取得了巨大的成就，也存在一些问题。阿拉伯裔美国学者萨义德在其后殖民主义理论代表作《东方学》一书中，以大量文学文本资料论证了“东方”作为西方权力结构支配下的概念所具有的文化和意识形态内涵，认为西方学者运用话语权虚构了一个野蛮、愚昧、丑陋、落后的东方象形，从而为西方对东方的入侵和殖民统治进行辩护①。这样的后殖民批评通过对西方的“东方学”的解构，颠覆了人们头脑中固有的“东—西方”二分结构，促成了“东—西方消解论”的产生。自20世纪80年代以来，“东—西方消解论”在西方和中国思想界都产生了很大影响。有西方学者甚至对欧洲、中国以及其他地方的知识分子“仍然继续使用东—西方这一术语”，感到迷惑不解②。这样的“东—西方消解论”事实上从理论架构上抽空了以“东—西”二分法划分文化的基础，也就是说，以东方和西方为划分标准的文学、哲学、美学和文化，都成了不具有实在性的“空中楼阁”。由于东方文学是“东方学”的一个分支，这样的对东方学的解构，也给东方文学研究带来了困惑。

以上对东方文学的质疑虽然不足以动摇东方文学的学科基础，但都有一定道理，说明东方文学研究的确存在学科理论上的薄弱环节，存在总体研究困乏的学术偏颇。

二　总体研究与比较研究

外国文学研究主要分为国别文学研究和总体文学研究两个层面，东方文学也不例外。与西方文学学科相比，东方文学的国别研究虽然也显得薄弱和不平衡，但相比之下，东方文学总体研究更为薄弱。上述关于东方文

① 爱德华·W. 萨义德：《东方学》，王宇根译，生活·读书·新知三联书店1999年版。

② 谢少波、王逢振编：《文化研究访谈录》，中国社会科学出版社2003年版，第29页。

学学科的质疑主要是总体研究方面的问题。从学理上说，东方文学学科的合理性关键是东方文学的统一性问题。我们认为，东方文学的统一性的基础是东方文化的统一性，而东方文化统一性的基础是东方社会生产方式的一致性。在文化统一性的基础上，东方文学在真善美的追求方面表现出一些不同于西方文学的特色。作为外在表现，古代东方文学在文体文类、主题母题等方面具有相通性，近现代东方文学在文学思潮方面具有相通性。这样的总体研究实际上是一种比较文学研究，包括了跨国的研究，即不同国别文学的比较；跨文化的研究，即不同文化圈文学的比较；跨学科的研究，即文学与社会、政治、宗教、哲学、伦理等相关学科关系的研究。

总体文学研究与国别文学研究应该是相辅相成、互相促进的。东方文学总体研究应该是在国别研究的基础上进行，但又必须超越国别文学，对东方文学的性质、特点、成就、意义进行总体概括。东方文学界的老一代学者如季羡林、朱维之等，既是国别文学研究的专家，又是总体文学研究的大师。作为东方文学学科的奠基人，他们在对学科进行顶层设计时，对东方文学的内涵、外延、性质、特点、成就、意义等基本问题进行了初步的概括。如季羡林先生在 1982 年为“全国高等学校东方文学教师讲习班”作了题为《必须加强对东方文学的研究》的报告，强调了东方文学及东方文学研究的重要意义，并对东方文学的内涵、范围和特点提出了建设性意见。就是在这个报告中，季先生提出了东方三大文化圈的观点，指出：“中古时期，东方形成三大文化圈：一是以中国为中心的文化圈；二是以印度为中心的文化圈；三是以阿拉伯为中心的文化圈。”① 后来季先生又主编了《简明东方文学史》，在《绪论》中他对“东方文学的范围”、“东方文学的特点——内容和发展规律”进行了专题研究和深入探讨②。这些概括不仅对东方文学学科具有奠基意义，而且对东方的国别文学研究具有指导意义。经过数十年的发展和几代学者的努力，东方文学研究特别是国别研究取得了巨大成就，在此基础上，有必要、有条件进一步对东方文学进行总体性的整合研究。这样的总体研究是东方文学内部的系统整

① 季羡林：《必须加强对东方文学的研究》，见陶德臻主编《东方文学简史》，北京出版社 1985 年版，第 4 页。后来该文以《正确评价和深入研究东方文学》为题在《辽宁大学学报》2004 年第 1 期再次刊发。

② 季羡林主编：《简明东方文学史》，北京大学出版社 1987 年版。

合。所谓内部系统整合，就是东方各国文学之间的比较研究，通过比较发现东方各民族文学的共同点和差异性。东方文学就是在东方各民族文学的比较中建构起来的一个学科，因此，没有系统整合，就没有东方文学学科的存在，同样，没有进一步的系统整合，东方文学学科也很难得到进一步的发展。

从总体文学与国别文学关系的角度看，东方文学总体研究其实就是比较文学研究。东方文学总体研究包括主题研究、文类研究、思潮流派研究、诗学研究等，都属于比较文学研究领域。

以东方古代戏剧文类研究为例，首先要梳理东方各国、各民族戏剧起源与发展的情况，对代表性作家作品进行具体分析，然后进行比较整合，发现一些共同规律和普遍特点。如在起源方面，东方比较成熟的戏剧并非直接源于某种宗教仪式，而是与宫廷或民间的娱乐活动关系密切，因而缺乏“严肃”的仪式基础，更加重视戏剧的表演性；在形式方面，注重表演程式；在内容方面，重抒情和表现；在审美方面，注重和谐。再如东方浪漫主义文学思潮研究，首先要梳理浪漫主义在东方各国发生与发展的情况，发现浪漫主义在东方发生的历史必然性，在对代表性的流派和作家作品进行深入细致分析的基础上，概括东方浪漫主义文学的特点，总结其文学史地位。这些都离不开比较文学的思路和方法。

从比较文学的角度看，东方文学总体研究不仅要以东方国别文学研究为基础，而且要以西方文学为参照。第一，东方文学是相对于西方文学而言的，每当总结探讨东方文学的特点和规律时，总是将西方文学作为潜在的比较对象。如上述关于东方戏剧起源的非宗教性是相对于西方古希腊戏剧的宗教起源而言，其非“严肃”是相对于古希腊悲剧的“严肃”而言，其重表演是相对于西方戏剧的重情节而言，其重和谐是相对于西方戏剧的重崇高而言，如此等等。

第二，东西方文学都是开放的文学体系，历史上有着互相影响和交流。特别是近百年来，西方文学的发展走在了东方前面，在文学思潮、文学理论等方面都领时代潮流，东方文学中相应的思潮、理论和方法往往是在西方影响之下产生的，既有与西方同类文学现象相同的一面，体现了世界文学的共同潮流；又表现出不同特色，体现了世界文学的多姿多彩。如东方浪漫主义是在西方浪漫主义影响之下产生的一种文学思潮，通过比较可以发现，东方浪漫主义既表现了与西方同类文学思潮的一致性，在表现理想、追求唯美、崇尚自然等方面体现了浪漫主义文学的共同本质；又在民族性、神秘性、感伤性等方面表现出不同于西方浪漫主义的自身特点。可见，如果没有与西方文学的比较，不可能进行东方文学的总体研究。

第三，近百年来，西方文学理论、文学批评和文学研究方法层出不穷。这些理论和批评方法不仅适用于西方文学，也同样适用于东方文学。不仅传统的社会历史批评具有普适性，一些后起的各具特色的文学批评方法，也不同层面、不同程度地适用于东方文学研究。如提倡文本细读的新批评、关注女性问题的女权主义、注重文学探源的原型批评、关注东西方关系的后殖民批评等。有些文学批评方法虽然产生于西方，但却特别适用于东方文学研究。如生态批评的出发点是面对环境恶化和生态危机，对以征服自然为特质的工业文明和人类中心主义的文化理念提出质疑和批判，追求人与自然和谐，这与传统东方智慧非常契合。前现代的东方文学虽然没有明确的环境和生态意识，但却在处理人与自然关系、人与人关系和人与自我关系方面积累了丰富的原生态智慧，值得进行深入挖掘。用西方理论阐发东方文学现象，属于比较文学的阐发研究，如果说单向阐发容易出现用东方作品验证西方理论的偏颇，那么，西方理论与东方文学的双向阐发，既有助于挖掘东方文学中长期被湮没被忽略的因素，又可以用东方智慧来丰富文学批评理论，使之东方化，有助于文学理论和文学批评本身的深化和发展。

第四，从学科的角度说，东方文学研究比西方文学研究起步晚，学科基础薄弱，需要借助西方文学研究的成果，通过比较加深对东方文学的认识。

三　大东方文学与中外比较

在国内学术界，不仅东方文学的内涵存在争议，关于东方文学学科的空间外延也有不同的看法，其中争议最大的是东方与中国的关系问题。最近，笔者与几位师友合作进行国家重大课题“东方文化史”研究，在课题论证过程中，是否将中国文化纳入，成为讨论的重点问题之一，以至于编写大纲几易其稿。有学者认为，中国文化是东方文化的重要组成部分，应该纳入东方文化史，甚至应该作为主要的立足点和参照系；有的学者主张将中国文化排除在外，理由是中国文化有专门的学科进行研究，而且国内坊间已经有许多“中国文化史”或“中国文明史”一类的成果，在“东方文化史”中再论述中国文化似乎多余。最终讨论结果是没有将中国文化作为重点研究对象，但在概论部分仍将中国文化纳入视野，进行总体观照。

这种分歧在文学研究领域尤为明显。从学理上说，东方文学应该是指包括中国在内的亚洲和非洲各国的文学，然而学术界对这一概念的使用却一直比较含混，有的以东方指代中国，将东方文学作为中国文学的代名词；有的将东方文学作为外国文学的一个分支学科，从而将中国文学排除在外。一般情况下，搞中国文学研究的，不管外国文学；搞外国文学研究的，不管中国文学，对概念、术语和范畴的使用也各行其是，这是学科划分越来越细的一个弊端。现有东方文学史教材基本上都对中国文学避而不谈，东方文学不包括中国文学，几乎成为共识。

关于东方文学学科的空间外延，笔者一直坚持大东方文学观。所谓“大东方文学”就是将东方文学作为一个整体进行总体研究，其中有两个要点：一是东方文学不应该是国别文学或地区文学的简单组合，而应该具有内在的统一性，否则就没有成为独立学科的理由；二是东方文学应该包括中国文学。中国地处东方，而且是东方大国，是东方学的重要研究对象。东方文学是东方学的一个分支，理应将中国文学纳入研究范围。一个西方学者研究西方文化与文学，一般不会把自己民族国家排除在外，同理，东方文化应该包括中国文化，东方文学应该包括中国文学，只有这样，才能对东方文学进行整体性和总体性的比较研究。

这样的大东方文学观体现了东方文学与比较文学的天然联系，这就是中外文学的比较。特别是东方文学的总体研究，必须以包括中国在内的大东方文学整体为研究对象，在研究东方文学文体、思潮等文学现象时，都应该将中国文学纳入视野，只有这样，才能对东方文学史上一些具有普遍性的规律、特点和问题进行具体深入的探讨。以东方小说文类研究为例，从印度的故事及源于故事的小说，到中国的志怪传奇，再到日本的物语，有一个东方小说文体发展的历时性序列，而且在文学史上出现了印度小说早生又早衰、中国小说早熟而晚成，日本小说后发而先至等值得关注的现象，从中可以发现小说文体产生和发展的规律，可以研究小说与故事的关系、小说与历史的关系、小说与说唱的关系、小说产生发展与创作群体的关系、与接受群体的关系、与语言载体的关系等相关问题。如果将中国文学排除在外，就不可能进行东方小说文体的总体研究。再如研究东方文学母题，无论是主要流行于东亚地区的伤春怀秋母题，还是在南亚和东亚普遍存在的轮回转生母题，都离不开对中国文学的观照。研究近现代东方文学思潮，从启蒙主义文学、民族主义文学到浪漫主义文学、现实主义文学，再到现代主义文学和社会主义文学，不谈中国文学，这些东方文学思潮的普遍规律和总体特点便无从谈起。

中国是东方大国，历史悠久，文明辉煌。无论是对外影响，还是接受影响，主要还是在东方。不仅是东方文学总体研究需要将中国文学纳入视野，东方国别文学研究也离不开对中国文学的观照。从比较文学的角度看，中国与东方各国文学的比较是一个丰富的宝库，有待进一步开发，这正是东方文学学者的用武之地。东方文学学者树立大东方文学观念，将中国文学纳入视野，既是学科发展的需要，也有助于扩大东方文学学科的影响力。因为这样的“大东方文学”研究，不仅有助于认识东方文学特点及其在世界文学中的地位和作用，而且通过多元对话和多方参照，可以进一步认识中国文学的自身特点和发展规律。基于东方文学与比较文学的亲缘关系，“大东方文学”所内含的中外文学比较，正是比较文学中国学派的重要标志。

四　东方大文学与科际整合

东方文学研究不仅要有“大东方文学”意识，而且应该走“东方大文学”研究之路。所谓大文学是与纯文学相对而言的。纯文学一直是我们文学研究的主要领域，已经取得了很大的成绩，功不可没。然而，不可否认，纯文学研究本身存在着局限性，而且随着时代的发展和研究的深入，其局限性也越来越明显，因此我们呼吁超越纯文学的大文学研究。

第一，大文学具有元文学的意义。无论东方还是西方，“文学”的本义都是大文学，即文史哲的互涵互动。这与人类文学历史的发展实际是相符合的，因为在古代文学发生阶段并不存在现代意义的纯文学，当然也不会有相应的语言表述和概念表达。文学是人学，这一命题有着元文学的意义。在人类进化发展的过程中，知情意三者是统一的，所谓“人学”就是人的知情意的表现。将哲学、历史作为求知的表现，将文学（诗）作为情感的表现，将伦理和法律作为意志的表现，这种划分在人类的认识史上是有进步意义的，在知识专业化的时代是非常必要的。然而这样的划分又有很大的人为因素，并非完全合理的，因为人的知情意三者并非互相隔离，而是互相贯通的，作为人性的三个要素并非分别表现，而是融为一体，集中表现的。天下大势，分久必合，知识划分过细的弊端已经为越来越多的有识之士所认识，知识综合的时代重新来临。人性是文学的常量，文学的深度和广度都是靠人性的标准来衡量的。知情意是人性的三个主要组成部分，是不可或缺而又不可分割的。单纯从情感出发的文学观念已经显得非常狭隘了，树立知情意统一的大文学观念，是人类元文学观念的回归，又是时代发展的必然趋势。当然，我们提出元文学观念的回归，不是简单的复原，不是回到文学史的起点，而是一种螺旋式发展，是否定之否定。

第二，文学观念的扩展是文学发展的必然结果。由于诗歌是最早成熟的纯文学文体，所以在东西方古代都是以“诗”表示纯文学概念。如古希腊亚里士多德的《诗学》，中国孔子的“诗学”，印度的“诗庄严论”等，都是狭义的纯文学的理论。随着文学的发展，文学也由最初的“诗”发展到散文、戏剧、小说，甚至电影、电视剧和新兴的超文本的网络文学。从某种意义上说，大文学是元文学的自然发展，是逻辑的必然。无论是文学史上，还是现实的文学创作和研究中，都有超越狭义文学或纯文学的大文学观念存在。在文学是语言艺术这样一个共识之下，各种文体的文章都可以纳入文学的范畴。哲理的思索、历史的探寻、社会的组织、日常的应用、人际的交往，无不追求美的语言表现，从而体现出文学意识和文学精神。文学成为一个最具有包容性的意识形态，文史哲神在这儿获得了统一。诺贝尔文学奖不仅授予纯文学的作家，而且授予哲学家和历史学家，也是这样的大文学观念的体现。

第三，大文学观念必然涉及文学与文化的关系问题。从某种意义上说，大文学就是由文学向文化渗透。文化是一个非常宽泛的概念，即使狭义的精神文化也包括了价值观念、哲学思想、宗教信仰、伦理道德、社会习俗、文学、艺术、教育、新闻等领域。从社会生活的角度看，文化指的是与政治、经济和军事等并列的文化事业。现代社会，经济中心和传播媒介的发达，传统的纯文学被边缘化，这已经成为无可奈何的事实。纯文学的研究也进入了象牙塔，与社会的相关程度越来越低，对社会发展的推动力也越来越微弱。纯文学的路越走越窄，与此相反，走出纯文学的大文学研究却大有作为。在现代社会中，只有体现大文学观念的文化，能够与政治和经济形成互动关系，成为并驾齐驱的带动社会前进的三驾马车。新的世纪已经来临，我们曾经展望过的“21 世纪是东方文化的世纪”即将成为现实。在这样的东方文化复兴的时代，重新发掘、阐释、传播和弘扬东方文化是我们的历史使命。在当今文明冲突愈演愈烈的时代，在全球化和本土化既矛盾对立又互相推进的时代，不同文明之间的对话成为时代的主题。纯文学的研究显然无法承担起这样的时代重任，因此从文学进入文化是时代的要求，时代呼唤东方大文学研究。当然，大文学不是泛文学，更不是泛文化，因而不是简单地从文学走向文化，而是以文化阐释文学，以文学解读文化，文学仍然是其立足点和最终归宿。

第四，大文学观念是文学性内涵和外延的拓展。大文学研究体现了文史哲互涵互动的学术思想，要对文学文本和文学现象进行社会的研究、思想的分析和文化的探源溯流，这些都是韦勒克等人所反对的“外部研究”，或非文学性的研究。韦勒克是英美新批评派的后期代表人物。新批评主张文本细读，认为文本是自足的本体，其内部的结构、语言、张力、冲突、悖论等，足以显示文本的意义，至于作家生平、主题思想、时代历史等，统统属于非文学性的外部研究。新批评的这些观点是一些反对大文学研究的学者的主要依据。然而英美新批评的形式主义倾向早已受到批评，西方文学理论也早已超越了新批评，建立在新批评理论之上的文学性观念也理应受到质疑。大文学研究的基础仍然是文学性，但我们认为文学性不是孤立存在的，文学文本、文学话语中不能没有社会文化的内涵。我们需要纯文学的内部研究，需要深入细致的文本分析，同时主张从内部走向外部。文学研究从内部走向外部，这是 20 世纪后期以来的大趋势。文学研究的多元语境和多重题域，不是对文学性及其审美特质的消解，而是文学性的更广泛更深刻的揭示；其外部研究与内部研究相结合的走向，也不是对文学性的削弱，而是对文学内涵和研究领域的拓展。而且，我们认为，文学研究不能没有文学性，但文学性不是其终极目的，更不是唯一的目的。文学是人学，是人性的表现，是人类的精神现象和精神家园。因此，人类的生存和发展才是文学的根本目的，而不应为文学而文学。在当今世界，人类面临诸多关系生死存亡的根本性问题，文学不能不有更多的外部关怀和指涉。

我们之所以主张超越纯文学的大文学研究，主要是基于东方文学的实际。东方文学史是大文学的历史。上古东方文学是世界文学的源头，它以其深厚的文化积淀，以多民族创造性的智慧，以人类童年的奇幻异想，产生了丰富多彩的大文学作品。上古文化具有浑然一体的特性，此时产生的典籍作为人类文化元典，都具有文史哲统一的特点，各种文化元素都在其中孕育和发展，既开出文学的花朵，又生出哲学和历史的智慧，还包含法律和伦理的规范。古埃及的《亡灵书》、两河流域的《吉尔伽美什》、印度的《吠陀》、古希伯来的《圣经·旧约》、古波斯的《阿维斯塔》等，都属于人类文明史上的文化元典，是各民族文化深沉厚积的结果。它们都是宗教的经典，又是各民族文学史上的经典，都具有文学、宗教、哲学、史学、民俗、伦理、法律等混合圆融的特点。如果说它们是文史哲统一，那么这个统一体就是宗教。其后的印度两大史诗、佛典、往世书等，同样蓄积了久远深厚的文化内容，作为文学作品具有鲜明的文化特征。这些经典著作对后世的影响是多方面的，不仅在文学的表现形式和表述方式方面，而且在民族性格、民族精神、价值体系和思维方式方面，都产生了深远的影响。这些作品都属于典型的大文学文本，是东方大文学研究的基本对象。

虽然中古时期纯文学已经成为东方文学的主流，但文史哲和宗教互涵互动的大文学现象依然存在。第一，中古时期，东方各国的宗教发展成熟，成为占统治地位的意识形态，不仅有非常丰富的宗教文学现象，如南亚地区的印度教虔诚文学，西亚北非地区的伊斯兰教苏非文学等，而且宗教对一般文学也产生了非常重要的影响。第二，一些后起民族的文化元典仍然是具有大文学性质的文本，如阿拉伯的《古兰经》、日本的《古事记》等，作为文学作品，它们也都具有综合性，包含丰富的宗教、民俗、神话、哲学、史学等方面的内容，具有鲜明的大文学特征。第三，中古时期东方各国民间文学比较发达，有些国家甚至以民间文学作品作为民族文学的代表作，如阿拉伯的《一千零一夜》、日本的《平家物语》等。民间文学蕴含了丰富的民俗文化，体现了深厚的民族特性，是民俗学、文化人类学研究的重要对象。第四，作家创作有许多是取材于上古的神话和史诗，延续了上古文学的大文学性质，如印度迦梨陀娑的叙事诗和戏剧、波斯菲尔多希的《王书》等。第五，一些纯文学的文本中也体现出深厚的文化精神。如紫式部的《源氏物语》，本身是一部杰出的长篇小说，但蕴蓄着深厚的日本民族文化精神，同时与中国和印度文化有着非常密切的联系。对于这样的作品，单纯地进行纯文学的研究也是不够的。当然，中古时期文史哲和宗教的互涵互动现象与上古时期有着很大的差别，如果说上古时期文史哲统一于宗教，那么中古时期东方各国文史哲和宗教的统一应该是统一于文学。

19 世纪开幕的东方近现代文学，当然有纯文学的现象，但由于社会文化转型的时代特征，使东方近现代文学更具有大文学的性质。从西学东渐到启蒙运动，从救亡图存到现代化的追求，都少不了文化论争。多元并举、众声喧哗，是近百年东方文学的时代特征，这些都不是纯文学能够解释和承担的。启蒙主义、民族主义、浪漫主义、现实主义、社会主义、现代主义等文学主潮，都不是纯文学的现象，而是与艺术的、哲学的、社会的、文化的思潮密切相关的。东方现代文学的大文学意义一方面表现为各种主义和学说在文学中的对话，另一方面表现为文学现象本身的社会文化内涵。如现代主义文学有社会发展的现代化的问题，有文化中的传统与现代的关系问题，有哲学思潮中的理性与非理性的问题，还有东方文化与西方文化的关系问题。另外东方现代文学在形式上主要与现代大众传播媒介相联系，报刊、广播、电影、电视、网络等大众传播媒介对文学的发展产生了巨大的影响，催生了许多新的文学性文体，报刊连载小说、新闻性纪实文学、小品文、广播剧、广播小说、影视剧、网络小说等应运而生。这些都不是纯文学的现象，都应该纳入大文学研究的视野。

从比较文学的角度看，所谓大文学研究，就是文学的跨学科研究，或者称为科际整合。体现科际整合的东方大文学研究可以从以下几个方面展开。

第一是在文学内容的研究方面，注意挖掘文学文本的超文学意义。比如《罗摩衍那》是印度文学史上“最初的诗”，是一个文学文本。然而我们的研究却不应该局限于其纯文学意义。史诗本身就是印度文化深沉厚积的结果，其在历史上也更多地起了伦理和宗教的作用，因此研究这部作品就要发掘其伦理学的意义、宗教学的意义、民族学的意义和文化学的意义。

第二是在文学研究的视角方面，多从文学之外的角度切入。比如在面对环境污染、生态危机的现实，生态文明建设成为当下最迫切的、关乎人类命运的头等大事，而印度文学中的森林书写，作为森林文明的产物，为我们提供了丰富的生态智慧。对《罗摩衍那》等印度文学经典进行生态主义解读，可以发掘其中人与自然关系中体现的自然生态智慧，人与人关系（包括雅利安与土著之间的民族关系、森林文明与城市文明关系、家庭关系、男性与女性关系等）中体现的社会生态和文化生态智慧，以及人与自我关系中体现的精神生态智慧，从而为当下的生态文明建设提供有益的借鉴。

第三是在文学现象的阐释方面，相信工夫在文学之外。文学不是一个自足的独立的存在、不是一个自给自足的现象。文学的现象往往不能用文学来解释，文学的文本也不能仅仅解释为文学现象。比如关于东方文学的统一性问题，是关系东方文学学科形成和发展的根本性的问题。在文学内部虽然也能找到一些相似或相同的现象，如文学母题的类同、诗歌的山水情趣、戏剧作品的程式化、大团圆结局等，然而这些都只是现象而不是根源，因而不能从根本上解决东方文学的统一性问题，而这一问题的答案必须从文化的统一性和社会生产方式的统一性中去寻找。同样，东方文学的差异性的问题，也必须通过东方文化的多元性，即东方三大文化圈的差异性来进行解释。

第四是在文学的比较研究中，不同文学的对话主要从文化层面进行。比如印度两大史诗与古希腊荷马史诗比较，实际上是两种文化的对话。面对基本相似的题材写出了非常不同的文本，表现出尚德与尚力的不同民族性格，不同的战争观、不同的伦理观、不同的命运观、不同的人生价值观，这些都是不同文化的体现。东西方文学的比较研究，东方文学中的中印文学、中日文学及其他各国文学之间的比较研究，他们之间的互相影响，都不仅仅是文学文本的问题，而是文化交流的问题。

总之，东方文学与比较文学有着天然的联系，从某种意义上说，东方文学是以比较文学为基础的一门学科，或者说，是在东西方文学之间、东方各国文学之间、文学与其他学科之间比较研究的基础上建立起来的一门学科。从比较文学的角度看，东方文学的发展还要继续借助于比较文学，同时，东方文学的深入研究，也必将有助于比较文学的发展。

上　篇

文类研究

第一章

东方神话

神话是人类远古和上古时期最重要的文化现象，是人类用想象解释自然和人类社会现象的创造物。19 世纪以来，神话学研究已经渗透到文学、历史学、宗教学、哲学、民族学、民俗学、文化学等人文社会科学的各个领域。东方神话以其深厚的文化积淀，以多民族创造性的智慧，以人类童年的奇幻异想，镌刻下永不磨灭而又不可重复的人类童年故事，是东方文学史上的第一簇奇葩。

一　东方神话现象

神话有广义和狭义之分，广义的神话泛指一切超现实的故事和形象，包括神的故事，英雄传说，仙人故事，鬼怪故事，灵异故事，神奇故事，等等；狭义的神话专指远古和上古时期初民创造的，以解释自然和人类社会现象为目的的神的故事。本文论述以狭义神话为主。

各民族历史上都有自己的神话，东方民族众多，因此神话也极为丰富。但由于各民族文明兴起的早晚不同，其神话在人类文明史上产生的影响、发挥的作用也有很大差异。本文论述的重点：一是属于上古时期文学现象的神话；二是对东方文学史和人类文明史产生重大影响的神话；三是属于原生性质的神话。根据这些原则，我们主要就古埃及神话、古代两河流域神话、印度神话、希伯来神话和波斯神话展开论述，另外从比较的角度涉及中国神话和希腊神话。

古埃及有 2000 多个神，以自然崇拜为主要特点，但大部分自然神已经人格化。其中影响最大的是关于太阳神“拉”和冥王奥西里斯的神话。拉神是开天辟地和造物之神，是埃及人崇拜的最高神灵。他在不同的时代和不同的时间有不同的名字，如阿蒙、阿顿等。法老自称是太阳神的儿子。太阳神既有作为太阳的自然属性，又有作为宇宙主宰的社会属性。

奥西里斯是史前时代的一位国王，曾经教给人们种植，类似中国神话传说中的神农氏。传说他的弟弟塞特将其杀死并篡夺王位，他的妻子伊西斯闻讯后哭寻丈夫，请求神灵让奥西里斯复活与其相会，后生下儿子霍鲁斯。儿子长大后为父报仇，与塞特鏖战。众神组成法庭会审此案。塞特矢口否认曾经杀死奥西里斯，并说霍鲁斯不是奥西里斯的儿子。伊西斯出庭作证，最后法庭裁决霍鲁斯继位为王。奥西里斯成为冥王，成为死者崇拜的主要对象，也是埃及上古文献、诗歌总集《亡灵书》中歌颂的主要神祇之一。奥西里斯的神话传说不仅在埃及家喻户晓，而且影响到两河流域以至希腊和罗马，许多类似的神话故事形成了“死亡—复活”的神话原型母题①。

西亚两河流域苏美尔人的神话处于自然神话阶段。苏美尔万神殿中的主要神祇有天神安、风神恩里尔、水神安启、大母神宁胡尔萨格等。安本是天界诸神的主宰，但后起的风神恩里尔取代了安的主神地位。恩里尔虽然是主神，但并没有绝对的权威。关于月神降生的神话说他由于以不正当的方式使少女宁里尔怀了孕，50位天神与7位命运女神讨论决定把他放逐到下界阴间。宁里尔要跟随丈夫一起去下界。恩里尔知道宁里尔腹中的孩子要成为月神，于是千方百计阻止宁里尔。但宁里尔还是来到阴间，生下了月神纳那。恩里尔为了拯救儿子，想出了一个顶替的办法。因为到了阴间的人要想返回人间，必须有别的鬼魂顶替他的位置，于是恩里尔与宁里尔生了三位阴间神灵，顶替他们一家人的位置，他们得以重上天界。安启是苏美尔神话中的重要神祇，先后被赋予水神、天地之神、创造之神和智慧之神的地位。作为水神，他不仅具有主管江河湖沼的权力，而且具有万物之初的意义，因为苏美尔人相信万物源于水。作为创造之神，他和自己的母亲应众神的请求，用海底的泥土创造出了神的仆人——人类，他还教会了人类农耕技术和驯养动物的方法。宁胡尔萨格是司掌人世的繁衍生殖的女神，是苏美尔人生殖崇拜的象征，也是人类文化中最早出现的生育之母形象。由于两河流域是人类文明的重要发源地之一，苏美尔神话对东方及世界神话的发展产生了深远影响，苏美尔神话的创世、洪水、人类起

① 弗莱：《文学的若干原型》，见胡经之等编《西方二十世纪文论选》，中国社会科学出版社1989年版，第382—383页。

源、文化肇始、灭怪除害、冥界末世等原型母题，无不具有世界性的意义。阿卡德神话直接继承苏美尔神话，又增添了一些本民族的神祇，如月神辛、日神沙玛什、生殖女神伊什塔尔等。

巴比伦神话是在全面继承苏美尔、阿卡德神话的基础上发展起来的。在巴比伦神话中，苏美尔、阿卡德人崇拜的主要神祇基本上得到保留，安启、恩里尔等神灵仍然受到尊崇，但他们的主神地位逐渐被巴比伦城邦的保护神玛尔杜克取代了。根据巴比伦创世神话《埃努玛·埃立什》记载，宇宙最初混沌无序，只有七首蛇提阿玛特盘踞在混沌之中。提阿玛特生下了众神。新生一代的诸神为了整顿宇宙秩序，反过来剥夺了提阿玛特的权力。提阿玛特暴怒之下率领混沌世界的妖魔与众神争战。诸神不敌，只好求助于更年轻的玛尔杜克神为他们解危救难。玛尔杜克以成为神界的主宰作为援救的条件。众神会议接受了他的请求，玛尔杜克便以非凡的神力杀死了提阿玛特。他又将提阿玛特的尸体撕为两半，一半造天，一半造地，接下来又创造了天上的星辰和地上的万物，还指导众神造出了人类。从此，玛尔杜克在众神拥戴下掌握了神界的最高权力。

巴比伦神话《伊什塔尔降入地下世界》是在继承苏美尔神话《印娜娜的地狱之行》的基础上创造的[①]。神话讲述的是植物和农业之神坦姆兹身陷冥界，他的妻子、掌管爱情与生命之神伊什塔尔前去解救。女神不畏险阻，连闯七道关口来到冥界，结果也被冥王扣押囚禁。由于伊什塔尔女神离开了阳界，世上一切生物都停止了繁衍生长，万木枯萎，百花凋零，动物不再交配，人类也停止了生育，大地上弥漫着愁惨和死亡的气息，自然秩序一派混乱。天上众神害怕人类灭亡使他们得不到祭品，便出面干预，终将伊什塔尔和坦姆兹两神救了出来。于是，万物复苏，大地上重新出现勃勃生机和繁荣景象。这一优美的神话故事被希腊人和罗马人借用，形成了关于阿弗洛狄忒和阿都尼斯的美丽神话[②]。

印度神话有三大系列，一是吠陀神话或婆罗门教神话系列，二是往世

---

① 两个神话故事均见李琛编译《古巴比伦神话》，湖南少年儿童出版社 1989 年版。

② 参阅詹·乔·弗雷泽《金枝》，徐育新等译，中国民间文艺出版社 1987 年版，第 474—476 页。

书神话或印度教神话系列，三是佛教神话系列①。吠陀神话主要记录在印度上古文献《吠陀》中，属于印度雅利安人最古老的神话，有些产生于他们从中亚南欧草原迁徙之前，因此其神话与属于同一种族的古波斯、赫梯甚至古希腊人的神话有相似之处。吠陀中的神一般分为天上诸神、空中诸神和地上诸神。天上诸神主要有天空神提奥、太阳神苏尔耶、主神伐楼那、密多罗以及他们的母亲——无限女神阿底提等。空中诸神主要有雷电神因陀罗、暴风雨神摩录多、风神伐由等。地上诸神主要有火神阿耆尼、酒神苏摩、死神阎摩等重要神祇。《吠陀本集》之后有梵书、森林书、奥义书等阐释性的典籍，称为吠陀文献，其中发展了吠陀的神话故事，婆罗门教——印度教的三大神大梵天、毗湿奴、湿婆开始出现，是吠陀神话系列向往世书神话系列的过渡。

“往世书”是一系列神话典籍的名称，卷帙浩繁，有大小各18部，内容主要是印度教三大神即大梵天、毗湿奴、湿婆的故事，形成往世书神话系列②。大梵天在三大神中名列首位，是创造之神。他的形象是有四张脸，面对四方，坐在莲台上或骑一只天鹅。他的妻子是文艺女神或称智慧之神，是从他的左手大姆指上生出的，因此也被认为是他的女儿。当他创造世界万物之后，却忘了创造死亡之神，结果万物繁殖，大地不堪负担。他后来生出一个女儿“死亡”，才解决了这个问题。大梵天在三大神中只管创造，威力并不大，且他慈悲为怀，不管对神还是魔，他都有求必应，结果造成许多麻烦，从此又衍生出许多神话故事。

毗湿奴是保护之神。他有四只手，分别拿着神螺、神盘、神杵和莲花。他有时坐在莲台上，有时躺在浮于海上的千头眼镜蛇上。他的坐骑是一只金翅鸟。他的妻子吉祥天女象征财富，是天神和恶神（阿修罗，又译为“天魔”、“非天”）共同搅乳海而产生的十宝之一。有关毗湿奴的神话故事很多，他的特点是下凡救世。他曾20多次化身下凡为动物或人，所以他的称号也极多。他最重要的化身一是大史诗《罗摩衍那》的主人公罗摩，二是大史诗《摩诃婆罗多》里的重要人物黑天。《薄迦梵往世书》

① 关于印度神话还有“史诗神话”之说。我们认为史诗是神话之后的一种文学文类，后面列专章进行研究。另外所谓史诗神话与往世书基本相同，印度两大史诗中的神话故事可以归入往世书神话系列。

② 往世书虽然成书时间较晚，约在公元7世纪前后，但其中的神话故事产生应该是比较早的，属于上古时期的文化和文学现象。

主要写了他十次下凡的故事。毗湿奴在《梨俱吠陀》中是一个地位不高的神，颂诗中说他三大步从地上跨到天上，后来成为太阳神之一，可能是表示太阳行程的三个阶段。这一细节后来演变成为一个毗湿奴下凡的故事。《侏儒往世书》说毗湿奴化身为一个侏儒，在天神和阿修罗争斗时，他提出让他跨三步作为天神的地盘。阿修罗看他是个侏儒，便答应了条件。结果毗湿奴第一步跨越人间，第二步跨越空中，第三步跨越天界，只将地狱留给阿修罗。

湿婆是毁灭之神。他的来历比较复杂，一方面是从《梨俱吠陀》中的一位空中神楼陀罗演化而来的，另一方面是从印度土著文明即印度河文明中的三相神演变而来。楼陀罗在原始神话中就有两面性，既是统治世界的暴君，也是治疗百病的神医。在吠陀后期，楼陀罗就被叫做湿婆，这是仁慈的委婉的别名。但湿婆又与考古发现的印度河文明的三相神的形象相似，有三面脸，三只眼，瑜伽坐姿，动物围绕等，所以湿婆又是苦行之神，又称百兽之王等。湿婆虽然是毁灭之神，但在往世书神话中，世界的毁灭往往与世界的再创造紧密相连，因而他也具有创造力。至今在印度各地受到崇拜的“林伽”石柱（男性生殖器的标志），就是他的创造力的象征。他有三只眼睛，第三只眼睛长在额上，能喷射火焰，曾烧毁三座妖魔城市。作为苦行之神，他终年在喜马拉雅雪山上修道，通过苦行获得最神奇的力量，因此他有极强大的降魔威力。当天神与阿修罗争战时，需要一位领军的战神，这位战神必须是湿婆的儿子。于是众天神请求雪山神女与湿婆结婚，但湿婆正在修苦行，无意婚配。爱神为了激发他的情欲向他射箭，被湿婆睁开第三只眼睛烧死。后来雪山神女通过修苦行获得湿婆的爱情，终于生出战神鸠摩罗。湿婆也是舞蹈之神，创造了刚柔两种舞蹈。湿婆的脖子呈青黑色，这是因为天神和阿修罗搅乳海时搅出了一种能毁灭世界的毒药，他为了拯救世界而吞下毒药，结果药力发作，脖子被烧成青黑色。所以湿婆大神的神性最为复杂，他既是毁灭者，又是创造者；既是苦行的模范，又是纵欲的神灵。

佛教是作为婆罗门教的反对派于公元前6世纪出现的，起初具有无神论的色彩，主要特点是承认婆罗门教系统的神的存在而否定这些神的权威，因而没有独立的神话体系。但随着佛教的发展，教主释迦牟尼不断被神化，特别是到大乘佛教时期，佛教神话越来越丰富，不仅有无数的佛和菩萨，还有来自婆罗门教——印度教神殿的天王和各种神灵。

印度神话非常发达，其原因主要有三个方面。一是印度宗教发达，而且是多神崇拜，每个神都有自己的来历和事迹，因此神话也就非常丰富；二是印度古代史学落后，与中国古代神话历史化相反，印度古代历史往往被神话化；三是印度古代书写材料不发达，传播方式主要是口耳相传，有利于神话的持续发展①。另外从民族性格上说，印度民族非常富有想象力。印度的文化主体即传统知识分子是仙人，他们远离社会，主要通过沉思冥想思考宇宙人生问题，是后期神话的主要编创者和传播者。

古希伯来神话主要表现在《圣经·旧约》中，其中的上帝创世、人类始祖失乐园、诺亚方舟等神话故事早已为人们所熟知。希伯来神话中上帝创世是用指令的方式进行的，这种指令性的创世方法完全是凭上帝的个人意志来实现，显示了上帝的唯一性和绝对性。整个希伯来神话就是围绕这唯一的神展开的。

伊朗古代神话主要见于琐罗亚斯德教圣典《阿维斯塔》和稍晚成书的巴列维文典籍《班达喜申》，另外，在菲尔多西的《王书》以及摩尼教经卷中亦有不少相关的内容。古伊朗神话以善恶二元的斗争为核心，代表光明、创造和至善的神灵是阿胡拉·玛兹达，同阿胡拉·玛兹达敌对的是其孪生兄弟阿赫里曼，他代表黑暗、死亡、破坏力和一切恶德败行。这组善恶有别的兄弟神之间的对立、争战过程，也便是世界创造和劫灭的循环周期。波斯神话中阿胡拉·玛兹达创世造物的顺序次第为第一造天，第二造水，第三造地，第四造植物，第五造牲畜，第六造人。这与希伯来神话非常相似。

中国上古神话不够发达，没有以神话为主的宗教经典，但在许多杂学著作和文学作品中，仍然保存了丰富的神话资料。比较著名的神话故事有盘古开天辟地、女娲抟土造人和炼石补天、夸父逐日、羿射九日、鲧禹治水等。

二 东方神话体系

各民族历史上都有自己的神话传说时代，都有书面或口头的神话传说作品，都有一个相对独立的神话体系。然而由于人类相同的进化过程和文

---

① 参阅季羡林主编《印度古代文学史》，北京大学出版社 1991 年版，第 186—188 页。

化传播的影响，各民族的神话又有许多相同或相通之处，形成了具有统一性的世界神话。比较神话学就是通过对各民族神话的比较研究，发现不同地区不同民族神话的相同和相异之处，从而探讨神话的普遍规律和不同民族神话的特点。比较神话学的出发点是类型研究，即通过比较发现世界各民族神话中结构和功能相同或相似的神话，从而归纳出各种神话类型。如依据产生的时代分，有原始神话和文明神话；依据产生的先后次序分，有原生神话和衍生（或次生）神话；依据传播方式分，有口头神话和书面神话；依据组织形式分，有体系神话和零散神话；依据存在状态分，有宗教神话和民间神话；依据内容分则更为复杂，根据不同的标准又有不同的分类。比较细致的分类如宇宙起源神话、人类起源神话、洪水神话、族源神话、天婚神话、天体神话、英雄神话、部落战争与古帝王神话、治水神话、文化肇始神话、生命与死亡神话等①。比较粗略的分类如起源神话、自然神话、社会神话等②。起源神话又称创世神话、推原神话、开辟神话等，主要是关于宇宙的生成和人类的起源的神话解释。自然神话是在万物有灵思想的基础上对自然现象的神话解释。社会神话则是对人的社会生活和人际关系的神话解释。尽管各民族各地区的神话多姿多彩，但基本上都不外乎这些神话类型。相同的神话类型，说明了人类文化的统一性。这一方面是由于人性的相通，人类具有相同的进化过程，特别是在远古时期，人类处在幼年期，还没有文化传承形成的文化分野，人类具有更多的相似相同的思维和认识方式。然而神话毕竟是一种文化现象，不同地区的不同人群在神话创造方面不可能是完全一致的，而且由于文明的传承和文化的整合，各地区会形成非常不同的神话体系。世界神话可以分成若干相对独立的神话体系，其中东方神话可以分成三大体系：一是以希伯来神话为代表的西亚北非神话体系，二是以印度神话为代表的南亚神话体系，三是以中国神话为代表的东亚神话体系。这些体系主要以不同的宗教形态表现出来。

神话与宗教的关系非常微妙。宗教主要包括信仰体系，即所崇拜的神灵；仪式体系，即祭祀仪规；神话传说体系，即对神灵现象和各种仪规的解释；以及掌握祭祀仪规并执行宗教任务的祭祀阶层和僧团组织。从这个

① 参阅陶阳、钟秀编《中国神话》，上海文艺出版社 1990 年版。

② 参阅王燕《东方神话概说》，见王燕编《东方神话》，河南文艺出版社 1998 年版。

意义上说，神话是宗教的重要组成部分，又不同于宗教。马克思主义经典作家对宗教都持批判态度，但对神话却非常赞赏。然而神话与宗教又的确是密不可分的，是互为表里的。甚至先有宗教还是先有神话，也像先有鸡还是先有蛋一样说不清楚。虽然一般的理解应该是先有神话，但正如卡西尔所说："在人类文化的发展中，我们不可能确定一个标明神话终止或宗教开端的点。宗教在它的整个历史过程中始终不可分解地与神话的成分相联系并且渗透了神话的内容。另一方面，神话甚至在其最原始最粗糙的形式中，也包含了一些在某种意义上已经预示了较高较晚的宗教理想的主旨。神话从一开始起就是潜在的宗教。"① 关于宗教的起源和发展次序，学术界众说纷纭，有自然神论、万物有灵论、星辰神话论、图腾论、巫术论、天帝论等②。一般认为，人类的宗教有一个发展过程，从最原始的万物有灵观念开始，经过祖先崇拜、庶物崇拜（或自然崇拜）、图腾崇拜、多神崇拜，最后发展到主神崇拜或一神教。（当然，并不是每个民族都必须经过这些阶段，实际上，有的原始民族已有"天帝"这样的高级宗教信仰，相反一些发达民族仍盛行自然崇拜和祖先崇拜。）宗教的本质是超越现实，是对具有超越性的神的信仰，神话则是关于神的故事。可以说，神话与宗教是互相阐发、同生共进的，在不同的层次和阶段上保持着统一性。从某种意义上说，宗教是神话的组织形式。正是经过不同宗教的整合组织，形成了东方三大神话体系。

西亚北非是几个世界性宗教的发源地。现存的源于该地区的宗教有拜火教、犹太教、基督教和伊斯兰教。所有这些宗教都是一神教。这种一神教系统有其自身的发展过程。上古时期古埃及和古巴比伦的宗教都是多神教，但已经出现由多神教向一神教发展的趋势。如埃及新王国时期埃赫那顿进行宗教改革，以阿顿为太阳神的唯一名号，宣布为唯一之神；巴比伦帝国时期宣布巴比伦城邦的保护神玛尔杜克为唯一的主神等。然而真正具有一神教性质的宗教是希伯来人创立的犹太教。希伯来人的故乡在阿拉伯半岛，他们曾长期在两河流域和埃及漂泊，接受了巴比伦和埃及文化的影响。公元前10世纪前后，希伯来国家强盛时期在耶路撒冷建立了豪华的神殿，祭祀本民族的主神耶和华。后来经过国家分裂和民族危机之后，一

① 恩斯特·卡西尔：《人论》，甘阳译，上海译文出版社1985年版，第112页。

② 参阅W. 施密特《原始宗教与神话》，上海文艺出版社1987年版。

部分仁人志士开始发起旨在社会和宗教改革的“先知运动”，提倡尊奉唯一的真神耶和华，犹太教正式形成。拜火教又称祆教，由波斯先知琐罗亚斯德于公元前6世纪创立。它脱胎于古雅利安人的自然崇拜，又吸收了西亚地区的一神教成果，其思想基础是善恶二元论基础上的一神论。阿胡拉·玛兹达既是造物主，又是主宰神，这种实质上的一神崇拜构成了伊朗上古神话精神的基本内核。基督教和伊斯兰教都继承了犹太教《圣经》体系，属于次生性的神话。它们与本地区的原生神话一起，共同构成一神教神话体系。

印度号称宗教博物馆，在印度产生的曾经发生世界影响的宗教就有5种，即婆罗门教、印度教、佛教、耆那教和锡克教，这些宗教基本上都是多神教。婆罗门教由雅利安人的原始宗教吠陀教发展而来。吠陀教的主要特点是多神崇拜，特别是自然神崇拜。各种自然现象和各种社会现象都有相对应的神，其中以自然神为主，日月星辰、风雨雷电、山石水火等都被神格化为崇拜对象。这种多神崇拜奠定了南亚地区多神教系统的基础。婆罗门教于公元前10世纪前后正式形成，主要继承了吠陀教的多神信仰，但已经由杂乱无章的多神信仰向有序的主神控制下的多神教演变。吠陀中众多的自然神仍然受到崇拜，但渐渐居于次要地位，世界的创造者“梵天”开始居于主神地位。后来，在吠陀中地位比较低的毗湿奴成为保护之神，具有土著文化渊源的湿婆成为毁灭之神，与创造之神大梵天共同构成三大神，成为婆罗门教——印度教崇拜的主神。印度教是由婆罗门教改革发展而来，除了三大神之外，吠陀教时期所崇拜的因陀罗、伐楼那等主要神祇仍存在于印度教的神殿，另外由于两大史诗和往世书的影响，毗湿奴大神的化身罗摩和黑天也受到印度教徒的崇拜。印度教除了三大神及其众多的化身之外，还有各种来源的无数神灵。佛教是作为婆罗门教的反对派出现的，但二者有着共同的文化渊源，在各自的发展过程中既互相斗争，又互相影响，以至于相互融合。佛教中不仅有无数的佛和菩萨，还有来自印度教神殿的天王和各种神灵。从神话学的意义上说，佛教、耆那教和锡克教的神话都属于次生性的神话，它们与本地区的原生神话一起，共同构成多神教神话体系。

东亚地区历史上有过许多宗教，其中最有影响的能够代表东亚文化特色的是产生于中国的儒教和道教。儒教和道教都源于春秋以前的中国上古文化，包括星占历算、祭祀仪规、医疗方技等一般知识和巫、史、卜、祝等知识阶层[①]。春秋战国时期诸子立派、儒道分家。儒教的信仰体系主要表现为天帝与天命信仰、圣人崇拜和祖先崇拜。这一信仰体系是儒家对殷、周宗教传统继承和改造的结果。殷商甲骨卜辞中的“帝”是一位至上神，他本是殷人的神话始祖，是宇宙的主宰[②]。周灭商后，周人自称受命于天，无形的具有道德意义的“天命”取代了有形的作为宇宙主宰的上帝，大大改变了中国宗教的发展路径和方向，以德配天、天人感应，成为儒教宗教观念的核心。春秋时期孔子进一步将宗教道德化，将神话历史化，但仍以天帝和天命作为信仰对象，只是关注的重心由天转向人，从而更具有人文色彩。汉代董仲舒将谶纬之学融入儒教，提倡天人感应，又将儒教进一步宗教化。作为后来道教思想核心的道家，主要吸收并发展了中国远古文化中宇宙、天象与人道互相推演的学术，天地人鬼世间万物同根一源的世界观，以及自然无为的政治社会理想。源于春秋战国盛行于秦汉的神仙方士为道教的兴起奠定了思想和社会基础。汉末至魏晋，神仙方士之学与道家思想合流，正式形成道教[③]。作为宗教，道教具有中国特色，其宇宙观和人生观的核心是天人合一，即天地一大宇宙，人身一小宇宙，二者的元素、成分、结构、功能等具有统一性。从崇拜对象方面看，道教具有多神教的特点，除了原始天尊、灵宝天尊和道德天尊三清之外，还有“三官”、“八仙”以及众多的星君、灵官及诸山神灵。儒教与道教互补，共同构成东亚地区天人合一的宗教体系，其神话也围绕着这样的天人合一宗教展开。

三　神话与东方文化

丰富多彩的东方神话是人类文明的曙光，是东方文化的源头。人是运用符号创造文化的动物。神话是人类童年时期认识和把握世界的一种方式，因而神话是人类早期创造的符号系统之一，是蕴含丰富的人类文化现象。东方神话与东方文化的各个领域、与东方文化的各种现象都有着非常

① 参阅葛兆光《七世纪前中国的知识、思想与信仰世界》，复旦大学出版社 1998 年版，第 125 页以下。

② 参阅陈梦家《殷墟卜辞综述》，科学出版社 1956 年版，第 58 页。

③ 参阅南怀瑾《中国道教发展史略》，复旦大学出版社 1996 年版。

密切的关系。

第一，东方三大神话体系奠定了东方三大文化圈的基础。[①] 比如从民族文化心理的角度看，东方文化有理想型、想象型和务实型，这在神话中已经有所表现。西亚北非神话中的复活和救世信仰具有理想色彩。在西亚北非神话源头苏美尔神话中已有理想之地的描述，巴比伦神话中有空中花园，希伯来人的《圣经》中，创造了一个没有自然灾害和社会矛盾的永恒完美的理想境界——伊甸园，成为人类乐园情结的典型代表，成为一种古老的具有普遍意义的神话原型。以佛教和印度教为代表的南亚多神教系统都有关于宇宙循环和生命轮回的神话，这是建立在想象基础上的。东亚神话不发达本身就体现了东亚文化的务实性，而其流传下来的神话也能体现出务实精神，女娲炼石补天、羿射九日、鲧禹治水等，都是出于实际需求。三大神话体系中都有洪水神话，西亚北非的方舟故事体现的是神的意志和人对神的信仰，南亚的洪水神话体现的是宇宙的循环往复，中国的治水神话体现的是面对现实解决问题的务实精神。

第二，从人神关系方面看，东方神话有契约型、亲密型与感应型。这些不同的人神关系不仅决定了宗教神学的发展方向，也影响着群体的伦理道德、价值观念和行为方式。西亚北非神话中的人神关系属于契约型，因此其宗教道德占据核心地位，即特别关注最高存在者与人的关系。这种宗教道德是以信仰为基础的，“信”是最高的道德标准，信则上天堂，不信则下地狱；“信士”是对个人的最高的道德评价。神是正义的化身，全知全能，尽善尽美，人间善恶美丑都是以神为基准的。宗教道德中虽然也包含许多社会性的内容，但其正义、博爱等社会伦理道德也都是以神的意志为转移的。印度神话中的人神关系属于亲密型，印度教的主神一方面具有了全知全能、至高无上的神圣性；另一方面又是与人亲近的导师和朋友。神不决定人的命运，只是一个救渡者和引导者。决定人的命运的是业报轮回。业报轮回是指生命主体（灵魂）在不同的生命个体之间流转，生生不息，决定轮回层次高低的是自己前生所做的业。这种轮回基于宇宙生命的自然循环，遵循客观存在的自然法则，因而是一种自然道德，但由于业主要体现为每个人的社会职责，这种职责又是神为每个种姓的人规定的，

① 关于东方三大文化圈，参见拙文《东方文化三原色——东方三大文化圈的比较》，载《东方丛刊》1997 年第 4 辑。

因而也具有宗教道德和社会道德的因素。中国神话的人神关系属于感应型，即以德配天、天人感应。人只要履行好自己的人生职责，神（天）就会给予应有的回报。这种人生职责即伦理道德，主要是儒家所宣扬的忠孝节义、三纲五常、仁义礼智信等。这种伦理道德是建立在家国同构的社会结构和天人合一的世界观基础之上的，因而也具有社会道德、自然道德和宗教道德的因素。

第三，从哲学思维的角度看，神话是上古人类认识和掌握世界的主要方式。这种方式以想象和象征为基础，是一种诗性思维方式，而不同于抽象思辨的理性思维，因而上古文学在神话的土壤上开出的是绚丽的花朵，而上古哲学在神话的土壤上还只是一种萌芽。这种萌芽对于人类哲学的发展却有着极为深远的意义，后世纷繁复杂的哲学思辨，其对象和方式无不是人类童年时期对世界和人生的好奇心的延续。比如在解释人类和世界的起源的创世神话中，便具有哲学思辨的萌芽。创世神话也有不同的类型，如《新大英百科全书》中的“创世神话与教义”将世界各地的创世神话分为五种基本类型：1. 由至高的创世主所主宰的创世；2. 通过生成的创世；3. 世界父母的创世；4. 宇宙蛋的创世；5. 陆地潜水者的创世。另外还有尸体化生型的创世神话。[①] 这些模式都有自己的哲学意义。如古巴比伦创世神话《艾努玛·艾利什》中说，在天地未名之前，只有汪洋大海，其中有一股甜水和一股咸水相混合，生出众神和天地。这一神话概括了巴比伦人对世界形成的认识，其中包含万物源于水的朴素唯物主义世界观。古印度雅利安人是一个具有哲学素质的民族，这在上古神话中已有充分的表现。《梨俱吠陀》中的《造物者》写道：

先于苍天，先于大地，
先于诸天，先于非天。
是何胎藏，水先承受，
复有万神，于中显现？

即此胎藏，水先承受，
诸天神众，于此聚会。

① 参阅叶舒宪《中国神话哲学》，中国社会科学出版社1992年版，第330—332页。

无生脐上，安坐唯一，
一切有情，亦住其内。[①]

这是比较典型的宇宙蛋创世神话，其中表现出对世界本源问题浓厚的兴趣和深刻的形而上思考。尸体化生型神话比较典型的是印度的原人普鲁沙神话。创世之初，众天神以普鲁沙献祭，其身体的不同部位分别产生了天地日月以及不同的人类群体和社会阶层。巴比伦的玛尔杜克诛杀提阿玛特故事也是典型的化生类神话。希伯来神话中上帝创世是用指令的方式进行的，这种指令性的创世方法完全是凭上帝的个人意志来实现。创世神话通过对宇宙发生过程的想象和叙述，体现了一个文化群体的思维模式和价值观念，其中都有一定的哲理内涵。

神话的哲学意义除了对象化的认识之外，还表现为认识主体内在的思维模式的形成。从结构模式方面看，三大神话体系各自具有鲜明的特点，有三元结构，二元结构和天人合一结构。印度神话中创造、保护和毁灭，三位主神各司其职，观念上三位一体，实际上互相独立。这种一分为三的神话结构，形成印度人世界观的三元结构和“三分”的思维模式。西亚北非神话的善恶二分，形成二元结构。在西亚北非和基督教影响下的欧洲，一分为二成为主要的思维方式。无论是人性中的善与恶、灵与肉，艺术中的美与丑、悲与喜，还是自然界的冷与热、天与地，都是泾渭分明的，形成种种的二元对立。中国神话的阴阳一体，二极运动，形成天人合一的结构模式。[②] 这种神话结构对于中国人整体的、综合的思维方式具有奠基的意义。

第四，神话是从原始社会向文明社会过渡时期的产物，其中有对史前文明的曲折反映，因此是窥探人类早期文明的窗口，具有重要的历史价值。作为人类童年时期原始思维产物的社会神话，实际上是历史的回音和现实的折射，其基础乃是上古时期的社会生活。古印度吠陀神话中因陀罗摧毁堡垒解放牛羊，反映的是游牧文明与农耕文明的斗争，为解开古印度河文明的消失之谜提供了一把钥匙。可以推测，因陀罗是雅利安人的部落英雄，在雅利安人与印度土著的战争中立下了大功，因此受到全体雅利安

① 见季羡林、刘安武选编《印度古代诗选》，漓江出版社 1987 年版，第 19 页。

② 参阅魏善浩《东方神话概观》，湖南文艺出版社 1998 年版，第 14—16 页。

人的崇拜，进入神的行列，后来进一步与雷电之神相结合，上升到主神的位置。人的社会关系和争夺权力的冲突在东方神话中都有所反映。古埃及奥西里斯的神话反映的是争夺王权的家族斗争，其中赛特与霍鲁斯的斗争，反映了人类社会继承权方面兄终弟及与子承父业的矛盾。古巴比伦玛尔杜克取得神界统治权的神话，印度关于种姓划分的神话，中国的羿射九日、鲧禹治水等神话，都具有深刻的社会历史内涵。各民族的洪水神话和治水神话，也都具有不同程度的历史真实。人类进入文明时代以后产生的文明神话，往往具有历史神话化或神话历史化的特点，因而其历史性的认识价值更加突出。

四 神话与东方文学

东方神话不仅本身是优美的文学作品，而且作为东方文学的源头，为东方文学的发展提供了丰富的武库和原型，奠定了东方文学发展的雄厚基础。神话的审美价值主要表现在三个方面，一是神话形象的审美价值，二是神话表述的艺术性，三是神话的文学原型意义。

神话形象中有自然属性的神、社会属性的神和宗教属性的神，其审美特点和审美价值各有不同。自然神往往具有自然的属性，其形象也具有自然的美。如印度吠陀神话中的神多数是自然神，是自然现象的抽象和升华，所以其中神的形象往往表现出自然之美，如《朝霞》中描写朝霞女神：

这个光华四射的快活的女人，
从她的姊妹那儿来到我们面前了。
天的女儿啊！
……
象刚放出栏的一群奶牛，
欢乐的光芒来到我们面前。
曙光弥漫着广阔的空间。①

① 见季羡林、刘安武编选《印度古代诗选》，漓江出版社 1987 年版，第 4 页。

朝霞女神是自然界朝霞现象的神格化，因此朝霞女神的美也是自然中朝霞之美的再现。社会性的神，其形象主要取决于其社会的内涵。如奥西里斯和伊西斯的神话，其审美价值在于其中所表现的夫妻之爱以及正义反抗邪恶的斗争中不屈不挠的精神。宗教属性的神的艺术性问题比较复杂，其形象不仅表现在原始的神话中，而且体现在教义中以及对后世的文学影响中。如犹太教的上帝形象，他是一位辛勤的创造者，是一位威严的主宰者和审判者，又是一个仁慈的保佑者；他既超越于宇宙之上，又存在于宇宙之内，与人有着非常密切的关系，是人的缔造者，又是与人缔约者。印度教的大神形象，既有其作为至上者的属性，又有作为人的朋友的属性，还有各种各样的化身。化身是作为人的形象出现的，因而完全是人性化和人格化的。佛教中的佛陀形象是世尊成为救世主的原型。

在神的形象方面，与古希腊神话相比，东方神话不仅人格化程度不够，而且显得比较杂乱。古希腊神话的一个重要特点是神人同形。在东方神话中，既有神人同形的现象，也有神人异形的现象。这种差异一方面是神话的不同发展阶段的表现，另一方面也是不同的民族文化性格的表现。就神的形象而言，一般经过了自然形、人兽同体形和神人同形三个发展阶段。原始时代的神话一般是前两者，文明时代的神话一般是后者，古希腊神话属于文明神话，所以神的形象基本上是神人同形的，不具人形的早期和外来神祇则被置于怪物之列，如狮身人面的斯芬克司在古埃及是太阳神的形象之一，古希腊人则视为怪物。然而在东方神话中，不仅原始阶段的神有自然形和人兽同体形，其文明阶段的神也有许多不同于人类之处。如印度教三大神，大梵天四面，毗湿奴四只手，湿婆三只眼，都不同于一般的人类，从而显示出神与人的区别。与神的形象相关的是神性问题。古希腊神话的另一个重要特点是神人同性。在东方神话中，由于各个神话阶段的神话的混合杂糅，使其神性也非常复杂，既有保持自然属性的神，也有具有人性的神，还有属于至上者和主宰者、体现尽善尽美性质的神。

神话的表述主要有两种形式，一是神话故事，二是神话诗。神话故事是神话的散文式叙述，如《圣经·旧约》关于上帝创世是这样描述的：“上帝说，要有光，就有了光。……上帝说，诸水之间要有空气，将水分为上下。……上帝说，天下的水要聚在一处，使旱地露出来，事情就这样成了。……上帝说，地要发生青草和结种子的菜蔬，并结果子的树，……上帝说，天上要有光体，可以分昼夜、作记号、定节令、日子、年岁，并要发光在天空，普照在地上，事就这样成了。”[①] 这是一种故事性叙述，希伯来神话的失乐园、诺亚方舟等神话，都是以这种方式叙述的。

神话本身就是诗意地解释世界，所以卡西尔说：“神话兼有一个理论的要素和一个艺术创造的要素。我们首先得到的印象就是它与诗歌的近亲关系。”[②] 所谓神话诗有两种，一是讲述神话故事的长篇叙事诗，二是颂神、娱神的抒情诗。前者如苏美尔时期的《安启造人》、巴比伦时期的《咏世界创造》，是两河流域创世神话的代表作，由楔形文字泥板书记载下来。另外比较典型的还有印度的往世书等。后者以古埃及的《亡灵书》和印度的《梨俱吠陀》为代表。《梨俱吠陀》是印度上古时代的诗歌总集，以颂神诗为主，由于吠陀神话中的神多数是自然神，是自然现象的抽象和升华，所以许多颂神诗看起来与自然诗没有多大差别。颂神诗实际上是人们以颂神的方式表现对自然和社会现象的认识和感受。如前面所引的《朝霞》等。《亡灵书》中歌颂太阳神的诗最多，往往是借自然界太阳的光辉形象表现神的伟大和至高无上。如其中一首写道：

礼赞你，啊拉，向着你惊人的上升！
你上升，你照耀！诸天向一旁滚动！
你是众神之王，你是万有之神，
我们由你而来，在你的中间受人敬奉。
……
你的光线，照上一切人的脸；那是不可思议的。
一世又一世，你的生命是新生的热切的根源。
时间在你的脚下卷起尘土；你永远不变。
时间的“创造者”，你自己超越了一切的时间。
……
礼赞你，啊拉，你使生命从昏沉中苏醒！
你上升，你照耀！显现了你的光辉的形象，
千万年过去了，——我们不能把数目算清，——

① 《圣经·旧约·创世记》。

② 恩斯特·卡西尔：《人论》，甘阳译，上海译文出版社 1985 年版，第 96 页。

千万年将来到，你高过千万年之上！①

诗歌格调雄浑，气度恢宏，境界高远，具有现代诗人难以企及的原始粗犷之美。

故事和诗歌两种表述方式在许多民族的神话中是并存的，印度上古文献吠陀本集主要是颂神诗，解释吠陀本集的“梵书”、“森林书”等吠陀文献中则有大量的神话故事，后来的往世书又是以长篇叙事诗的形式讲述神话故事。

关于神话叙述的艺术性，还有体系化的问题。古希腊神话的一个重要特点是体系化，在这方面，除了属于单一神教的古希伯来神话外，其他东方神话都不能与之相比。东方大多数民族的神话都比较散乱，不成体系。有的民族如印度神话虽然可以形成体系，但各体系之间也非常混乱。一个神话故事常常有不同的版本，一个神常常有不同的形象和截然相反的行为，神与神之间要么毫不相干，要么有许多不同的解释。如印度教的往世书神话属于后期神话，相对于早期神话已经比较系统化、体系化了，但三大主神之间的关系却非常混乱，有的神话说宇宙间最先有大梵天和湿婆，是从金蛋中产生出来的；有的神话说毗湿奴先创造了水，然后创造了大梵天；还有神话说大梵天是从毗湿奴肚脐上长出的一朵莲花中生长出来的，而湿婆则是从毗湿奴的额上长出来的，或是从大梵天的额上生出来的；还有神话则说是湿婆创造了大梵天。巴比伦神话更是如此，如伊什塔尔是巴比伦神话中的生命之母，有的故事认为她是施惠于人类、忠实于爱情的善神，有的故事把她描绘为用情不专的荡妇或凶残专横的恶神。东西方神话在体系化方面的差异，主要原因一是希腊神话属于文明神话，是人类进入文明社会以后社会的秩序化、思维的逻辑化的表现。二是希腊人的民族特性使然，“希腊人是正常的儿童”，既有丰富的想象力，又具有理性的节制。三是由于比较早地出现了系统整理的著作，使其既不会散佚残缺，也不易篡改加工。而东方神话则不然，要么没有系统整理的著作，使其不能完整地保存和流传；要么不断进行再创造，不同教派有不同的版本，使神话体系显得混乱。

马克思曾经高度评价希腊神话，说它“不只是希腊艺术的武库，而且

① 见季羡林主编《东方文学作品选》，湖南人民出版社 1986 年版，第 792—794 页。

是它的土壤"[①]。这一论述同样适用于东方神话与东方文学。从文学史上看，与神话前后相继的是史诗，而东方史诗常被神话研究者纳入神话的范畴[②]，说明二者之间的关系非常密切，或者说没有严格的界限。当然，神话和史诗毕竟有质的不同，各有自己的特殊规定性。只能说史诗生长于神话的土壤，借用了神话的武器。首先从题材上说，史诗一般取材于神话传说。古巴比伦史诗《吉尔伽美什》源于苏美尔人的英雄传说，是两河流域神话传说和英雄故事的提炼，其情节主体就是一个神话传说故事。印度两大史诗由于其中的重要角色被看作毗湿奴大神的化身，其主体部分也就具有了神话的意义，有"史诗神话"之称。除了主体部分之外，史诗中还有许多神话因素，如英雄人物的出身常常与神相联系，故事的缘起常常追溯到神话，许多插入的故事具有神话性质。如印度大史诗《摩诃婆罗多》的引子就是恒河女神下凡为八位婆苏神超度的故事，作品的主要人物都与神有联系，如毗湿摩是婆苏神之一，坚战是阎摩的儿子，怖军是风神的儿子，阿周那是因陀罗的儿子。在印度，以两大史诗为传统的长篇叙事诗也大多从两大史诗中汲取神话因素，或直接取材于神话文本《往世书》以及其他传说故事。东方上古的戏剧、小说等文学文体，也大多从神话传说中汲取题材，其形式和表现手法也与神话有关。

原型批评是建立在神话学基础上的一种以文学人类学为特点的文学批评理论，其主要方法就是在神话中发现人类文学史上反复出现的意象、情节、结构、主题、形象等文学元素，或者就文学史上具有普遍性的可以称为文学原型的现象，追溯其象征渊源，而这种渊源往往表现在神话中，这就是神话的文学原型意义。东方神话不仅丰富多彩，而且是世界神话的源头，因而其原型意义也是无与伦比的。比如在西方文学中具有普遍性的死亡—复活的原型模式，其神话渊源存在于古埃及和古巴比伦神话中，其特点是将英雄神话原型扩展为一种普遍的生—死—复活的循环模式。东方文学中非常普遍的轮回转生模式，其神话渊源存在于印度神话中。轮回转生理论认为人有前生、今生和来生，其间生命主体不断生死流转。这种理论与业报理论相结合而形成业报轮回思想，由生命主体生生世世所做的善恶不同的各种业力，决定其转生的不同档次，从地狱饿鬼动物人类到天堂神

① 《马克思恩格斯选集》第2卷，人民出版社1972年版，第113页。

② 如克雷默《世界古代神话》，华夏出版社1989年版。

仙，无一不受业报轮回的制约，在宇宙中生生死死流转不息。轮回转生观念在印度源远流长，而且通过佛教的传播为东亚和东南亚地区各民族所普遍接受。

文学原型可以分为不同的层面，如文学的结构模式、文学的母题、文学的意象等。前述死亡复活、轮回转生等属于原型模式。原型母题如西方文学中常见的“拯救”、牺牲、殉道、启悟、漫游、历险、堕落、探求等，东方文学中常见的因缘果报、神变斗法、出家求道等，都是可以在神话中找到渊源的原型母题。

意象（形象）是文学作品中的基本成分，是文学交际中最小的独立单位，相当于语言中的词汇。原型即“一种典型的、反复出现的意象”，[①]因而在意象层面原型获得最细致最充分的阐释。原型批评的代表人物弗莱在其《批评的解剖》中将《圣经》作为文学的原型库，对其中的文学意象进行归纳整理，分为启示、天真类比、理性类比、经验类比和魔幻五种基本意象类型，然后与神明世界、人类世界、动物世界、植物世界、无机世界、建造世界和自然现象世界七个层面的具体物象互相对应，从而构建出一个象征意象体系。这种方法也可以用于佛经和其他重要的宗教神话文本。[②]

① 叶舒宪选编：《神话——原型批评》，陕西师范大学出版社1987年版，第151页。

② 参见拙文《佛经的文学原型意义》，载《外国文学评论》1997年第4期。

第二章

东方抒情诗

抒情诗是人类文学中最重要的文学类型之一，也是最复杂、最多样化、最难以界定的文学文类。从西方文学史上看，抒情诗的创作开始很早，但对抒情诗的界定和研究很晚。亚里士多德《诗学》中论述了史诗和戏剧，却没有论及抒情诗。贺拉斯是抒情诗人，但他的《诗艺》中也没有关于抒情诗的界定。可见在古希腊罗马时代，抒情诗没有成为一种独立的文学文类。到文艺复兴时期锡德尼《为诗一辩》，虽然谈到诗的不同种类，但也没有将抒情诗独立出来。西方诗学思想的基础是摹仿说，摹仿更偏重再现，而忽视主体性的表现，所以在摹仿论诗学体系中没有抒情诗的地位，西方古代诗学对抒情诗的认识和论述也很不充分。黑格尔《美学》开始突出抒情诗的地位，在诗的分类中，抒情诗豁然与史诗和戏剧体诗并列。黑格尔开始强调诗歌创作的主体性，强调诗的表现性特征。他认为："诗不仅使心灵从情感中解放出来，而且就在情感本身里获得解放。……诗使心灵这个主体又成为它自己的对象（以心观心），但是诗却不仅使心灵这个主体和内容（对象）在一团混沌中把内容拆开抛开，而且把内容转化为一种清洗过的脱净一切偶然因素的对象，在这种对象中获得解放的内心就回到它本身而处于自由独立，心满意足的自觉状态。"在此基础上，通过与史诗比较，黑格尔概括出抒情诗的一般性质："史诗所要满足的要求是要倾听一个自生自发而成为完满自足的整体，而与主体相对立的动作情节；抒情诗所要满足的却是与此相反的要求，那就是要表现自己，要倾听自己的'心声'。"①

从东方文学史看，东方各民族都以诗歌为正宗，其中尤以抒情诗为纯文学的代表。不仅在创作方面，抒情诗是主要的文学类型，而且其理论阐

---

① 黑格尔：《美学》第三卷下册，朱光潜译，商务印书馆 1995 年版，第 188—190 页。

述也比较充分。抒情诗的主体表现性特征在中国古代诗学中很早就得到深刻的认识和明确的表述。《尚书·尧典》就提出“诗言志，歌永言，声依永，律和声”，《毛诗大序》对“诗言志”作了进一步的阐述：“诗者，志之所之也，在心为志，发言为诗。情动于中而形于言。”① 这里志与情是互相涵盖的，后来陆机《文赋》明确提出“诗缘情”，进一步完善了中国诗学表现性的诗学体系。可见，在中国诗学中，所谓诗主要就是抒情诗，其本质就是诗人的主观情志的表现。这里的“情志”应该是广泛的，包括情感、志趣、理想、感受、体验、意志等，是主体内在的心灵世界，也就是黑格尔所说的诗人的“心声”。虽然产生于上古的《吠陀本集》中的作品大部分是抒情诗，但印度古人并不将其作为抒情诗来看待，而是视为天启的宗教经典。印度古代诗歌种类丰富，抒情诗、史诗和戏剧诗各领风骚，但在理论阐述方面，比较侧重于史诗和戏剧诗，其诗学奠基之作《舞论》主要论戏剧，其重点论述的情味诗学更适合表演性和叙事性文体。直到公元7世纪前后印度诗学的繁荣期，诗学家开始注意对诗歌进行分类研究，抒情诗才作为一种独立的文体得到阐述。印度诗学中“诗是有味的句子”、“诗是音和义的结合”、“诗的灵魂是韵”、“诗是曲折的表达”等关于诗歌的界定，虽然适合于所有文学文体，是关于文学本质的概括，但其中的抒情和主体表现的意味非常浓厚。

纵观古代东方各国的文学发展史，抒情诗的成就最为突出。古代东亚的中国、日本和朝鲜，南亚的印度，西亚北非的古埃及、古希伯来、波斯和阿拉伯，抒情诗都取得了辉煌的成就，产生了一批优秀的诗人和诗作，为东方文学的发展作出了重要贡献。东方抒情诗虽然涉及东方许多国家各种不同类型的诗歌，如颂神诗、咒语诗、格言诗、爱情诗、哲理诗、自然诗、政治诗、生命诗等，范围很广，种类繁多，但都符合“情志表现”这一抒情诗的本质。东方各民族的抒情诗受各自文化传统的影响，各具特色，同时，由于相似的社会基础和长期的文学交流，也有一些共同的特点。本文旨在对古代东方文学中抒情诗的起源和发展进行简单梳理，对东方抒情诗的各种类型进行初步归纳整理，并在纵向梳理和横向比较的基础上，总结东方抒情诗的伟大成就，概括东方抒情诗的主要特点，从而对抒情诗这一文学文类有进一步的认识。

---

① 郭绍虞主编：《中国历代文论选》第一册，上海古籍出版社1979年版，第63页。

一 起源

抒情诗是人类文学中起源最早的文学类型。关于诗的起源，学术界众说纷纭，主要有劳动起源论、宗教起源论、巫术起源论、模仿论、灵感论、游戏论等。这些观点在文学史上都能找到一些依据。我们的教科书一般持劳动起源论。劳动创造了人，所以文学起源于劳动这一观点虽然无可置疑，但就像“文学是人学”一样过于宽泛。摹仿说和游戏说似乎更适合叙事性和表演性的文学艺术，抒情诗主要是个人情志的表现，很难用摹仿和游戏来解释。宗教起源论、巫术起源论和灵感论都有一个共同的特点——超越性，即基于经验而又不止于经验的形而上追求。其中灵感论最初指神灵附体，过于玄虚；后来指诗人创作时的兴会状态，过于普遍。比较而言，宗教起源论和巫术起源论更有文学史意义，现有“颂神诗”论和“咒语诗”论，即分别属于宗教起源论和巫术起源论，可以作为讨论的基础。

“颂神诗”论以朱光潜先生为代表，他的《诗论》第一章《诗的起源》，就是讨论诗（主要是抒情诗）的起源问题。朱先生认为历史与考古学的证据都不足为凭，他从心理学角度分析了诗“表现”情感与“再现”印象的功能之后，特别强调诗与音乐舞蹈同源，并进一步指出：“古希腊的诗歌、舞蹈、音乐三种艺术都起源于酒神祭奠。……从这祭奠的歌舞中后来演出抒情诗（原为颂神诗），再后来演为悲剧和喜剧（原为扮酒神的主祭官和与祭者的对唱）。”① 由此明确提出了抒情诗源于颂神诗的观点。朱光潜先生说的是古希腊，依据的是亚里士多德《诗学》等权威著作，似乎无可争议。然而古希腊毕竟是后起的民族，那里发生的现象不具有源头的意义。关于诗的起源问题，我们有必要看看其他古老文明早期诗歌发展状况，通过比较，发现一些共同的规律。

现存人类最早的两部抒情诗集，一是古埃及的《亡灵书》，二是古印度的《梨俱吠陀》，二者都是宗教抒情诗。《亡灵书》源自“金字塔文”和“棺文”。公元前3000年前后，古王国时期的法老建筑金字塔时，经常在金字塔内铭刻一些咒语和祷辞，被称为金字塔文。中王国时期埃及人将死者放在棺木中埋葬，经常在棺木上抄录金字塔文中的咒语和祈祷文，

① 朱光潜：《诗论》，安徽教育出版社2006年版，第7页。

并增添一些新的内容，称为棺文。到新王国时期，随着棺文内容的不断扩充，棺木四壁容纳不下，便抄写在纸草上，成为一卷书，放入棺材中供亡灵使用，因此称为《亡灵书》，或译为《死者之书》。《亡灵书》是人们为死者准备的，是指导亡灵通过阴暗的下界生活获得再生的旅行指南，其中的作品以诗歌为主，所以可以将《亡灵书》看作古埃及的一部诗歌总集。从总体上说，《亡灵书》指为亡灵作的所有经文，包括刻在金字塔壁上、印在棺木上以及抄写在纸草上的咒语、赞美诗、祷辞、各类礼仪真言、各种神名等。然而，这些文字既不是写于同一时代，也从来没有汇集成一个整体①。也就是说，不同时代不同抄写者有不同的《亡灵书》，每个抄写者只能选择他认为重要的部分，而且随着时代发展，不仅内容形式会有所变化，而且会有新作品不断出现。《亡灵书》现存最完好、内容最丰富、注解最翔实的抄本是《阿尼的纸草》，是大约公元前 15 世纪由王室抄录员阿尼抄写的②。

《亡灵书》是现存最早的人类上古诗歌总集，其中的诗歌以颂神诗为主，主要是对太阳神“拉”和冥神奥西里斯的赞颂。亡灵希望通过对神的赞颂获得神的佑助，顺利通过下界旅行，进而获得再生。下面是太阳神拉从东方升起和再生时诵唱之赞美诗中的一节：

> 你从天堂升起之际，众神为你欢呼。你的光芒普照大地之际，众生为你歌唱，久故的亡灵也会高兴地尖叫着复活。你每天穿行于天地之间，圣母努特为你补充体力，你划过高高的天空之际，你的体热便散发出来。特斯特斯湖因你而得益。蛇魔倒地，双臂被斫，膝盖已断。拉来到美丽的玛阿特女神身旁，舍科特特之舟起航驶入港湾，四方众生齐来赞美你。③

---

① 参阅华理士·布奇《埃及亡灵书》，罗尘译，京华出版社 2001 年版，第 4 页。

② 关于《阿尼的纸草》的成书年代，华理士·布奇《埃及亡灵书》一方面说“可能形成于公元前 18 世纪”，另一方面推定“成书于公元前 1450 至公元前 1400 年间”，见该书第 5 页。参考该书序 2《关于〈埃及亡灵书〉》，称《阿尼的纸草》“在公元前 1500 至公元前 1350 年写成的纸草中处于至尊地位”，认定“公元前 18 世纪”属于作者或译者的笔误，成书年代应该是公元前 15 世纪。

③ 《亡灵书》“阿尼的纸草”本第 15 章，见华理士·布奇《埃及亡灵书》，罗尘译，京华出版社 2001 年版，第 123 页。

古印度的《梨俱吠陀》，我国古代译为《赞颂明论》，约形成于公元前2000—公元前1500年，是世界上最古老也是收集诗歌最多的诗集之一，共10卷，1028首诗，10552诗节。这些诗大部分是颂神诗。吠陀中的神一般分为天上诸神、空中诸神和地上诸神。天上诸神主要有天空神提奥，太阳神苏尔耶，主神伐楼那、密多罗以及他们的母亲——无限女神阿底提等；空中诸神主要有雷电神因陀罗、暴风雨神摩录多、风神伐由和伐多等；地上诸神主要有火神阿耆尼、酒神苏摩、死神阎摩等重要神祇。其中因陀罗是吠陀神话中的主神，地位相当于古希腊神话中的宙斯。他既是源于自然现象的雷电之神，又是源于社会现象的战争之神。《梨俱吠陀》中歌颂因陀罗的诗最多，近250首，约占《梨俱吠陀》诗歌总数的四分之一。其中一首写道：

固定摇晃的大地，
稳住颠簸的群山，
拓宽天空，撑住天国，
人们啊，他是因陀罗。(RV. III. 12. 2)①

诗人以简短的诗行，高度概括了因陀罗神的丰功伟绩，塑造了一位既能掌控天地宇宙，又能征善战的主神形象。

火神阿耆尼是地上诸神中最重要的神，是雅利安种族普遍供奉的神灵。火是人类生活中一日不可或缺的东西，在人类的进化和文明的发展中起着非常重要的作用，因此，在《梨俱吠陀》中，火神是歌颂最多的神灵之一，有颂诗200多首，仅次于因陀罗。《梨俱吠陀》10卷中，大多将火神颂排在卷首。例如第一卷第一首中的一节：

阿耆尼（火）啊！每天每天对着你，
照明黑暗者啊！我们思想上
充满敬意接近你。(RV. Ⅰ. 1. 7)②

---

① 引自季羡林主编《印度古代文学史》，北京大学出版社1991年版，第18页。

② 见季羡林、刘安武选编《印度古代诗选》，漓江出版社1987年版，第2页。

吠陀诗人笔下的火神不仅是自然之火的人格化，而且是祭祀之火的人格化，是人类和天神之间交往的中介，即由他引导众神来到祭坛，祭品通过火而被众神享用。另外，酒神苏摩在吠陀时代也是一位重要的神祇，《梨俱吠陀》中赞颂他的诗有120多首，仅次于因陀罗和阿耆尼。

在东方上古诗歌总集中，与颂神诗同时并存的还有咒语诗和祷辞。祷辞介于颂神诗和咒语诗之间，一般说来，祷辞和颂神诗一样面对的是高高在上的神灵，咒语面对的是一般的精灵；祷辞和咒语一样表示意愿，用祈使语气，但祷辞是带着敬意的祈求，咒语是居高临下的命令。《亡灵书》中祷辞往往与颂神诗结合在一起，如上引太阳神拉赞美诗后面有祈愿：

> 愿你为我开辟道路，我去何方道路便通向何方。我浑身充满正义和诚实，我从不说谎言，从不行任何欺诈之事。

当然也有个别独立的祷辞，如《亡灵书》第72章中的一节祷辞：

> 我的心，我的母亲；我的心，我的母亲！我的心便是我出生的地方。愿审判大殿中没人诌害我。愿众神面前没人贬责我。愿我在天平上不显得轻飘。大神科荷勒姆会接合我四肢并赐予力量。愿我能进入那极乐之境。①

吠陀中的祷辞也常与颂神诗连在一起，一般是在结尾部分，如《梨俱吠陀》第一卷第一首对火神赞颂之后发出祷告：

> 愿你对我们，如父对子，
> 阿耆尼（火）啊！容易亲近，
> 愿你与我们同居，为我们造福。(RV. Ⅰ. 1. 9)②

吠陀中也有许多独立的祷辞，如四部吠陀本集中的《夜柔吠陀》便以祷辞为主，但其中大部分来自《梨俱吠陀》。由于祷辞和颂神诗都是以

① 华理士·布奇：《埃及亡灵书》，罗尘译，京华出版社2001年版，第159页。

② 见季羡林、刘安武选编《印度古代诗选》，漓江出版社1987年版，第3页。

崇拜的态度面对神灵，而且大多是颂神诗的一部分，从起源的角度说，可以归入颂神诗。

以上东方上古诗歌状况似乎可以印证朱光潜先生的观点，即抒情诗源于颂神诗。然而，在《亡灵书》中，颂神诗、祷辞和咒语混编在一起，都没有确切的年代划分；《梨俱吠陀》中也有一部分咒语诗和祷辞。其中的祷辞可以归入颂神诗，但咒语诗在思维方式和处事态度方面与颂神诗迥然有别，因而不能据此说明颂神诗就是抒情诗的源头。面对这样复杂的现象，还需要对抒情诗的起源问题做进一步的探讨。

诗歌的巫术起源论古已有之，黄宝生先生也曾经指出："一般地说，巫术诗歌的产生早于颂神诗歌。"[①] 近期有学者研究中国诗歌起源时认定"巫诗"是最早产生的诗，并得出"诗源于巫术咒语"的结论[②]。其主要依据是中国先秦文献中记载的一些上古时代的咒语诗，如《礼记·郊特牲》记载伊耆氏举行蜡祭时所唱的祭歌：

> 土，反其宅；水，归其壑；昆虫，毋作；草木，归其泽！

这显然是一首咒语诗，内容是命令主管土、水、昆虫和草木的神灵各归其所。这可能是现在可见的中国最早的诗歌，但由此断定"诗源于巫术咒语"还为时尚早，因为这还只是一个孤例。该文所依据的另一则资料是《吕氏春秋·古乐》中的记载：

> 昔葛天氏之乐，三人操牛尾，投足以歌八阕：一曰《载民》，二曰《玄鸟》，三曰《遂草木》，四曰《奋五谷》，五曰《敬天常》，六曰《达帝功》，七曰《依地德》，八曰《总禽兽之极》。

葛天氏所歌八阕中，"遂草木"是希望草木发育繁荣，"奋五谷"是祈求农作物蓬勃奋发，可以看作是原始初民以巫术咒语的形式表达控制自然现象的愿望。另外六阕则不尽然，其中的"敬天常"、"达帝功"和

---

① 季羡林主编：《印度古代文学史》，北京大学出版社 1991 年版，第 27 页。

② 江林昌：《诗的起源及其早期发展变化——兼论中国古代巫术与宗教有关问题》，载《中国社会科学》2010 年第 4 期。

“依地德”三阕显然是宗教赞美诗，是对人之上的力量“天”、“帝”和“地”的歌功颂德。因此依据这样的材料还不能断定“巫诗”是人类历史上最早的诗，也不能得出“诗源于巫术咒语”的结论。因此，如果论证“诗源于巫术咒语”，还需要借助其他民族上古诗歌的资料。

古埃及的《亡灵书》和古印度的吠陀中都有大量咒语诗。如《亡灵书》第87章《变为大蛇沙塔》是一首典型的咒语诗：

我便是大蛇沙塔，
我已活了无数岁月，
之后我便躺下死去，
使我每天都得以再生。

我便是大蛇沙塔，
居住在大地的无限远方，
我躺下后死去，
但我每天都能得以再生，
我因死亡而变得年轻。①

蛇蜕去一层皮之后获得新生，被原始初民看作死后再生或者返老还童的象征。巴比伦史诗《吉尔伽美什》中，主人公长途跋涉面见仙人寻求不死之谜，得知死亡不能征服，非常沮丧。仙人为了安慰他，指点他采到可以让人返老还童的仙草。结果仙草被蛇吃了，蛇蜕去一层皮返老还童，英雄空手而归。《亡灵书》的咒语诗采用了同样的象征意象，通过念诵这样的咒语，可以获得像蛇一样的再生能力。

与古埃及《亡灵书》颂神诗和咒语诗混编不同，古代印度的颂神诗和咒语诗被分别收录在两部诗集中，就是吠陀本集中的《梨俱吠陀》和《阿达婆吠陀》。《阿达婆吠陀》以咒语诗为主，我国古代译为《禳灾明论》，约编定于公元前10世纪，共20卷，730首诗，5987诗节。这些诗反映出古代印度人民幻想通过咒语巫术去征服自然的愿望。下面是咒语诗《治咳嗽》中的一节：

---

① 华理士·布奇：《埃及亡灵书》，罗尘译，京华出版社2001年版，第177—178页。

象心中的愿望，
迅速飞向远方，
咳嗽啊！远远飞去吧，
随着心愿的飞翔。（AV. VI. 105. 1）①

咒语诗可以分为祝福咒语和驱邪咒语，《阿达婆吠陀》原名《阿达婆安吉罗》，其中阿达婆表示祝福咒语，安吉罗表示驱邪咒语。上文的《治咳嗽》属于驱邪咒语，下面是属于祝福咒语的保胎咒中的一节：

像大地孕育一切萌芽，
愿你的胎儿保住，
妊娠期满后生下！（AV. VI. 17. 1）②

印度古代咒语诗非常发达，不仅数量多，而且持续时间长。印度文化中有语言崇拜现象，认为语言中有神秘力量，人可以通过语言控制各种自然和社会现象。直到中古时期，印度教仙人还在鼓吹仙人诅咒的灵验。不仅婆罗门教和印度教的仙人善于运用咒语，佛教也有善用咒语、相信语言之神秘力量的宗派。

东方上古大量咒语诗的存在，似乎证明了“诗源于巫术咒语”的观点。然而，颂神诗和咒语诗产生的早晚问题并没有解决。如上所述，古埃及的颂神诗和咒语诗汇集在一卷《亡灵书》中，很难认定哪种类型的诗产生更早，因为从最早的金字塔文开始，二者就是并存的。印度上古两部重要诗集各有侧重，从结集的时间看，咒语诗集《阿达婆吠陀》晚于颂神诗集《梨俱吠陀》，不能说明咒语诗早于颂神诗，但是也不能反过来说颂神诗早于咒语诗，因为结集时间与创作时间不一定同步③。何况两部诗集也不是那么纯粹，《梨俱吠陀》中也有少量的咒语诗，《阿达婆吠陀》

① 见季羡林、刘安武选编《印度古代诗选》，漓江出版社1987年版，第33页。

② 见季羡林主编《印度古代文学史》，北京大学出版社1991年版，第29页。

③ 《阿达婆吠陀》与印度土著文化有着更深的渊源。最初的吠陀经典只有“三吠陀”，“四吠陀”之说是后来才有的，说明《阿达婆吠陀》被认可的时间较晚，属于非雅利安人的土著文化，其时间可以上溯到公元前三千年前的印度河文明。而《阿达婆吠陀》进入“吠陀”行列，标志着印度雅利安文化与土著文化的初步融合。

中有一部分祷辞直接摘自《梨俱吠陀》。

从宗教的发展序列看，巫术也不是宗教的最初形态。宗教和巫术的关系非常复杂，根据宗教学理论，巫术只是宗教的一个发展阶段或一种表现形态。关于宗教的起源和发展次序，学术界众说纷纭，有自然神论、万物有灵论、星辰神话论、图腾论、巫术论、天帝论等①。一般认为，人类的宗教有一个发展过程，从最原始的万物有灵观念开始，经过庶物崇拜（自然崇拜）、巫术、祖先崇拜（图腾崇拜）、多神崇拜、主神崇拜，最后发展到一神教。据此，人类最初的宗教形态是万物有灵观念。人类从自然界分离出来，有了自我意识的同时便有了灵魂观念，然后将自我灵魂观念推及万物，认为万物都有灵魂，其中居于人之上，与人的生产和生活有着密切关系的事物的灵魂成为崇拜的对象，由此产生出宗教信仰和宗教仪式。同时，在万物有灵观念的基础上，也产生出试图通过某种方式控制万物之灵为我所用的巫术。抒情诗是情志和愿望的表达，崇拜神灵的情感和控制自然的愿望都属于情志表现，前者为宗教赞美诗或颂神诗的源泉和基础，后者为巫术咒语诗的源泉和基础。这两类诗孰先孰后，从现有文学史资料很难确定。

颂神诗和巫术咒语诗孰先孰后的问题虽然没有解决，但它们有一个共同的前提，即万物有灵观念，这为我们进一步探讨抒情诗的起源问题开辟了方向。无论颂神诗还是咒语诗，它们有一个共同特点，都是面向自然。根据万物有灵论，人赋予自然万物以灵性，是为了解决人与自然关系。面对人之外的形形色色的自然万物之灵，原始初民有的感到亲切，有的感到恐惧，有的感到敬畏，由此产生或崇拜，或热爱，或逃避，或试图控制的情感和意愿，分别生发出面向自然的颂神诗和咒语诗。由此，与其争论抒情诗是源于颂神诗还是源于咒语诗，不如直接认定抒情诗源于自然诗。

我们认为自然诗是抒情诗的源头，这一观点既不是否定颂神诗说，也不是要推翻巫术咒语诗论，而是在以上二说基础上进一步探源，将抒情诗的源头具体化。从颂神诗的角度说，早期诗歌所颂之神一般不是至高无上的唯一神或高高在上的主神及大神，而是与人类生活关系密切、影响较大的自然神。根据宗教学原理，在万物有灵观念基础上产生自然崇拜，进入自然神教或拜物教阶段。现存上古诗歌作品也证实，早期的颂神诗基本上都

---

① 参阅 W. 施密特《原始宗教与神话》，上海文艺出版社 1987 年版。

是自然诗，所颂之神基本上都是自然神。古埃及《亡灵书》中的太阳神拉、水神努、火神苏等，都是自然神，其中歌颂最多的太阳神拉虽然已经居于主神地位，但他是由自然神逐渐发展为主神的，关于他的赞美诗大多仍然依托于太阳的自然属性。印度上古的《梨俱吠陀》中有相当多的自然诗，可以分为几种不同的类型。一类是比较纯粹的咏自然现象的诗，如《大地》、《森林》、《雨云》、《蛙》等，咏的对象基本上都是纯粹的自然现象。吠陀诗人生活在自然中，以自然为伴，他们笔下的自然大多是与自己的生活息息相关的自然现象。诗人对这些自然现象有赞颂，但并非宗教意义上的“崇拜”。比如《森林》一诗的最后一节：

有油膏香气，散发芬芳，
食品富饶，不事耕种，
兽类的母亲，森林女，
我对她作这番歌颂。(RV. X. 146. 6)①

诗人将森林看作“兽类的母亲”，其“歌颂”当然算不上“崇拜”。

第二类自然诗是将自然现象神圣化，作为崇拜的对象来歌颂。此类诗歌虽然属于颂神诗，不是纯粹的自然诗，但由于这些神是自然神，诗人对它们的描写、关注和赞美都集中于其自然属性，所以还应该属于自然诗之列。这类被神圣化的自然现象有太阳、朝霞、风、雨、河流等。值得注意的是，在河流中，吠陀诗人赞颂最多的是娑罗室伐蒂河，有一首诗写道：

娑罗室伐蒂，
最好的母亲，
最好的河流，
最好的女神。(RV. II. 41. 16)②

娑罗室伐蒂河具体所指多有歧义。原始的娑罗室伐蒂河多次改道，约

① 见季羡林、刘安武编选《印度古代诗选》，漓江出版社 1987 年版，第 14 页。

② 据英文转译，见 Navaratna S. Rajaram and David Frawley. *Vedic Aryans and Origins of Civilization*. New Delhi：Voice of India，1997. p. 111.

公元前 1900 年彻底干涸，主要原因是失去了它的两个支流耶木拿河和苏特来吉河，前者即恒河，后者即印度河。有学者根据《梨俱吠陀》大力歌颂娑罗室伐蒂河，而这条河公元前 20 世纪已经干涸，断定《梨俱吠陀》形成的时代应该是公元前二千年之前的伟大文明，与印度河文明属于同一时代，文明衰落的原因是长期干旱，以至于这一文明的母亲河娑罗室伐蒂河渐渐萎缩以至干涸。[①] 果真如此，这类自然诗产生的时间是相当久远的。

第三类自然诗是对司自然之神如火神、风神等的歌颂。这类诗情况比较复杂，因为这些神虽然来自自然，但已经被高度抽象化，他们身上虽然还有一定的自然成分和原始影像，但作为被歌颂的对象，是以人事为重而不是以自然为重。这类已经属于颂神诗的自然诗，其时代应该晚于前两类。

从巫术咒语的角度看，虽然从理论上说，原始初民为了自身生存和发展需要，必然试图控制自然，从而产生巫术咒语。然而，基于人与自然同根同源的万物有灵观念和整体主义世界观，巫术所追求的目标也是自然的和谐。明白了这一点，回头再看《礼记·郊特牲》记载伊耆氏举行蜡祭时所唱的祭歌：

土，反其宅；水，归其壑；昆虫，毋作；草木，归其泽！

诗人是以咒语的形式表达了自己的愿望，但他所期望的是物归其类，神归其所，由此实现世界的和谐。印度上古《阿达婆吠陀》中也有类似的咒语诗，如期望五谷丰收：

像百条、千条溪流
的源泉，取之不尽，
我们这千垅谷物
也这样，取之不尽！（AV. Ⅲ. 24. 4）[②]

---

① Navaratna S. Rajaram and David Frawley. *Vedic Aryans and Origins of Civilization*. New Delhi: Voice of India, 1997. 也有学者认为《梨俱吠陀》中的娑罗室伐蒂河指的就是印度河。

② 见季羡林主编《印度古代文学史》，北京大学出版社 1991 年版，第 30 页。

咒语诗人往往以整体和谐的思维看待人与世界的关系，常常将自然现象和人类活动联系在一起，如《阿达婆吠陀》中《相思咒》的一节：

象藤萝环抱大树，
把大树抱得紧紧；
要你照样紧抱我，
要你爱我，永不离分。(AV. Ⅵ. 8. 1)[①]

在诗人看来，人间男女爱情与大自然中蔓藤与树木相依恋之间有着必然的内在联系。因此，即使一些以人为对象的咒语诗，也常常借助于自然现象来表现。

从文化史的角度看，远古时期祭祀与巫术合一，巫师和祭司职责身份相同，难以截然划分。如印度古代咒语诗集《阿达婆吠陀》中的“阿达婆”（Atharva）原义是拜火祭司，相当于波斯古经《阿维斯塔》中的阿特罗婆（Athravan）。在古代，祭司往往也是巫师，因此阿达婆也可以理解为巫师。[②] 正如金克木先生所指出：“远古时期，人类社会中，宗教祭司和巫术巫师和艺术诗人往往是三位一体的。”[③] 其作品表现也往往将歌颂、命令、恳求、祷告结合在一起。如《梨俱吠陀》中的《雨云》，开头一节是歌颂：

请用这些颂歌召唤那强大的雨云，
请赞颂他，以敬礼去求他。
公牛吼叫着，赏赐迅速；
他在草木孕藏中将水种放下。(RV. V. 83. 1)

中间有命令或恳求：

请提起水桶，向下倾倒，

① 见季羡林、刘安武选编《印度古代诗选》，漓江出版社 1987 年版，第 31 页。
② 参阅季羡林主编《印度古代文学史》，北京大学出版社 1991 年版，第 27 页。
③ 金克木：《比较文化论集》，生活·读书·新知三联书店 1984 年版，第 35 页。

让放纵的水流向前泻出；
请用酥油润泽天和地，
让牛群得到畅饮之处。（RV. V. 83. 8）

最后表示感恩：

你下过雨了。请好好收起雨来吧！
你已经使荒漠之地可以通过了。
你又为食物使草木生长了。
你从生物得到了祷告。（RV. V. 83. 10）①

初看起来，诗人是将下雨这一自然现象神化为雨神的行为，细读则发现其中更多的是自然现象的人化，用水桶倒水是人的行为，下雨是为了人的生活，让牛群畅饮也是为了人的畜牧业生产。金克木先生指出："这里又有祭祀和巫术的意味，既是恳求，又是命令，要雨水服从人的利益。这是祭司和巫师的同一职责。"② 这样的自然诗可以说是颂神诗、咒语诗和祈祷辞的混合，这样的混合应该是宗教抒情诗的最初形态，也就是人类抒情诗的原初形态。

由此可以得出结论，抒情诗源于自然诗，对自然表示崇拜赞美的颂神诗和试图控制自然的咒语诗是自然诗的两种形态。这两种形态最初是浑然一体的，其思想基础是万物有灵的世界观。后来，随着人类社会的发展，祭祀与巫术分离，祭司与巫师分道扬镳，颂神诗和咒语诗有了不同的功能，走上不同的发展道路。

巫术咒语诗、颂神诗和基于万物有灵观念的自然诗都属于宗教文学领域，而抒情诗的起源之争不能局限在宗教领域。上古时期，巫术和宗教都属于部族（或国家）的群体行为，犹如现代社会的政治，每个人都必须参与，但不是每个人都那么热衷。无论古今，总是有与主流正统相对而言的非主流非正统。就文化传统而言，在官方的宗教与政治的大传统之外，还有民间的非宗教非政治的世俗的小传统。就诗而论，如果说巫术诗和宗

① 见季羡林、刘安武编选《印度古代诗选》，漓江出版社 1987 年版，第 4—6 页。

② 金克木：《比较文化论集》，生活·读书·新知三联书店 1984 年版，第 33 页。

教赞美诗是官方的宗教文化的产物和代表，那么，民歌就是民间的世俗文化的产物和代表。因此，各民族早期的诗集中都少不了民歌。中国的《诗经》在雅、颂等庙堂文学之外有十五国风。诚然，国风中有一部分属于地方诸侯国内的大传统，即官方文化，但大部分还是属于民间的小传统。以人性人情为核心的个人生活个人情志的表现，在诗歌的起源方面也有不可忽视的作用。不仅中国这样宗教传统较弱的民族早期诗集中有大量世俗性的作品，西亚和南亚宗教传统强大的民族，早期诗集中也有世俗的民歌成分，这在《圣经·旧约》、《梨俱吠陀》等宗教经典中也有所表现。如《梨俱吠陀》有一首《阎摩阎密对话诗》，内容写一对双胞胎，男的叫阎摩，女的叫阎密，阎密向阎摩求爱，被阎摩以不合伦理道德为由拒绝。反映了婚姻制度由血缘婚向族外婚的变迁。《阿达婆吠陀》虽然以咒语诗为主，但也有大量的祝词和祷辞表现人们日常生活中的情志，其中有许多与爱情有关，如下面这首《爱情祝词》：

我俩眼睛，甜如蜂蜜；
我俩容貌，一样俊美。
将我拥抱，在汝胸怀。
我俩之间，同心永谐。①

综上所述，我们认为诗的起源不应该是单一的、孤立的，而应该是多元的。就抒情诗而言，原始初民试图控制自然和改造自然的巫术咒语、对自然的崇拜和敬畏的表现、男女爱情等人性人情的表达，都是抒情诗的源泉。

二　发展

古代东方抒情诗大体上可以分为上古（公元4世纪以前）和中古（公元4—18世纪）两个发展阶段。上古阶段，古埃及、古巴比伦、中国、印度、古希伯来、古波斯等东方文明古国，经过长期的文明发展和文

① 《阿达婆吠陀》第七卷第36首，巫白慧译，见季羡林、刘安武选编《印度古代诗选》，漓江出版社1987年版，第34页。

化积淀，结集出一批文化元典，包括古埃及的《亡灵书》，印度的《吠陀本集》和吠陀文献，中国的《诗经》、《楚辞》，古希伯来的《圣经》，波斯的《阿维斯塔》等，其文体以诗歌为主，而且大部分是抒情诗。这些文化元典是古代东方抒情诗的宝库，也是各民族抒情诗发展的源头。

西亚北非地区是人类文明的重要发祥地，产生了一批古代文明，在抒情诗领域也有辉煌的成就。古埃及抒情诗除了前面论述的《亡灵书》之外，还有箴言和民间歌谣。古王国时期就产生了著名的《普塔霍蒂普箴言》，包括37节箴言诗。著名的民间歌谣《打谷人的歌谣》等，表现了劳动者对世道的愤懑。中王国时期出现了《绝望者和自己的灵魂对话》、《咏正直的受难者的诗》等哲理诗。另外还有表现世俗享乐生活的诗歌《饮宴歌》、《竖琴之歌》等。新王国时期古埃及文学发展到高峰，抒情诗方面除《亡灵书》形成之外，还有埃赫那顿改革时期大量的新宗教诗和民歌。古埃及抒情诗对古希伯来和古希腊文学都产生了深远影响。

《圣经·旧约》是古希伯来人的文献汇编，其中的《诗篇》是一部抒情诗集，创作于公元前11世纪到公元前2世纪之间，分5卷，包括150首诗歌，大部分为颂神诗，其中最具感染力的是哀歌。“哀歌”是希伯来民族独特的诗歌类型，表达由于战争、疾病或自然灾害而引起的痛苦，向上帝诉说苦恼，吁求救助。如第137首，写希伯来人国破家亡之后沦为巴比伦之囚的苦难，开篇几行写道：

> 我们曾在巴比伦的河边坐下，一追想锡安就哭了。我们把琴挂在那里的柳树上，因为在那里掳掠我们的，要我们唱歌；抢夺我们的，要我们作乐。①

诗歌感情真挚，格调深沉，寥寥几笔就写出了亡国之痛和流亡者的不幸境遇，也表现了他们对征服者的憎恨和反抗意识。《耶利米哀歌》是一部抒情诗集，共有5首，相传为先知耶利米所作。耶利米是一位悲剧性的先知诗人，他忧国忧民却不被理解，后来又目睹亲历国破家亡的不幸，满怀悲愤写下5首哀歌，表达满腔的爱国热忱和对人民的深切同情，成为民

---

① 《新旧约全书》，中国基督教协会、中国基督教三自爱国运动委员会1988年版，第718页。

族绝唱。《雅歌》是《圣经》中最优美的作品，称为“歌中之歌”。其诗体颇有争议，有牧歌、恋歌、戏曲、抒情长诗、抒情诗集等说法。作品共8章，似乎有情节贯穿，但以抒情为主，因此可以看作一部抒情诗集。诗歌内容是一对青年男女的情爱，洋溢着生命的内在要求，形式活泼，风格清新，代表古希伯来抒情诗的最高成就。此外，《圣经·旧约》中还有《箴言》、《传道书》等哲理诗集。

《阿维斯塔》是古代波斯琐罗亚斯德教（又称拜火教、祆教）的经书，相传是该教创始人琐罗亚斯德所著，最初写在12万张牛皮上。原本在亚历山大东征时毁于战火，后来波斯的帕提亚王朝和萨珊王朝都进行过整理，现存8万字左右。《阿维斯塔》的内容主要是拜火教的教义教规和古波斯的神话传说，形式以诗体为主。现存《阿维斯塔》包括《伽萨》、《亚斯纳》、《亚什特》、《万迪达德》、《维斯佩拉德》、《小阿维斯塔》等部分，其中《伽萨》、《亚斯纳》是宣扬教义的哲理诗，《亚什特》是颂神诗，《维斯佩拉德》主要是宗教节日演唱的颂歌，都属于抒情诗范畴，如《伽萨》开篇写道：

思想和言行皆有善恶之分，
只因原始太初两大本源并存，
真诚者求善，从恶乃虚伪之人。

生命宝殿善端起，死亡魔窟恶端立，
善者来日清晨天国分享阿胡拉的恩惠，
恶者将跌落阿赫里曼阴暗的地狱受罪。①

作品言简意赅，寥寥数语阐明了拜火教善恶二元的宇宙观和扬善抑恶的教旨。

印度的吠陀文学包括吠陀本集和吠陀文献。所谓吠陀本集是指被后来的婆罗门教和印度教奉为经典的四部作品——《梨俱吠陀》、《娑摩吠陀》、《夜柔吠陀》和《阿达婆吠陀》，编定于公元前15世纪至公元前10世纪，其中《梨俱吠陀》主要是颂神诗，是吠陀中最古老也是最重要的

① 见张鸿年编选《波斯古代诗选》，人民文学出版社1995年版，第3页。

一部。由于吠陀神话中的神多数是自然神，是自然现象的抽象和升华，所以许多颂神诗看起来与自然诗没有多大差别。颂神诗实际上是人们以颂神的方式表现对自然和社会现象的认识和感受。如下面这首《大地》：

真的，你就这样承受了
山峰的重压，大地啊！
有丰富水流的你啊！用大力
润泽了土地。伟大的你啊！

颂歌辉煌地鸣响着，
向你前去，宽广无限的女人啊
象嘶鸣着的奔马，
你发出丰满的云，洁白的女人啊！

你还坚定地用威力
使草木紧系于土地，
同时从闪烁的云中，
由天上降下纷纷的雨滴。①

这是献给大地女神的颂歌，实际上表现的是诗人对大地这一自然现象的认识。这里以土地为中心形成一个生态系统：丰富的水流润泽大地，大地发出水汽变成丰满的云，大地将草木系在自己身上，又将雨水吸引到大地，润泽万物。诗人对大地母亲的宽广与深厚进行了由衷的赞颂。《娑摩吠陀》是歌曲集，《夜柔吠陀》是祈祷辞，皆用于祭祀活动，歌词和祷辞基本上来自《梨俱吠陀》；《阿达婆吠陀》是咒语诗集。除了颂神诗和咒语诗之外，吠陀本集中还有一些总结人生经验，解释宇宙自然，表现现实生活的格言诗、哲理诗和爱情诗。

所谓吠陀文献是对吠陀进行阐释的一系列作品，包括梵书、森林书、奥义书等，其中梵书是祭祀学著作，森林书和奥义书属于哲学著作。特别是奥义书，基本摆脱了传统的祭祀学思维，而对宇宙、人生和社会问题进

① 见季羡林、刘安武编选《印度古代诗选》，漓江出版社1987年版，第6页。

行哲学思辨。现存奥义书很多，一般公认的作为吠陀文献的奥义书主要有13种。这些作品形式大部分为韵散结合，也有纯诗体作品，其中有相当一部分属于哲理诗，如《伽陀奥义书》中的两节：

思想高于感官，本质高于思想，
大我高于本质，未显者高于大。

原人遍及一切，无相，高于未显者，
人知道它，便获得解脱，走向永恒。[①]

这里关于梵我关系的论述，以诗体形式表现出来，就成为一首典型的哲理诗。

上古印度抒情诗不仅存在于印度教经典中，在其他宗教如佛教和耆那教经典中也大量存在。佛经中的诗歌体式最普遍、影响最大的是“偈颂”（gatha，音译为“偈陀”、“伽陀”、“伽他”等）。佛教偈颂内容富含哲理，形式上用韵律，可长可短，但一般比较短小精练，代表性作品是《法句经》，其《无常品》第一开宗明义：“所行非常，谓兴衰法。夫生辄死，此灭为乐。”主要说明佛教的诸行无常之理，因而可以看作格言诗或哲理诗。南传巴利文佛典三藏经藏小部中的《长老偈》和《长老尼偈》，是出自上座比丘和比丘尼之手的抒情诗集，主要表现僧尼自己的宗教体验和宗教情感，追求心灵的宁静，表现对世俗的捐弃和证道的快乐。如桑菩德长老偈：“僧到寒林去，修习身随念；独身求进取，喜乐而专心；断处诸烦恼，清凉且安然。”[②] 属于上古时期的印度抒情诗还有伐致呵利的《三百咏》和《古拉尔箴言》等名篇佳作。

中国先秦时期抒情诗的代表是《诗经》和《楚辞》。《诗经》作为中国上古诗歌总集，收录经过孔子删节编定的公元前7世纪以前的诗歌303首，分为风、雅、颂三大类。其中的颂诗是具有宗教色彩的庙堂文学，有些是具有中国特色的史诗，如《商颂》5首出自殷商前期，是商民族的史诗；《周颂》出自西周初期，是周民族的史诗。这些诗歌是作为祭祀祖先

① 《奥义书》，黄宝生译，商务印书馆2010年版，第278—279页。

② 《长老偈·长老尼偈》，邓殿臣译，中国社会科学出版社1997年版，第4页。

活动时的乐歌保存下来的，因而这种史诗不是长篇的叙事诗，而是短篇的颂史诗或咏史诗，这样的咏史诗叙事的成分不多，而是以咏叹颂念为主，因此应该归入抒情诗之列。《诗经》中出自士人之手的大雅、小雅和来自民间的国风，更具有世俗文学的特点。其中有民族历史诗、农事诗、战争徭役诗、政治美刺诗和男女爱情诗等，表现了社会生活的方方面面，体现了中国文学的现世主义和现实主义精神。如果说《诗经》是北方中原文化数千年深沉厚积的结果，那么楚辞就是南国楚地原生态文化的奇葩。楚辞既是一种文体，又是一部诗集的名称，代表诗人屈原是中国文学史上第一位伟大的诗人，其代表作《离骚》是一首长篇抒情诗，抒发了诗人遭诬陷被流放的怨愤和忧国忧民的情怀，表现了上下求索的探索精神。《诗经》和《楚辞》开辟了中国文学的诗骚传统，奠定了中国抒情诗发展的基础。两汉时期中国抒情诗有了进一步的发展，出现了乐府民歌的繁荣和《古诗十九首》等抒情诗杰作。到汉末建安时期，出现了曹操、曹植父子、建安七子、蔡琰等著名抒情诗人，文人抒情诗开始走向繁荣。

公元4世纪前后，东方文学进入中古时期。如果说上古时期属于人类文学史的大文学时代，各民族文化元典都是文史哲互涵互动的大文学，还没有形成文学的自觉，那么，中古时期一个突出的标志就是文学自觉时代的到来。就抒情诗而言，具有全民性的民歌和宗教祭歌让位于诗人个人的情感表现，也就是说，表现诗人个人主观感受的诗成为抒情诗的主体。

本时期印度古典梵语文学进入黄金时代，在抒情诗方面出现了迦梨陀娑、胜天等著名诗人。诗人迦梨陀娑大约生活于公元四五世纪，他是自然和爱情的歌手。抒情诗集《时令之环》（又译《六季杂咏》）被认为是诗人的早期作品，共分六章，包含六组抒情短诗，分别描绘印度六季的自然景色以及男女欢爱和相思之情。抒情长诗《云使》写一个小神仙药叉因耽于新婚之乐而失职被罚，到南方过一年的流放生活。在南方他思念心爱的妻子。这时雨季来临，药叉便托由南往北飘动的云彩给妻子带信，倾诉相思之情。作品以真挚的情感、奇特的想象、新颖的比喻和创新的韵律，将印度古代抒情诗推向高峰。胜天大约生活于公元12世纪，是古典梵语文学最后一位重要的抒情诗人，其代表作是抒情长诗《牧童歌》，作品共有12章，描写赞颂牧童黑天与牧女罗陀的爱情，主要表现情人之间的热恋、妒忌、相思、嗔怒、欢爱等场景和情感。由于黑天是大神的化身，这样的爱情诗也具有颂神的意义。

14—16 世纪是印度文学史的虔诚文学时期，出现了大量表现虔诚思想的诗歌，抒情诗方面的代表诗人有维德亚伯迪、格比尔达斯、莱达斯、苏尔达斯、米拉巴伊、钱迪达斯等。格比尔达斯是一位民间诗人，同时也被其追随者奉为教派领袖，属于无形派的明理支，主张用理智获得对神的认识，实现与神的合一。他批判传统的印度教，也批判正统的伊斯兰教，揭露宗教上层人士的虚伪和欺骗。他的诗都是口头创作，由他的弟子和追随者记录下来。这些诗通俗易懂，在民间广为流传，产生了很大影响。苏尔达斯的诗集称为《苏尔诗海》，有近 5000 首抒情诗。这些诗以《薄伽梵往世书》中的黑天故事为基础，通过咏唱儿童和少年黑天的事迹，特别是黑天与罗陀和牧区其他女子的爱情，表现对大神的虔诚。苏尔达斯的诗既表现了黑天作为牧童的活泼天真，作为少年的风流多情，也通过众多牧区女子对他的爱，表现了人与神的关系。钱迪达斯是孟加拉语诗人，代表作《黑天颂》，主要借黑天和罗陀的爱情故事，表现自己对大神的虔诚。锡克教的开山祖师那纳克用旁遮普语写了许多诗文，由于那纳克及其后继者主要是通过写作及教团合唱赞歌的方式进行传教，所以锡克教的历代祖师中有不少能诗善文的作家。仅第五代祖师阿尔琼编纂的《初始书》就收录了数十位诗人的 3384 首赞歌。

本时期西亚北非地区阿拉伯和波斯都出现了抒情诗的繁荣。伊斯兰教创立之前的所谓“蒙昧时期”，阿拉伯抒情诗已经非常发达。当时阿拉伯半岛有许多游牧部落，各部落都有自己的诗人，他们是部落的文化人，地位很高，是部落中的贤哲和代言人。这一时期阿拉伯诗歌的代表是“悬诗”。所谓“悬诗”有不同的解释，一说是各部落诗人一年一度举行赛诗会，获胜的诗歌被抄写悬挂，称为“悬诗”；一说是由于这些诗歌非常珍贵，如同悬挂在美人颈下的项链；一说是因为这些诗非常有名，经常被人们挂在嘴上。流传下来 7 首（一说 10 首）“悬诗”，其中最著名的是乌姆鲁勒·盖斯的《悬诗》，以阿拉伯半岛沙漠旅行为背景，通过凭吊情人旧址，追忆昔日生活，反映阿拉伯人粗犷豪放的游牧生活。悬诗篇幅一般比较长，有时穿插一些故事场景，但目的不是叙事而是抒情。

伊斯兰教创立时期，由于穆罕默德不喜欢诗人，阿拉伯诗坛一度沉寂，只有一些歌颂伊斯兰教的宗教诗和鼓吹圣战的“征战诗”。伍麦叶王朝时期，为王朝和各种政治派别服务的政治诗一度兴盛，爱情诗也有所发展。阿拔斯王朝时期阿拉伯帝国强盛，文化繁荣，抒情诗也进入黄金时代，不同风格的诗人群星灿烂，产生了艾布·努瓦斯、穆太奈比、麦阿里等著名诗人。艾布·努瓦斯反对宗教禁欲主义，玩世不恭，是著名的“咏酒诗人”。他喜爱描写豪华场面，歌颂饮酒作乐，表现狂放不羁的性格和追求享乐的心理。穆太奈比诗歌雄浑豪放，新颖奇特，富有哲理。麦阿里是一位盲诗人，崇尚理性，往往以批判的眼光看待宗教、宇宙和人生，如他在《生与死》一诗中写道：“生似耿耿不寐，死如长眠不醒。”再如一首《自知与无知》：

我与生活、宗教、学问有层障碍，
人们却对此胡思乱猜。
我自认无知，人们却说我明白，
我同他们之间的事可真奇怪。①

另外，在阿拉伯帝国的安达卢西亚地区，抒情诗别具一格，内容上善于描写多姿多彩的自然景色和热烈的男女欢爱，形式上创造出富于变化的“彩诗”和多用方言土语的“俚谣”，对后来的西班牙、法国和意大利诗歌都产生了直接的影响。

波斯萨珊王朝时期已经有抒情诗存在，但由于波斯 7 世纪被阿拉伯人征服，古波斯语文学中断。在阿拉伯人统治的 300 年中，波斯文化发生了深刻的变化，波斯语也由传统的巴列维语演变成为达里波斯语。伊朗地方政权萨曼王朝和伽色尼王朝，相对独立于阿拉伯帝国，有意扶持和推动波斯民族文学，9 世纪下半叶，用新的波斯语创作的诗歌开始出现繁荣，一直持续到 15 世纪。第一位重要诗人是鲁达基，他是萨曼王朝的宫廷诗人，作品丰富，波斯诗歌的主要诗体都由他定型，因而被称为“诗歌之父”。诗人欧玛尔·海亚姆（1048—1122，又译莪默·伽亚谟）的诗集《鲁拜集》，是一部以思想取胜的哲理诗集，表现了诗人对宇宙、人生和社会问题的深刻思考。其中一首写道：

我们来去匆匆的宇宙，
上不见渊源，下不见尽头。

① 《阿拉伯古代诗选》，仲跻昆译，人民文学出版社 2001 年版，第 332、338 页。

从来无人能参透个中真谛，
我们自何方来，向何方走？①

海亚姆是一位科学家，在数学、天文学、医学等领域都有很深的造诣，生前不以诗知名。19 世纪中叶英国诗人、翻译家菲兹吉拉德将《鲁拜集》译成英文出版，在西方产生轰动，使海亚姆成为具有世界影响的大诗人。《鲁拜集》的意义首先是探索精神。人因何而生，从何处来，向何处去，是诗人思考的主要问题。其次是强烈的批判精神，其中有对黑暗不公的现实社会的批判，有对宗教谎言的质疑和对宗教人士的批判。《鲁拜集》中也表现出及时行乐思想，这些思想是与对宇宙人生问题的思考相联系的，是对宗教禁欲主义的反抗。哈菲兹是波斯最著名的抒情诗人，流传抒情诗五百余首。他的诗思想上呼唤人性，反对宗教束缚，要求思想自由，赞美真挚的爱情和纯洁的友谊，对宗教圣徒有辛辣的讽刺。他在一首诗中写道：

我潦倒不堪，生来与人间正道无缘，
世途茫茫，南来北往交错纷乱。
我的心早已厌倦了圣堂和伪善的破袍，
哪里有醇酒呵，我在把酒肆寻找。②

哈菲兹的诗艺术上想象奇特，思维跳跃，善用比喻、谐音和双关。他是德国大诗人歌德最喜爱、最推崇的诗人。中古波斯还有著名诗人萨迪，以创作故事诗为主，兼有抒情类诗歌，其中的格言训诫诗影响最大。中古时期波斯抒情诗的一支重要力量是苏非诗，其思想基础是伊斯兰教中的苏非主义，主张通过虔诚和爱达到与真主的结合。苏非诗兴起于公元 9 世纪，流行于 10—16 世纪，主要代表诗人有萨纳伊、阿塔尔、莫拉维等。苏非诗歌对中古时期的西亚和南亚文学都产生了重要影响。

中古时期东亚地区抒情诗进入黄金时代。中国魏晋时期开始文学自觉，表现主体情志的抒情诗最能体现这种文学自觉的主体精神，率先走向

① 见张鸿年编选《波斯古代诗选》，人民文学出版社 1995 年版，第 177—178 页。
② 同上书，第 296 页。

繁荣，出现了陶渊明、谢灵运等著名诗人。此后，隋唐宋元以至明清，中国文坛都以抒情诗为正宗。作为中国古典文学成就标志的唐诗、宋词、元曲，基本上都是抒情诗。杰出的抒情诗人灿若群星，代有才人，彪炳文学史册。朝鲜在15世纪以前没有民族文字，其文学是民族文学与汉文学并行。公元前后的三国时期抒情诗有民歌和汉诗。高句丽琉璃王作于公元前17年的《黄鸟歌》是现存朝鲜最早的汉诗，这是一首四言诗：

翩翩黄鸟，
雌雄相依。
念我之独，
谁其与归？

这显然是一首受中国《诗经》影响的作品。统一新罗时期（7—9世纪），朝鲜抒情诗主要有两类，一是用“乡扎标记法”（一种用汉字标识朝语音义的方法）记录的民间歌谣，称为“新罗乡歌”；二是文人用汉文作的诗歌。著名汉诗诗人崔致远曾经留学唐朝并中进士，28岁时以唐使身份回新罗，其作品有唐诗风格。高丽时期（10—14世纪）汉诗繁荣，产生了李奎报、李齐贤等著名诗人。李奎报写有《代农夫吟》等关心民生疾苦的诗歌，也写了大量咏自然景物的诗篇。李齐贤曾长期在元朝居留，写了许多忧时伤世、怀念故国的作品。本时期朝鲜出现了“时调”这种文人创作的国语诗歌形式。李朝时期（15—19世纪），朝鲜文字于1444年创立，促进了朝鲜国语文学的发展，“时调”这一民族诗歌形式走向繁荣，形成了平时调、於时调、辞说时调等多种形式，以及爱国时调、山水时调等各种类型。其中成就最高的是尹善道的山水时调，代表作有诗集《山中新曲》和《渔夫四时词》。前者是描写歌颂自然山水的抒情短诗，后者属于长篇时调，包括春词、夏词、秋词、冬词四部分，各有10章，写渔夫驾船出海经历的四季变化。在时调长期发展的基础上，朝鲜出现了国语诗歌的另一种形式——歌辞。歌辞一般篇幅较长，最初以抒情为主，后来逐渐向叙事诗的方向发展。本时期朝鲜汉诗继续发展，并且仍居文学正统地位，出现了丁若镛等重要诗人。

日本古代诗歌包括和歌与汉诗，用汉文创作的诗歌称为“诗”或者“汉诗”，用本民族语言创作的诗歌称为“歌”或者“和歌”。现存日本最早的抒情诗是在一些古代典籍中记录的古歌谣，其中《古事记》中的130首和《日本书纪》中的128首（其中51首与《古事记》重复）最为重要，合称“记纪歌谣”。日本第一部汉诗集《怀风藻》成书于公元751年，收汉诗120首，作者以皇室贵族为主，诗风宗中国六朝和初唐，基本上是五言诗。《万叶集》是日本第一部和歌总集，编定于公元8世纪后期，共20卷，收和歌4500余首，创作时间最早为公元4世纪，最晚一首为公元759年。一般认为《万叶集》是经过多年由多人之手编成，体例不尽一致，内容大体分为“杂歌”、“相闻歌”和“挽歌”三类。“相闻歌”为互相赠答的作品，有朋友之间，也有男女之间的赠答，许多男女之间的赠答实际上属于爱情诗。“挽歌”主要是追思悼亡或慰藉亡灵的作品，也包括即将辞世之人的哀伤之作。不属于“相闻歌”和“挽歌”的和歌收入“杂歌”部分，包括行幸、宴游、行旅、叙景、仪礼、役民等。其表现手法大体分为“正述心绪”、“寄物陈思”和“譬喻”，显然受中国《诗经》赋比兴的影响。从形式上看，《万叶集》4500余首和歌中有长歌260首，短歌4200首，旋头歌60首，另有少数佛足石歌和连歌，其中短歌占绝大部分，后来只有短歌继续发展，成为和歌的代表。无论长短，日本和歌基本上都是抒情诗，绝少叙事。《万叶集》一般分为四个时期。第一期（公元672年以前），作者主要是皇室成员，如天智天皇、天武天皇、额田王等，其中额田王是最早咏唱个人情感的歌人之一，《万叶集》收她12首歌。第二期（672—710），除皇室成员外，出现了一些宫廷诗人，代表人物有柿本人麻吕等。人麻吕善于写长篇挽歌，代表作是一首悼念亡妻的长歌《别妻歌》。第三期（710—733），出现了大伴旅人、山上忆良等著名歌人，歌人群体取代了皇家歌人。山上忆良曾经随遣唐使入唐，在中国居留20年，深受中国诗人关心民生的政治情怀影响，回国后创作了反映民生疾苦的长歌《贫穷问答歌》。第四期（733—759），社会安定生活安逸，出现职业歌人，代表诗人大伴家持。一般认为大伴家持是《万叶集》的主要编纂者，收入作品最多，是万叶后期最重要的歌人。他善于触景生情，有感伤色彩，开日本文学物哀之先河。《万叶集》四千多首和歌只有不到一半是歌人的创作，其余一半多是民歌，包括近畿民谣、东歌、防人歌等。近畿民谣是经过歌人加工的，东歌230首是东部地区的民歌，风格粗矿、感情真挚，以爱情歌谣为主，而且大多结合劳动生活，具有典型的民歌特点。防人歌是被征戍边的军人所作，据说是歌集编纂者大伴家持检点防人，命作歌述怀，然后大伴家持收集整理出80余首编入歌集。这些作品表达了防人被迫离乡别亲的悲苦，具有一定的社会批判意义。10世纪初日本编成敕撰和歌集《古今和歌集》，标志和歌取代汉诗成为日本诗歌的主体。编纂者是纪贯之等四位歌人，有真名和假名两个序，是日本古代文学理论的代表作。《古今和歌集》内容以歌咏自然和爱情为主，其1100首诗中，春夏秋冬四季歌有342首，恋歌有360首。与《万叶集》相比，《古今和歌集》更注重形式技巧，风格纤细浮艳。其后，天皇敕撰和歌集成为传统，至14世纪，先后有《千载集》、《新古今集》、《新续古今集》等21部和歌集问世。14世纪以后，和歌进一步走向民间，平民大众喜爱的连歌成为诗歌的主要形式，由连歌逐渐发展出俳谐。14世纪二条良基编纂了第一部连歌集《筑波集》。16世纪山崎宗鉴编撰了第一部俳谐连歌集《大筑波集》。到17世纪，出现了松尾芭蕉、与谢芜村、小林一茶等著名俳谐诗人，将具有民间文字游戏性质的俳谐提高到纯正的抒情诗的地位。其中松尾芭蕉被称为“俳圣”，他出身武家，仕途失意，一度过着半隐居生活，后又多次长途旅行，对人生有广泛的阅历和深刻的体验。芭蕉一生著有7部俳谐集，5部纪行文。他思想受老庄和佛教禅宗影响，艺术上追求幽玄、闲寂等意境。他既善于表现自然之闲寂，如：“古池塘呀，青蛙跳入水声响。”“海边暮霭色，野鸭声微白。”又能够品味人生之淡泊，如：“客居江户已十霜，便指是故乡。”“旅中正卧病，梦绕荒野行。”还能够关心民生之艰辛，如：“听得猿声悲，秋风又传弃儿啼，谁个最惨凄?”① 其艺术表现常用象征、通感、对比、映衬等手法，形成独特的“蕉风俳谐”。日本文学既受中国文学的深刻影响，又具有鲜明的民族特色，这在抒情诗方面有突出的表现。以抒情诗为文学正宗，追求意象意境之美，以及自然山水情趣的表现，都是中国文学影响的结果。而非政治性与非道德性，追求物哀之美，则是日本抒情诗的民族特点。

三　类型

古代东方抒情诗丰富多彩，可以从内容、形式等不同角度进行分类。本文主要从内容角度，将东方抒情诗分为宗教抒情诗、爱情诗、自然诗、

① 见季羡林主编《东方文学作品选》，湖南人民出版社1986年版，第179—183页。

哲理诗和社会政治抒情诗等类型，分别进行简略分析。

1. 宗教抒情诗

东方古代宗教发达，各民族几乎都有自己的宗教，而且往往多种宗教并存，互相竞争，共同发展，促使东方古代宗教文化繁荣和宗教抒情诗发达。上古时期，在巫术和神话思维的支配下，各民族的原始文化基本上都是宗教文化，原始诗歌的主导情感也基本上是宗教情感。东方上古诸文明的宗教经典基本都是诗体，其中的诗歌大部分是颂神诗。印度的《梨俱吠陀》意译为《赞颂明论》，以颂神诗为主。由于古印度宗教是多神教，吠陀诗中歌颂的神灵也非常多，包括以太阳神苏尔耶为代表的天上诸神，以雷电之神因陀罗、风神伐由为代表的空中诸神和以火神、酒神为代表的地上诸神。中国《诗经》中的颂诗也有很强的宗教性。希伯来《圣经》中的抒情诗集《诗篇》中的作品主要是对上帝耶和华的赞颂。波斯拜火教经典《阿维斯塔》中的《亚斯纳》和《亚什特》分别是“颂词”和“歌颂”的意思。古埃及《亡灵书》同样是宗教经典，歌颂的神灵有太阳神拉和冥神奥西里斯等，其中一首赞美奥西里斯的诗中写道：

荣耀归于奥西里斯，永无穷尽的王子。
他通过了千万年而直入永恒，
以南和北为冠冕，众神与人群的主人，
携带了慈悲和权威的拐杖和鞭子。
……
允许我的精神在地上坚强，在永恒中凯旋！
允许我顺风航过你的国土！
允许我插翼飞腾而上，像那凤凰！
允许我在众神的塔门中得到宽宏的迎迓！①

诗歌格调雄浑，境界高远，以简短的诗行表达了对象征公正和权威的冥神奥西里斯的虔诚之心和敬畏之意。

宗教抒情诗有颂神诗、巫术诗和个人神秘体验诗等类型。抒情诗起源

① 见季羡林主编《东方文学作品选》，湖南人民出版社 1986 年版，第 794—795 页。

阶段前两种发达，之后，随着文学的自觉以及抒情诗的个人化发展，表现个人神秘体验的宗教抒情诗成为主流。佛教文学中的僧尼诗歌，主要表现他们的出家生活和修行体验，就属于这一类的宗教抒情诗。如南传巴利文佛典三藏经藏小部中的《长老偈》，共收入264位比丘的1291首诗偈，主要表现诗僧自己的宗教体验和宗教情感，有的追求心灵的宁静，表现对世俗的捐弃和证道的快乐；有的赞美佛陀及佛教，表达佛弟子发自内心的对佛陀的敬仰和热爱之情；还有许多诗歌主要描写自然环境，或者以对优美的自然景色的歌颂表现出世之乐，或者以自然之动反衬比丘内心之静，以自然之险恶反衬比丘修行的意志之坚定。如优帕塞那长老偈："比丘居住地，寂静人烟稀；野兽时常见，悠闲在林区。"① 乌萨跋长老偈："树草满山间，雨中湿淋淋。乌萨跋来此，用意在修行。林中此美景，宜僧作禅定。"②佛教传入中国，持续发展了两千年，形成了中国的佛教文学。中国佛教诗人继承借鉴中印两国抒情诗传统，创作了许多独具特色的中国宗教抒情诗。著名佛教诗人有支遁、慧远、谢灵运、王梵志、寒山、拾得、皎然、永嘉玄觉、清珙等。如寒山有诗云：

一自遁寒山，养命餐山果。
平生何所忧，此世随缘过。
日月如逝川，光阴石中火。
任你天地移，我畅岩中坐。③

宗教抒情诗是世界文学中的普遍现象，与西方同类诗歌相比较，东方宗教抒情诗的特点主要是神秘主义，这在西亚地区的苏非主义诗歌、南亚地区的虔诚主义诗歌和东亚的禅门偈颂中有充分的表现。苏非是伊斯兰教主要宗派之一，公元8世纪产生在伊拉克和叙利亚一带，9世纪前后传入波斯，后广泛流传于西亚、中亚和南亚地区。苏非主义主张平等、节俭，要求清心寡欲，克己拜功，滤净心性；强调自我内心修养，通过虔诚的爱实现与真主的结合。这种具有神秘主义色彩的思想传入波斯，与正在兴起

① 《长老偈·长老尼偈》，邓殿臣译，中国社会科学出版社1997年版，第137页。
② 同上书，第49页。
③ 《全唐诗》卷806，中州古籍出版社1996年版，第4917页。

的达里波斯语文学互相促进，从而使苏非主义成为一种文学思潮和美学思想。早期的苏非诗人主要选用民歌和爱情诗，把对情人的爱理解成对真主的爱，以此表现并宣传苏非思想。后期直接创作表现苏非思想的诗歌，代表诗人有阿塔尔、莫拉维等，如莫拉维在一首诗中写道：

朝觐者，你们向何处去？
意中人在这里，快来，快来这里。
意中人本与你比邻而居，
为何还四野彷徨到处寻觅？
你们想看到无影无形的真主，
主仆本为一身，天房就是自己。①

苏非主义作为宗教、哲学和文艺美学思想在西亚和南亚产生了广泛而深远的影响。

虔诚主义的基本精神是通过对大神的虔诚和爱，达到人神合一的精神境界。印度教经典《薄伽梵歌》强调对神的虔信和挚爱胜过一切修行和功德，直接影响了虔诚主义思想，成为15世纪印度教虔诚运动的主要动力之一。此外，来自波斯的主张通过爱达到与神合一的伊斯兰教苏非主义，也对印度教改革的虔诚主义产生一定影响。二者共同点一是以爱颂神，二是追求人神合一的神秘境界。印度虔诚诗人维德亚伯迪、苏尔达斯、钱迪达斯等，以罗陀与黑天的爱情为题材写了大量的爱情诗，但其宗旨不是为了表现爱情的甜蜜、纯真或者感人、动人，而是表现对大神黑天的虔诚之爱。

禅门偈颂虽然没有以爱颂神，但其所表现的见性成佛，悟得本性便是佛等思想，其本质也是人神合一。其对顿悟的追求，以及绕路说禅的表现方式，也都具有神秘主义色彩。如五祖法演开悟诗：

山前一片闲田地，
叉手叮咛问祖翁。
几度卖来还自买，

① 见张鸿年编选《波斯古代诗选》，人民文学出版社1995年版，第255页。

为怜松竹引清风。①

从字面上看，诗歌表现的是田园雅趣和自然审美情趣，然而这是一首典型的禅门开悟诗，其中的“闲田地”隐喻人心自性，卖表示外求，买表示内求，诗人经过由外而内的不断求索，终于悟得本性，而悟道的契机是“松竹引清风”，清风又是道的象征，是看不见摸不着的，只能通过松竹的摇动感受到风的存在。②

宗教是关于神的存在及其意义的说教，本身已经非常神秘，而人神结合或者人神合一又是宗教中的神秘主义。虽然说在各种宗教中都有一些神秘主义派别或者神秘主义因素，但东方的宗教，包括佛教、印度教和伊斯兰教的神秘主义影响更为深远，在文学中的表现也更为突出，由此形成了东方古代宗教抒情诗的神秘主义色彩。

2. 爱情诗

“诗缘情而绮靡”，爱情诗是东方抒情诗园地中最丰富最绚丽的花朵。人类早期诗歌，特别是民间歌谣，咏唱最多的主题就是爱情。古埃及民歌中有大量的情歌，表达了青年男女相互爱慕的纯真质朴的情感。新王国时期抄写的纸草中有大量的爱情诗，如保存完好的切斯特·贝蒂纸草的第一部分有三组诗，都是爱情诗。第一组有 7 节，每一节都是以独白形式表达青年男女对情人的思恋。其中第二节有这样的诗句：

想起他，我的心阵阵发痛，
我已被他的爱占有。
确实，他是个傻瓜，
可是我也和他一样。

第二组表达少女盼望情郎快到她身边的急切心情：“啊，快来看你的妹妹，象国王的骏马那般快！……啊，快来看你的妹妹，象原野上跳跃的

① 普济：《五灯会元》第十九卷，中华书局 1984 年版，第 1240 页。

② 参阅杜松柏《禅门开悟诗二百首》，中国社会科学出版社 1993 年版，第 79—80 页。

羚羊那般快！”① 重复的句式表现出民歌特点，命令的语气又像是咒语，可能是从民歌和咒语演变而来的爱情诗。

《圣经》中的《雅歌》是一部爱情诗集，共八章，以象征手法表现男女青年的性爱，其中第七章中的一节写道：“我属我的良人，他也恋慕我。我的良人，来吧！你我可以往田间去，你我可以在村庄住宿。我们早晨起来往葡萄园去，看看葡萄发芽开花没有，石榴放蕊没有。我在那里要将我的爱情给你。风茄放香，在我们的园内有各样新陈佳美的果子，我的良人，这都是我为你存留的。”② 这里表现的完全是世俗的浪漫爱情，具有肉体与精神相统一的特点。

西亚北非地区的爱情诗传统在中古时期的阿拉伯和波斯文学中发扬光大。蒙昧时期的阿拉伯诗歌“盖绥达”中，爱情是不可缺少的内容。伍麦叶王朝时期爱情诗进一步发展，出现了“艳情诗”和“贞情诗”两种爱情诗。“艳情诗”风格绮丽，流行于麦加、麦地那等城市，代表诗人赖比阿、艾哈瓦斯等。赖比阿被称为“情诗之王”，专门写男女恋情，风格清丽欢快。“贞情诗”歌咏纯真的爱情，或者由于爱情被阻挠而表达相思之苦，流行于游牧民中，代表诗人哲米勒等。阿拔斯王朝时期出现了著名的爱情诗人艾哈奈夫以及女诗人法杜露。另外，安达卢西亚地区诗人擅长写男女欢爱，其爱情诗感情炽热，代表诗人伊本·宰敦等。波斯著名诗人哈菲兹、萨迪等，都是爱情歌手。萨迪在一首爱情诗中写道：

> 我对你一见钟情，心潮如波涛汹涌，
> 恭立祈祷，壁龛中也浮现你的面影，
> 我愁锁心头，似失足坠入激流之中，
> 你的朱唇可是涂上我的血，这般殷红？③

阿拉伯和波斯爱情诗热烈而直露，以上诗歌可见一斑。

印度爱情诗源远流长，《梨俱吠陀》中已经有不少爱情诗，《阿达婆

---

① 参阅汉尼希、朱威烈等《人类早期文明的木乃伊——古埃及文化求实》，浙江人民出版社 1988 年版，第 85—87 页。

② 《新旧约全书》，中国基督教协会、中国基督教三自爱国运动委员会 1988 年版，第 765 页。

③ 张鸿年编选：《波斯古代诗选》，人民文学出版社 1995 年版，第 282 页。

吠陀》中有《爱情祝词》、《相思咒》、《爱情祷词》等具有爱情诗性质的作品。如《相思咒》中的一节：

象藤萝环抱大树，
把大树抱得紧紧；
要你照样紧抱我，
要你爱我，永不离分。[①]

印度诗学注重情味，在文学的各种情味中又崇尚艳情，将“艳情味”置于众味之首，并明确指出艳情味“以男女为因，以最好的青年时期为本。它有两个基础，欢爱与相思”。“富有幸福，与所爱相依，享受季节与花环，与男女有关，名为艳情。”[②] 诗人迦梨陀娑是一位爱情歌手，他的抒情诗集《时令之环》有许多作品表现男女欢爱和相思之情。抒情长诗《云使》写药叉托云带信，向妻子倾诉相思之情，是一首非常别致的爱情诗。作品分“前云”和“后云”两部分，前一部分写药叉向云彩指点到达他爱人居住的阿罗迦城的路线，对途中各处名胜及秀丽景色作了富于感情的生动描绘。后一部分向“云使”指示他家的方位和标志，爱妻的容貌，并想象妻子的忧伤之情，然后托云向爱妻诉说相思之情。前一部分以写景为主，但景中生情，情意缠绵；后一部分以情为主，但情中带景，无比强烈的思念之情在情境描述中展露。作品着力抒发渲染的夫妻相思之情，是强烈而忠贞的爱情，感人至深。印度爱情诗不仅发达，而且感情缠绵而又炽烈，想象丰富而又奇妙。

与西亚北非和南亚相比，东亚地区的爱情诗比较含蓄委婉。中国上古诗歌总集《诗经》中不乏爱情诗，如《秦风·蒹葭》、《郑风·将仲子》等，都是典型的爱情诗，但爱情表现都比较委婉。中古以后，中国受传统礼教的影响，男女婚姻讲求父母之命，媒妁之言，婚前的交往多数发乎情，止乎礼，情诗被认为有伤风化，所以文人诗歌中爱情诗很少，感情炽烈的爱情诗更少。少数诗人涉及爱情题材，多为婚后夫妻生活，很少有直

---

① 见季羡林、刘安武选编《印度古代诗选》，漓江出版社 1987 年版，第 31 页。

② 婆罗多：《舞论》第六章，金克木译，见曹顺庆主编《东方文论选》，四川人民出版社 1996 年版，第 86—87 页。

接的爱情描述。民歌中爱情诗相对较多，也大多通过比兴手法含蓄表达男女之情。朝鲜受中国文化影响，情况类似。相比而言，东亚地区日本爱情诗更为发达。《万叶集》中已经有大量的爱情诗，《古今和歌集》则将恋歌单列一类，在1100首诗中有恋歌360首，占1/3。

东方古代爱情诗特点之一是善于表现离情别绪。由于家长阻挠、伦理道德或者社会职责限制，爱情往往不如意，或者有情人不能成为眷属，或者相爱而不能相守，于是就会产生“爱别离”之苦。就爱情诗而言，爱别离有助于表现相思之情和忠贞之爱，为诗人提供了发挥才华的机会和空间。著名印度诗人迦梨陀娑的《云使》就是表现恩爱夫妻别离之后的相思之情，将离情别绪发挥得淋漓尽致。如果说《云使》表现的是恋人生离之苦，那么柿本人麻吕的《别妻歌》、苏轼的《江城子》表现的则是爱人的死别，这样的悼亡诗可以看作一种特殊类型的爱情诗。白居易的《长恨歌》也表现了情人的生离死别，但更突出了爱情与职责的悲剧性冲突。东方爱情诗特点之二是爱情诗与颂神诗相结合。印度胜天的《牧童歌》写的是黑天与罗陀的爱情，但由于黑天是大神的化身，爱情诗成了颂神诗。特别是虔诚运动中的毗湿奴派诗人，往往自比罗陀，直接向黑天表达虔诚之爱。伊斯兰教苏非派诗人也常常以爱情诗表现人神关系。东方爱情诗特点之三是美与善的统一。男女爱情是人类最基本、最普遍、最美好的感情之一，也是抒情诗的重要源泉之一。东方爱情诗以优美的旋律和绚丽的诗句讴歌赞美爱情，表现人性之美，实现了美与善的统一。

3. 自然诗

自然美的发现和表现是古代东方文学的重要特点，这一特点在东方古代抒情诗中得到充分的体现。在东方各国，自然诗都是源远流长的。古埃及《亡灵书》中有咏太阳的脍炙人口的诗篇，对太阳神的歌颂往往是借自然界太阳的光辉形象表现神的伟大和至高无上，因而既是颂神诗，也是自然诗。公元前13世纪诗人恩纳创作了著名诗篇《尼罗河颂》，这是一首200多行的长篇抒情诗，开篇一节写道：

万岁，尼罗河！
你在这大地上出现，
平安地到来，给埃及以生命。

阿孟神啊，你将黑夜引导到白天，
你的引导使人高兴！
繁殖了拉神所创造的花园。
给一切动物以生命；
不歇地灌溉着大地；
从天堂降下的行程；
食物底爱惜者，五谷底赐与者，
普塔神啊，你给家家户户带来了光明！①

这首诗写出了尼罗河作为埃及的母亲河的伟大胸怀和生命创造者的神秘力量，气势磅礴，内涵丰富，是东方古代自然诗的杰作。

古希伯来《圣经》诗歌中也不乏咏自然的作品。《诗篇》中有许多作品涉及自然，诗人常常通过自然现象说明上帝的伟大和荣耀。《雅歌》则被认为是一首田园牧歌，诗的主题是表现爱情，但其背景是自然田园，因而其中有许多自然书写。

印度民族热爱自然而又富有想象力，这在其童年时期的文学创作中已有充分的表现。《梨俱吠陀》中有大量的自然诗，咏的对象有太阳、朝霞、大地、森林、水、云等。这些诗不是将自然现象作为起兴或言志的手段，更不是作为背景来表现人的活动，而是关注于自然本身的美。《梨俱吠陀》中的自然诗也有几种不同的类型。一类是比较纯粹的咏自然现象的诗，如《大地》、《森林》、《水》、《风》、《雨云》等。这些自然诗大多从万物有灵或自然神论出发，赋予自然以灵性。这样的自然诗尽管不是纯自然的表现，但毕竟是把自然现象作为审美的对象了。第二类自然诗是将自然现象神圣化，作为崇拜的对象来歌颂。此类诗歌虽然属于颂神诗，不是纯粹的自然诗，但由于这些神是自然神，诗人对它们的描写、关注和赞美都集中于其自然属性，所以还应该属于自然诗之列。这类被神圣化的自然现象很多，如太阳、朝霞、黎明、黑夜、曙光、河流等。佛教诗人笔下也有生动的自然抒情诗，如大迦叶长老偈："青山如暗云，复如深色花；鸟儿聚山中，我心常喜悦。山深人不至，野兽常聚集；群鸟飞来此，我心常喜悦。山水何其清，岩石何广平；猴鹿常出没，树花时坠溪。身在此山

① 见季羡林主编《东方文学作品选》，湖南人民出版社 1986 年版，第 799 页。

岗，我心常喜悦。”① 这里有山有水，有树有花，有兽有鸟，看到这一切，诗人心中充满喜悦之情。

中国先秦文学中已经出现自然美意识，孔子“智者乐水，仁者乐山”之论，已经表现出人对自然美的欣赏，并注意到不同的人对不同的自然现象的喜爱与个人的性格气质有着内在的联系。在《诗经》中，自然作为人类的同伴，或者作为人类生活的环境，作为同人类生活有着密切关系的现象，已经得到诗的表现，如《小雅·采薇》：

> 昔我往矣，杨柳依依。
> 今我来思，雨雪霏霏。

生动地表现了人同自然的亲切关系，成为千古传诵的名句。《诗经》对各种草木鸟兽的描写，虽然经常是作为形象的譬喻而出现，但其中已经包含了人对这些自然物之美的感受的萌芽。② 也就是说，《诗经》中的自然不仅是比兴的手段，而且有对自然美的发现和表现。如《小雅·鹤鸣》就是一首赞叹和陶醉于自然之美的诗，其中写道：“鹤鸣于九皋，声闻于野。鱼潜在渊，或在于渚。乐彼之园，爰有树檀，其下维择。”这样以表现自然之美为主旨的诗歌在《诗经》中并非绝无仅有。可见东方抒情诗人的自然情怀在其源头上已经有了深刻的体现。

一般认为，上古时代人类与自然有着天然的联系，同时也有天然的亲近感，表现在文学中就是大量的自然书写和自然美意识。随着人类社会的发展，人类与自然越来越疏离，自然成为人类征服的对象，文学中的自然书写也不再是自然美意识的抒发。这种现象在西方文学中比较普遍，比较典型。东方文学则不然，中国在先秦自然诗的基础上，到两汉时期自然诗有了进一步的发展。魏晋时期，特别是晋宋之交，中国文学中自然山水情趣勃然大兴，自此一发而不可收，山水诗成为中国诗歌的一大种类。

在印度，古典诗人迦梨陀娑称得上是一位自然诗人，他的作品进一步丰富了印度文学的自然书写，自然美的表现更臻完美。他的代表性作品

---

① 《长老偈·长老尼偈》，邓殿臣译，中国社会科学出版社 1997 年版，第 193—194 页。

② 参阅李泽厚、刘纲纪主编《中国美学史》第一卷，中国社会科学出版社 1984 年版，第 144 页。

《时令之环》、《云使》、《沙恭达罗》等，都有自然美的表现，其中抒情诗集《时令之环》有对一年六季森林景象的描写。如诗人笔下的雨季森林：

阵阵新雨驱散森林地区炎热，
四处迦昙波花绽放，如同欢喜，
树木枝叶迎风摇曳，如同跳舞，
盖多吉树萌发嫩芽，如同微笑。①

诗人非常生动传神地写出了森林树木的不同姿态和神情，表现出森林特有的形象美和韵律美。

日本民族性喜自然，日本文学又主要接受了中国齐梁和初中唐文学的影响，在中国达到极盛时期的自然山水情趣也影响了日本文学。日本最早的和歌总集《万叶集》中已经有相当多的自然诗，描绘山川、风月、花草等自然现象。日本人自古重视四季时序，这在和歌编排方面体现出来，《万叶集》有些卷已经以春夏秋冬四季进行分类，其诗歌内容主要是描绘一年四季不同的自然景色。作为《万叶集》续编的《古和歌今集》，继承并发展了《万叶集》中以四季为序的分类方式。到后世俳句，每首诗中都要求有“季语”，以显示所表现的季节，可见其对自然时序的看重，也说明自然诗在其中占有相当的比重。据今道友信研究，奈良时代形成的美的范畴的总称为：“くはし”（音译库瓦希，意为美丽、细密），其“本来的形象在于植物自我生命的充实的美，即树叶郁郁葱葱、繁茂致密的颤动着的跳动感”②。朝鲜古代诗歌中自然诗也非常发达，最具有朝鲜民族特色的诗歌种类是“时调”和“歌辞”，其中都有表现自然美的佳作，如著名诗人尹善道的山水时调《山中新曲》、《山中续新曲》、《渔夫四时词》等，代表了时调的最高成就。郑彻的山水歌辞《松江歌辞》、《关东别曲》、《星山别曲》等，不仅代表了歌辞的成熟，而且标志着朝鲜国语诗歌发展到新的阶段。③

---

① 迦梨陀娑：《时令之环》，黄宝生译，见黄宝生编著《梵语文学读本》，中国社会科学出版社2010年版，第223页。

② 今道友信：《东方的美学》，蒋寅等译，生活·读书·新知三联书店1991年版，第191页。

③ 参阅何镇华《朝鲜文学论集》，线装书局2010年版，第31—34页。

东方古代自然诗的发达，其原因首先是东方文化中人与自然的统一观。这种统一观在东亚表现为天人合一，在南亚表现为“梵我同一”。天人合一思想是中国文化的神髓，无论是儒家还是道家都以此为思想基础。其中的“天”既有宇宙主宰的宗教内涵，又有自然本体的哲学意义。“梵我同一”是印度古典哲学的基本命题，其中的“梵”是宇宙本体概念，是万物的根本和始基；“我”即个体灵魂。《奥义书》在概括人与宇宙关系时提出“我是梵”的哲学命题。这种“梵我同一”论为后世印度各派哲学所阐释和继承，成为印度宗教文化的核心，亲证“梵我同一”成了宗教修行的最高境界。西亚北非地区，人与自然整体观没有中印文化鲜明，但亦有所表现，如拜火教将宇宙善恶二元与人的善恶二分相对应；犹太教将人与自然都看作上帝造物，虽有高低之分，并无本质差别，都统一于神；而伊斯兰教的苏非派则明确主张神与人的统一性，认为神存在于人自身，人通过修行、虔诚和爱，可以实现人神结合。东方三大文化圈的人与自然整体统一观尽管有的重心在天，有的重心在人；在天者有的侧重自然本体，有的侧重宇宙主宰；在人者有的强调人类全体，有的强调自我个体，但都把人与自然看作相互依存的统一体，把自然本体和道德主宰相等同，进而把合一或同一作为认识的终极真理和人生的最高理想。这样的人类与自然的统一观，是诗人欣赏亲近自然的基础。其次，东方古代文明基本都是农业文明，自然景物与人的生活息息相关。农业文明不是征服自然，而是顺应自然，追求自然的和顺。在时序上顺应自然节律，春种、夏耘、秋收、冬藏。人类行为尊重自然规律，谷物的种植要遵循植物生长的规律，动物的养殖要遵循动物繁衍的规律。自然的和顺带给人们好收成，同时也带来赏心悦目的快乐。农业社会居民很少迁徙，人们世世代代生活在一个地方，不仅加强了人与自然不可分离的统一观念，而且加强了人与自然的亲缘关系。再次，东方宗教的出世精神和非暴力思想，促进了人与自然的亲密关系。一方面，出世精神造就了一批出家人，他们厌弃社会生活，到远离尘世的山水清幽之地结庐建寺，修身养性。这种倾向影响到一些文人学士，他们在仕途失意或生活受挫后，也常常寄情山水。这对自然山水诗的兴起和发展有直接的影响。另一方面，非暴力精神培养人们爱护、保护动植物的善心和爱心。这种爱心和善行不仅促进人们对自然美的发现和表现，而且使人与其他生物之间的裂缝得以弥合。正是在这样的文化氛围中，以发现和表现自然美为宗旨的自然诗得以孕育和发展。

4. 哲理诗

哲理诗是哲学与诗的结合。哲学主要就人与自然关系、人与人关系、人与自我关系等形而上的问题进行思考，从而指导人们的人生和社会实践，是人们对宇宙自然和人生社会的总体性认识和思考。哲理诗就是将这样的宇宙观、人生观、道德观和审美观通过诗的形式来表现，属于广义的“情志表现”，因而可以看作抒情诗的一个特殊类型。

上古时期，人类文学处于文、史、哲、神互涵互动的大文学时代，哲学思考往往蕴含在文学表现之中，因此，哲理诗在抒情诗中是一个很古老的类型，占有很重要的地位。中国屈原的《天问》以及《诗经》中的一些怨世之作，都表现出对传统神话思维和现实秩序的怀疑精神，具有理性思维。印度是一个富有哲学精神的民族，《梨俱吠陀》中已有丰富的哲学思考，其中著名的哲理诗有《金胎歌》（又译《生主之歌》）、《水胎歌》、《造物者》和《有无歌》等。其中《有无歌》（又题为《有转神》）一诗中写道：

无既非有，有亦非有；
无空气界，无远天界。
何物隐藏，藏于何处？
谁护保之，深广大水？

死既非有，不死亦无；
黑夜白昼，二无迹象。
不依空气，自力独存。
在此之外，别无存在。[①]

诗歌表现了对世界本体问题的形而上思考，提出了“有”“无”等哲学基本范畴。以上是直接以哲学基本问题为表现对象的哲理诗，另外还有一些以现实事物为描写对象而蕴含深刻哲理的诗歌，如《梨俱吠陀》中有这样一节诗：

---

① 见季羡林、刘安武选编《印度古代诗选》，漓江出版社 1987 年版，第 27—28 页。

两只鸟儿结伴为友，
栖息在同一棵树上，
一只鸟品尝毕钵果，
另一只鸟不吃，观看。①

这节诗被多种《奥义书》引用。这显然不是一首描写树和鸟的自然诗，而是进行世界观、人生观和价值观思考的哲理诗。

对宇宙自然的思考和人生智慧的悟解，是佛教思想中的精华，这样的哲理性也在佛教抒情诗中表现出来。《法句经》既是佛陀及其弟子形而上思考的结晶，也是古代印度人民丰富人生智慧的总结，其中《无常品》写道："如河驶流，往而不返，人命如是，逝者不还。"这样的思考显得深沉而又旷远，具有悲怆和苍凉的意境。《老耗品》有言："身死神徒，如御弃车，肉消骨散，身何可怙？"人生无常，生死事大，不能不引人深思。中国佛教的一些高僧大德在体悟佛理时，往往以偈颂的形式来表现。如禅宗神秀的示法偈："身如菩提树，心如明镜台，时时勤拂拭，莫使有尘埃。"表现了渐悟思想。慧能的示法偈："菩提本无树，明镜亦非台，本来无一物，何处惹尘埃？"体现了无执无著，顿悟佛法的境界。禅门偈颂中有许多优秀的哲理诗，其中永嘉玄觉禅师的《证道歌》，以七言为主，共 267 句，是中国古代少有的长篇哲理诗，其中一节写道：

一性圆通一切性，
一法遍含一切法，
一月普现一切水，
一切水月一月摄。

既有深刻的佛理体悟，又有洒脱自如的诗意表现，是佛教抒情诗中的上乘之作。

西亚北非地区古代哲理诗非常发达。古埃及哲理诗《绝望者和自己的灵魂对话》表现了对宗教信仰的怀疑和对现实社会的不满。《咏正直的受难者的诗》描述了一位虔诚老实、唯神意是从的人，却仍然遭受种种不

① 《奥义书》，黄宝生译，商务印书馆 2010 年版，第 303、324 页。

幸，因而对神的正义性产生怀疑，并发出愤激的理性质问。中古时期阿拉伯和波斯诗人继承了这样的怀疑主义和理性主义传统。阿拉伯著名诗人艾布·努瓦斯、穆太奈比、麦阿里等，都称得上是哲理诗人。其中麦阿里被称为“诗人中的哲人，哲人中的诗人”。[①] 波斯抒情诗大多与人生哲理有关，代表诗人有欧玛尔·海亚姆、哈菲兹、萨迪，另外还有部分苏非诗人，作品都富有哲理。海亚姆的《鲁拜集》就是一部以思想取胜的哲理诗集，关于宇宙和人生问题的思考是《鲁拜集》最精彩的篇章，体现了作为科学家和哲学家的诗人深邃的思想和博大的胸襟。作为天文学家和医生，海亚姆研究过宇宙和人生的各种问题，在许多领域都有所收获，有所成就，已经载入史册。然而，身为科学家又喜欢哲学思考的海亚姆，总是放不下摆不脱对人生终极问题的思考，在这方面，他仍非常困惑。诗人写道：

从地底深处直到土星之巅，
我已解决了宇宙一切疑难。
如今没有什么问题使我困惑，
但是面对死亡之结我仍感到茫然。[②]

作为科学家的海亚姆是非常自信的，认为自己已经解决了一切疑难；然而面对死亡问题，诗人却一筹莫展，因为关于人的生死问题，宗教经典已经有了明确的解释，诗人对这些解释持怀疑态度，但要重新做出有说服力的解释，又谈何容易，因而感到困惑。《鲁拜集》不仅哲理思想给人启迪，其雄辩和逻辑也具有思辨之美。

---

① 参阅仲跻昆《阿拉伯古代诗选·译本序》，见《阿拉伯古代诗选》，人民文学出版社 2001 年版，第 7 页。

② 见张鸿年《波斯文学史》，北京大学出版社 1993 年版，第 146 页。这首四行诗刻在福州市郊一位伊朗人的墓碑上，刻于公元 1306 年。原文由福州社会科学院陈达生在 1993 年北京大学伊朗文化研究所召开的伊朗学研讨会上提供，张鸿年先生翻译成中文，并由此说明早在元代海亚姆的作品就已经传到中国。《波斯古代诗选》中张鸿年译海亚姆《鲁拜六十六首》中的第 52 首与这首诗意思相符合，说明这首诗的确是海亚姆所作。但张老师的译文不同，抄在下面，以供比较：“从黑土深层直到星的峰巅，我解决了一切困惑与疑难。凭才智我解开了一个个死结，但面对死神我一筹莫展。”见《波斯古代诗选》，人民文学出版社 1995 年版，第 187 页。

哲理包括宇宙观和人生观，也包括伦理道德及处世哲学，后两者在格言诗和箴言诗中有丰富的表现，所以我们将格言诗和箴言诗看作哲理诗的特殊类型。从内容上说，它们大多含有一定的人生哲理或道德训诫，属于广义的哲学范围；从形式上看，格言诗和箴言诗都短小精悍，言简意赅。古埃及以道德训诫为主要内容的箴言诗非常发达，著名的《普塔霍蒂普箴言》出现于约公元前2880年，作者普塔霍蒂普是埃及古王国第五王朝的宰相，这部箴言集是他晚年为训诫儿子而作，提出了相当深刻的道德哲理，其中最突出的是对自我克制、谦逊、诚实、正直、仁慈和慷慨等美德的肯定和赞扬。两河流域的苏美尔和古巴比伦也有丰富的箴言诗和格言诗，总结人生经验和做人之道。古希伯来《圣经》中也有《箴言》一卷，31章，称为"所罗门的箴言"。印度古代格言诗非常发达。佛教是最重道德训诫的宗教之一，佛典中的《法句经》就是佛徒从早期佛典中搜集编选的一部格言诗集，其中收有著名的诸佛通戒偈："诸恶莫作，诸善奉行，自净其意，是诸佛教。"佛教道德中强调最多的是善恶报应，这在格言诗中有所表现，如《法句经·恶行品》："凶人行虐，沈渐数数，快欲为人，罪报自然；吉人行德，相随积增，甘心为之，福应自然。妖孽见福，其恶未熟，至其恶熟，自受罪虐。贞祥见祸，其善未熟，至其善熟，必受其福。"这是对善恶报应问题比较圆满的解释。佛教道德中最有特色最具普世意义的是非暴力不杀生，《慈仁品》讲"为仁不杀"，《刀杖品》讲"无害众生"，指出："一切皆惧死，莫不畏杖痛，恕己可为譬，勿杀勿行杖。"此类格言诗在古代印度文学中非常普遍，两大史诗和寓言故事集中有许多格言诗。诗人伐致呵利的《三百咏》中的《世道百咏》和《离欲百咏》属于格言诗。印度南方的泰米尔语文学中流传有十八部经典诗集，其中有12种属于教诲文学，其中大部分是格言诗，其代表作有著名的《古拉尔箴言》等。

东方古代哲理诗非常丰富，这是东方文学的一个重要特点。哲理诗是东方抒情诗中最有思想价值的一部分，其特点一是怀疑精神。对宗教经典、传统观念和现存秩序的怀疑，是东方哲理诗的重要特点，在非理性主义占主导的东方文化传统中，这种基于理性思考的怀疑精神非常难能可贵。二是探索精神。对宇宙和人生奥秘的探索是哲学首要任务，也是东方古代哲理诗的重要特点。印度《吠陀》诗歌中有对世界本源的思考，对有无、时空、因果等哲学基本问题的探讨。《奥义书》诗歌有对梵我关系的探究，对梵我同一哲学命题的论述。波斯诗人欧玛尔·海亚姆基于科学思维，对于已有宗教定论的宇宙形成、人类的存在以及人生的意义等问题重新思考，表现出积极的探索精神。三是批判精神。这种批判精神是与怀疑和探索精神联系在一起的，首先是宗教批判。麦阿里是一位哲学诗人，他通过理性思考对天堂地狱等宗教观念提出怀疑，从而在诗歌中把讽刺的矛头直指宗教。海亚姆在其《鲁拜集》中，对宗教教义，教长甚至真主都大胆予以讽刺。格比尔达斯虽然被其追随者奉为教主，但其思想的基本精神是对传统的印度教和伊斯兰教的批判。其次是社会批判。对不合理的社会秩序，对不公平的世道进行质疑和批判，都是以理性思考为基础的。这些在东方哲理诗中都有所表现。

5. 社会政治诗

亚里士多德认为“人是政治的动物”，马克思认为“人是社会关系的总和”，这些关于人的经典定义都突出强调了人的社会政治属性。人性的这样一个层面，决定了社会政治在人类行为中居于重要地位，写诗也不例外。在东方各国的抒情诗中，社会政治诗或者政治抒情诗是非常重要的一部分。政治抒情诗包括宫廷诗人歌功颂德的政治赞美诗、政治家表现个人政治抱负的抒怀诗、知识分子忧国忧民的感时诗、提醒统治者的美刺诗，以及广大人民群众表现社会生活感受的歌哭诗等。总之，那些表现诗人政治思想和对社会问题看法的诗歌，属于社会政治抒情诗。

古代东方抒情诗中有许多属于社会政治抒情诗。古埃及著名的民歌《打谷人的歌谣》表现了劳动者对世道的愤懑，《绝望者和自己的灵魂对话》表现了对现实社会的不满，揭露了现实生活的冷酷和虚伪，《圣经》中的《耶利米哀歌》表现了先知诗人耶利米忧国忧民的情怀，这些都是典型的社会政治抒情诗。中国上古诗集《诗经》和《楚辞》中有大量的政治抒情诗，充分表现了诗人对社会政治问题的关心和关注。《诗经》中的颂诗基本是对祖先的歌功颂德，所歌颂的文治武功都具有政治性。风雅部分除了爱情诗和自然诗之外，包括民族历史诗、农事诗、战争徭役诗、政治美刺诗等，基本上都属于政治抒情诗。楚辞的代表诗人屈原是一位政治家，其代表作《离骚》抒发了诗人遭诬陷被流放的怨愤和忧国忧民的情怀，是一首典型的政治抒情诗。中国历代文人诗继承诗骚传统，关心政治，关注民生。不仅居庙堂之上者承担载道教化之责任，怀才不遇者亦关注民生疾苦，表现“致君尧舜上”的政治理想。朝鲜由于受中国文化影响，亦像中国一样，政治抒情诗成为文学的主流文体。重要诗人崔致远、李奎报、李齐贤、丁若镛等，皆属于政治诗人。朝鲜国语诗歌“时调”中亦有政治性的爱国时调。日本古代诗歌本质上与中国不同，有非政治性与非道德性的特点，其中的政治抒情诗往往是中国文学影响的产物，如山上忆良长期居留中国，才有可能创作出《贫穷问答歌》这样的反映民生疾苦的政治抒情诗。

印度古代诗人缺少政治抱负，更多宗教情怀，故其诗歌宗教性强于政治性。即使是宫廷诗人，除了一般的歌功颂德之外，也主要是创作艳情诗娱乐君王，而缺乏政治抱负和政治情怀。即便如此，印度也有少量政治抒情诗传世，最有代表性的是泰米尔语的《古拉尔箴言》。该诗集分为《德行篇》、《政治篇》和《爱情篇》，其中《政治篇》大部分是经世济民和为人处世的格言，如其中的“君王之道”：

善于利用资源，
勤于充实财富，
勇于保护产业，
巧于支配财物，
君王若能如此，
国民万世幸福。①

此外，伐致呵利《三百咏》之《正道百咏》，也有部分作品属于社会政治诗的范畴。

阿拉伯“蒙昧时期”各部落的诗人实际上是部落的政治代言人，他们在部落斗争中以诗歌为武器，宣传自己，指斥敌人，鼓舞士气，都是靠政治抒情诗。一些所谓“侠寇诗人”，其诗作反映底层人民疾苦，表现对贫富悬殊的社会现实的不满以及对自由平等的追求，都具有社会政治意义。伍麦叶王朝时期，为王朝和各种政治派别服务的政治诗一度兴盛。阿拔斯王朝时期，阿拉伯帝国强盛一时，诗坛百花齐放，社会政治诗也有进一步发展，许多著名诗人都关心政治，关注社会，讽刺权贵，批判现实，

① 见季羡林、刘安武选编《印度古代诗选》，漓江出版社1987年版，第235页。

如麦阿里的《君王》一诗写道："活在世上让人厌烦、头痛，多少君王治国不施仁政。他们本是老百姓的雇工，却违背百姓利益，将他们欺哄。"[①]表现了民主政治思想。

波斯7世纪被阿拉伯人征服之后，一些伊朗地方政权，如萨曼王朝和伽色尼王朝，有民族独立的政治诉求，这在诗人的创作中也表现出来，出现了菲尔多西的《列王纪》这样的政治史诗。在抒情诗领域，许多大诗人在诗中表达了自己的社会政治思想，如海亚姆《鲁拜集》中有对黑暗不公的现实社会的批判：

如若天下事能以公正之尺衡量，
如若人世生活令人满意舒畅，
如若天地之间尚有公平二字，
正直人怎会有百结的愁肠？[②]

著名诗人萨迪的《果园》中有这样的诗句：

君王犹如树木，农夫好像树根，
树要高大挺拔，根要植得深。
为政万万不可刺伤平民百姓的心，
欺压百姓就是在掘自家的根。[③]

东方古代政治抒情诗种类很多，其中最有社会意义和历史价值的作品有三类。一是反映民生疾苦，表现人道主义精神的作品，如中国诗人杜甫的《三吏》、《三别》，白居易的《卖炭翁》，日本诗人山上忆良的《贫穷问答歌》等。伐致呵利《三百咏》中也有类似的作品：

若不见苦妻房衣衫褴褛，
饿孩儿牵母衣哭哭啼啼，

① 《阿拉伯古代诗选》，仲跻昆译，人民文学出版社2001年版，第341页。

② 张鸿年编选：《波斯古代诗选》，人民文学出版社1995年版，第185页。

③ 张鸿年编选：《波斯古代诗选》，第259页。

有志者谁肯为可恶肚皮，
恐遭拒，语含糊，向人求乞?①

这里虽然没有明确的政治诉求，但其中包含了对世道的谴责，对弱者的同情，表现出人道主义精神。二是忧国忧民，表现爱国主义思想的作品，如屈原的《离骚》，《圣经》中的《耶利米哀歌》等。三是揭露统治者罪恶，进行社会批判的作品。这些类型的政治抒情诗不仅曾经推动历史进步，有历史认识价值，而且在当下有助于陶冶情操，树立健康的世界观、人生观和审美观。

四 特点

通过上文对东方抒情诗起源问题的分析和发展概况的梳理，可以看出抒情诗在东方文学史上的重要地位。东方各民族抒情诗既各自独立发展，又互相影响，因而既有鲜明的民族特点，又有东方抒情诗的共同特点。

第一，相对于西方而言，东方抒情诗文体发达，地位重要，种类繁多。古代东方各民族国家，如埃及、印度、中国、古希伯来、波斯、阿拉伯、朝鲜、日本等，都以诗为文学之正宗，在诗歌文类中，大部分民族又以抒情诗为正宗。在中国，上古文献《尚书》中就提出“诗言志，歌咏言，声依永，律和声”，被尊为儒家诗学的总纲领，奠定了中国抒情诗的文学正宗地位。受中国文化影响，同属一个文化圈的朝鲜和日本，也都以诗为文学正宗，而且所谓诗基本上都是抒情诗。如纪淑望的《古今和歌集真名序》是日本诗学奠基作之一，概括和歌的本质说：“夫和歌者，托根于心地，发其花于词林者也。”② 强调了和歌的抒情性特征。印度虽然叙事诗与抒情诗并重，而且由于两大史诗的影响，叙事诗相对发达，但其诗学范畴“味”、“韵”等，基本上是建立在抒情性文学基础之上的。波斯与印度情况类似。阿拉伯则与中国类似，文学以诗为正宗，诗歌中又以抒情诗为主体。由于这样的文学观念和文学传统，使东方各民族抒情诗都非常发达丰富，源远流长。由于这样的文化土壤和文学传统，东方古代抒情

① 见季羡林、刘安武选编《印度古代诗选》，漓江出版社 1987 年版，第 168 页。

② 曹顺庆主编：《东方文论选》，四川人民出版社 1996 年版，第 676 页。

诗丰富多彩，种类繁多，几乎涵盖了所有类型和诗体。如上所述，东方抒情诗中最发达的是宗教抒情诗，最丰富的是爱情诗，最具文化内涵的是自然诗，最有思想价值的是哲理诗，最有社会历史意义的是社会政治诗。这些诗歌类型的发达本身，是东方抒情诗在内容方面的一个重要特点。

第二，格律性和音乐性是东方抒情诗的文体特征。从诗歌文体看，各民族文学都有一个从民歌形式到文人诗歌的发展过程，同时，各民族诗歌都根据本民族语言特点，创造出独特的诗歌体式，如日本的和歌、连歌、俳谐，印度的伽陀，阿拉伯的盖绥达，波斯的鲁拜，泰国的格仑诗，印尼的板顿和沙依尔，朝鲜的时调和歌辞，越南的六八诗体、中国的古体诗、近体诗、曲子词、散曲等。这些诗体都与一定的韵律格式相联系，基本都是韵律严谨的格律诗。韵律，包括音韵、节奏等因素，大都与音乐有关。因为从起源的角度看，抒情诗的两大渊源，宗教祭歌和民歌，都是和乐而唱的，都是歌与诗相结合的。中国抒情诗两大源头，《诗经》与《楚辞》，都是和乐而唱的歌诗，二者的起源巫歌与民歌，都与演唱紧密联系，发展到后来的乐府、歌行等，仍不离音乐，再后来的诗词曲，也都是可以吟唱的，因而是具有音乐性的。《圣经》中的《诗篇》多数作品属于和乐而作，有许多篇注明“交与伶长”，所谓伶长即负责演唱的伶工之首领；还有一些诗篇注明用什么乐器，何种曲调。如第 61 篇和第 67 篇都注明“用丝弦的乐器”，第 69 篇注：“大卫的诗，交与伶长，调用百合花。”[①] 印度古代就有歌诗结合的传统，对此，佛经翻译家鸠摩罗什曾经述及：“天竺国俗，甚重文制，其宫商体韵，以入弦为善。凡觐国王，必有赞德，见佛之仪，以歌叹为贵，经中偈颂，皆其式也。”[②] 也就是说，佛经中的韵文偈颂，大部分来自印度“入弦”与“歌叹”，即歌诗结合的诗歌传统。中古印度诗人胜天的抒情长诗《牧童歌》是一部歌诗，作品共有 12 章，每章中的诗分成吟诵的和歌唱的两类。歌唱的诗节即歌词共 24 首，运用俗语诗歌的韵律，而且都标明曲调，是梵语古典诗歌与民间歌唱艺术的结合。在胜天的影响下，印度形成了一种独特的诗歌类型——歌诗。这种歌诗在中古时期的印度非常流行，特别是印度教改革的虔诚运动时期，宗教

① 《新旧约全书》，中国基督教协会、中国基督教三自爱国运动委员会 1988 年版，第 673—677 页。

② 释慧皎：《高僧传》，中华书局 1992 年版，第 53 页。

改革家们就是吟唱着这些歌诗走街串巷，宣传他们的宗教改革思想。其他东方民族，包括阿拉伯、波斯、朝鲜、日本等，也都有歌诗结合的传统。虽然随着诗歌的发展，诗与歌逐渐分离，特别是文人创作的个人抒情诗，演唱的成分越来越少，但讲究韵律，注重诗的音乐美，仍然是东方抒情诗的一大特色。

第三，和谐是东方抒情诗在审美追求方面的特点。这种和谐首先是人与人之间关系的和谐，即人与人之间的亲和性。东方抒情诗所抒发的感情，以亲情、友情、乡情和爱情为主，不仅带有明显的人伦道德倾向，更具有人格美和德行美，有助于促进人与人之间的和谐关系。东方文化不仅追求人与人关系的和谐，而且追求人与自然、人与神以及人与自我的和谐。在人与自然关系方面，古代东方人崇敬自然，亲近自然，而不希求征服、改造自然。古代东方民族讲求与自然平等对话，认为个体与本体，小宇宙与大宇宙是统一的，人要设法获得这种统一，将个体与本体融合为一。正是这样的文化土壤造就了东方自然诗的发达，自然诗的发达又进一步促进人与自然的亲近。在人与神关系方面，东方文化强调人性与神性的统一。在西方，人具有原罪意识，神是至高无上尽善尽美的，人与神处于对立状态，是审判与被审判，救赎与被救赎的关系，人如果想成为神是对神的亵渎。东方宗教则普遍追求人神合一。印度表现为“梵我合一”、人神合一；阿拉伯表现为“亲近真主”，伊斯兰教苏非主义追求人神结合；中国儒道表现为天人合一，中国佛教禅宗主张见性成佛。这些都是人神合一或者人与神亲密关系的表现。东方大量的宗教抒情诗主要表现这样的人神关系，即人与神的和谐关系。在人与自我关系方面，东方文化讲求个人自我修养，强调个人内省以明心见性，克制过分的欲念。自我中心和享乐追求在东方抒情诗中虽然也有，但为数不多。总之要求顺天意和自然，追求普遍的和谐，往往通过舍弃自我，超越有限的个体和有限的现实，追求永恒与无限本体，实现内在世界的宁静与和谐。

第四，意象性是东方抒情诗在艺术表现方面的特点。意象是诗人的感官接触事物，经过想象、联想，创造出从生活真实到艺术真实的形象，从而将现实生活中客观的物象转化为融入诗人思想感情的意象。抒情诗通过象征、比喻、通感等手法，通过语言的表现功能，将意象进行艺术处理，从而创造出诗的意境和韵味。通观东方各国的抒情诗，意象性十分明显。中国的诗词，日本的和歌、俳句，印度的偈颂，阿拉伯的盖绥达，波斯的鲁拜等，都是借助意象创造抒情话语，或者说是通过具体的意象语词，描绘出声情并茂的广阔意想空间。抒情诗的意象都是各民族日常生活的事物，如中国是以农业为中心的农耕文明，《诗经》中的诗歌意象也主要是围绕着农业劳动展开的，如时序节令、农作物，以及和定居农业有关的鸟兽草虫等。而印度的《梨俱吠陀》表现的主要是游牧文明，其中的诗歌意象也大多围绕游牧生活展开，如森林、河流、风雨雷电、日月星辰，以及与游牧生活有关的动物，如牛羊等。阿拉伯半岛抒情诗离不开沙漠、骆驼、帐篷、椰枣等意象。希伯来《旧约》中许多抒情诗同样表现出明显的意象性特征，如《诗篇》中的羔羊、泉水、柳树等，《雅歌》中的玫瑰、羚羊、葡萄园、石榴等，都是生活中的物象经过艺术想象创造成为诗的意象。除了意象本身的呈现、并置、叠加而产生抒情诗的意象性效果，意象性表现还包括托物寄情、拟人象征等表现手法。如《诗经》的艺术表现手法主要是托物寄情，无论是以自然景物为兴象而联想起兴，还是比兴结合、情景交融，都是托物寄情。而《梨俱吠陀》的艺术表现手法主要是拟人象征。每个诗人在意象性表现方面又有所不同，表现出诗人的个性特点。如海亚姆的鲁拜诗思路宏阔，境界高远。他思考的都是关于宇宙人生的大问题，适合宏阔的思考、渺远的想象和宏大的诗歌意象，宇宙、苍穹、四大元素、七大星辰等。他通过咏酒表现对宗教和现存社会秩序的叛逆，创造了一系列相关的诗歌意象，如美人、美酒、酒壶、酒盏、陶罐、泥土等，表现了唯物主义的世界观和现世主义的人生观。

第三章

东 方 史 诗

所谓史诗是取材于古代神话和历史传说，以歌颂民族英雄为主要内容，经过长期的全民创作过程，从而形成的长篇叙事诗。如果说神话是初民对自然现象和自身生活的象征性阐释，那么史诗作为历史的神话化或神话的历史化，是人类童年对人世现象和社会关系的象征性阐释。如果说神话是浑然一体的文化现象，不是一般意义上的文学类型，那么史诗则是人类文学史上最早的文学文类之一。作为上古时期重要的文学文类，东方各国的史诗不仅表现了各自的民族精神，形成了各民族文学的传统，而且奠定了东方文学发展的基础。

一　史诗现象

在古代各民族从原始部落发展到城邦国家、从城邦国家到统一帝国的过程中，往往伴随着血与火的兼并战争或宗教冲突，不同的文明之间互相斗争又互相融合。在这样漫长的历史过程中，各民族都产生了许多值得景仰的英雄人物，流传下许多可歌可泣的故事。在此基础上，歌颂英雄人物，体现文化冲突和历史变迁的英雄史诗得以产生并广泛流传。

目前所知东方最早也是世界最早的史诗产生于古代西亚两河流域，即美索不达米亚。已知公元前3000年前后的苏美尔时期有史诗9部，分别以乌鲁克城邦第一王朝的三位国王为主人公，其中关于第二位国王恩美尔卡的有两部，关于第三位国王卢伽尔班达的有两部，关于第五位国王吉尔伽美什的有五部。这些史诗篇幅长的有600多行，短的也有100多行。关于恩美尔卡的史诗主要描述乌鲁克与远在东方波斯境内的阿拉塔城邦之间的斗争。关于卢伽尔班达的两部史诗主要描写他的历险，表现人与自然的斗争。关于吉尔伽美什的五部史诗是《吉尔伽美什与阿伽》、《吉尔伽美什和生物之国》、《吉尔伽美什和天牛》、《吉尔伽美什的死亡》、《吉尔伽美什、恩奇都和地下世界》。这些史诗在古巴比伦时期经过整合、加工和再创作，形成了著名的古巴比伦史诗《吉尔伽美什》。这部史诗描述了主人公吉尔伽美什的英雄业绩：他原是一位暴君，追求个人享乐，城邦怨声载道。人民的怨声传达到天庭，众神干预，为吉尔伽美什造了一个对手——力大无穷的恩奇都。他们经过一番较量之后成为好朋友，相约一起去冒险，制服了森林妖魔。天女追求两位英雄被拒绝，天神为惩罚人类而降下害人的天牛。恩奇都杀死了天牛，天神降罪使恩奇都病死。恩奇都之死引起吉尔伽美什对死亡问题的思考。为了战胜死亡，他长途跋涉去拜见世界上唯一的永生之人。仙人为他讲了著名的大洪水的故事，并告诉他死亡是不可征服的。归途中，吉尔伽美什根据仙人指点采集的可以返老还童的仙草也被蛇吃掉，他一无所获地回到家乡。最后是吉尔伽美什与恩奇都亡灵的对话。《吉尔伽美什》是两河流域神话传说和英雄故事的提炼，虽然作品被湮没了2000多年，但其中的神话故事和思想观念对后世仍产生了深远的影响。人们所熟悉的《圣经·旧约》中的大洪水神话，便直接来源于《吉尔伽美什》。作为人类文学史上最早的杰出的长篇史诗，《吉尔伽美什》为后世树立了典范，半人半神的主人公，他的冒险精神和英雄业绩成为史诗不可缺少的内容，而吉尔伽美什所特有的对人生意义的探求及其所表现的内省精神，形成东方文学的深层意蕴，他对永生的追求，对死亡这一人生悲剧的象征性超越，也是历代文学的一个永恒的主题。

东方史诗中流传最广、最有代表性的是印度的两大史诗《摩诃婆罗多》和《罗摩衍那》。《摩诃婆罗多》作者署名毗耶娑，意为“广博”，可能是众多作者的象征。作品篇幅巨大，号称有十万颂，曾经被认为是世界上最长的史诗。史诗的创作年代争议非常大，最早可以推到公元前10世纪以前，最晚可以推到公元后若干世纪。一般认为公元前5世纪前后开始出现，公元4世纪前后定型。《摩诃婆罗多》在印度古代被看作“历史传说”，有一定的历史成分，其核心故事是大约发生在公元前15世纪前后由印度雅利安人之间的内部纷争引起的一场毁灭性的战争。史诗的核心故事是俱卢王室堂兄弟之间为争夺王位和领土而进行的一场大战。俱卢国福身王有三个儿子，毗湿摩、花钏和奇武，毗湿摩曾经发誓不结婚，花钏和奇武婚后无子而终，其遗孀为使王族延续而借种生子。花钏之妻生子持国，持国后来生有百子，长子难敌。奇武之妻生子般度，般度后来有五个儿子：坚战、怖军、阿周那、偕天和无种。由于持国天生目盲，般度继了王位。后来由于般度早逝，持国继位为王，请德罗纳教这些孩子武艺。坚战长大了，应当继承他父亲做国王，难敌不肯，并嫉妒五兄弟武艺高强，便企图谋害他们，修建了一座易燃的紫胶宫让他们居住，准备放火烧死他们。般度族五兄弟事前得到消息，挖地道逃脱。他们来到另一个国家，赶上举行选婿大典，阿周那武艺高强，战胜所有对手，赢得了黑公主，也得到一个强大的国家作为后援。持国得知五兄弟没死，便接受毗湿摩等人的建议，将国土一分为二，让坚战和难敌分别治理。坚战有政治才能，将国家治理得繁荣富强，引起难敌嫉妒。难敌向坚战挑战掷骰子，坚战应战，先后输掉了财产、国土、五兄弟和黑公主。难敌兄弟当众侮辱黑公主，由此结下深仇大恨。坚战兄弟由于赌输，流放森林 12 年。流放期满后，坚战要索回国土，难敌不给，战争不可避免。准备开战期间双方都争取盟国。关键人物多门岛国王黑天与难敌和阿周那都有交情，他将自己的军队给了难敌，自己作为阿周那的车夫帮助坚战一方。战前双方谈判，坚战一方让步到只要 5 个村庄，难敌自以为胜券在握，寸土不让，双方大战。战争开局对坚战一方不利，但足智多谋的黑天为他们设计除掉了对方三位统帅：毗湿摩、德罗纳和迦尔纳。最后难敌一方战败，但他手下大将夜袭敌营，杀死了般度族的残军，只有不在营中的五兄弟和黑天幸免。战后，妇女们哭吊战死的亲人，诅咒这场战争，并诅咒大战主谋黑天一族遭受同样的命运，后来诅咒应验，黑天全族自相残杀而归于灭亡。胜利的坚战继承王位后，国家强盛，但由于亲人一个个离去，五兄弟厌倦尘世，与黑公主一起登雪山修道。最后他们来到天国，见到了早已进入天国的难敌兄弟。作品表现了期望贤明国王统治下的太平盛世的政治理想，塑造了一批武士和政治家形象。《摩诃婆罗多》是一部百科全书，除了主干情节之外，还有大量插话，其中有许多是关于政治和宗教的长篇大论。

由瓦尔米基创作的《罗摩衍那》有 24000 颂，其核心故事是一场争夺美女的大战。憍萨罗国的十车王没有子嗣，举行祭祀以求子。众天神苦于十首罗刹王罗波那之害，请求大神毗湿奴下凡除害，于是大神化身为十车王的四个儿子：罗摩、婆罗多、罗什曼那和设睹卢祇那。罗摩十六岁时被众友仙人看中，教给他各种武艺，让他保护自己的修行，然后领他到遮那竭国。罗摩拉开神弓，赢得公主悉多作为妻子。以上为《童年篇》的内容，研究者一般认为《童年篇》和最后的《后篇》都是后来加入的，并非瓦尔米基的原作。作品真正的开始是第二篇《阿逾陀》。年老的十车王准备立长子罗摩为太子。小王后吉迦伊在女仆的挑拨下，利用国王以前的诺言向国王提出两个要求：将罗摩流放森林 14 年，立自己的亲生儿子婆罗多为太子。为了不让父王为难，罗摩自愿流放，妻子悉多和弟弟罗什曼那坚决要求同行。十车王悲伤而死，婆罗多被从舅舅家接回继承王位。婆罗多知道真相后，带人去追赶罗摩，请他回去即位。罗摩要遵守自己的诺言坚决不回，婆罗多不得已奉罗摩的一双鞋子回去放在王座上，自己代罗摩摄政。罗摩一行在森林中与众仙人交游，获益良多。后来十首罗刹王罗波那的妹妹向罗摩和罗什曼那求爱，被拒绝并遭凌辱。罗波那为妹妹报仇而抢走悉多。罗摩与猴王须羯哩婆结盟，帮他从哥哥手中夺回王位。猴王帮罗摩寻找悉多。神猴哈奴曼跃过大海来到楞伽岛，见到被囚在无忧园中的悉多。她不为罗波那的威胁利诱所动，也拒绝跟哈奴曼逃走，一心等丈夫罗摩来救她。罗摩与猴王率领猴子大军远征楞伽城。罗波那的一个弟弟主张释放悉多，不要与罗摩作对，被罗波那拒绝，于是投奔罗摩。最后罗摩杀死罗波那，救出悉多。被认为是后人增添的《后篇》内容主要是：罗摩流放期满后回国执政，将国家治理成太平盛世。后来听到有人议论悉多的过去，怀疑悉多的贞洁。于是罗摩派罗什曼那将已经怀孕的悉多遗弃在森林里。修道士仙人瓦尔米基救了她。悉多在仙人的净修林中生下一对双胞胎儿子。孩子长大后，仙人教给他们自己创作的《罗摩衍那》。罗摩举行祭祀的时候，仙人带罗摩的儿子来到宫廷演唱《罗摩衍那》。罗摩认出儿子，又将悉多接回。他还要考验悉多的贞洁，悉多以跳入开裂的大地证明自己。罗摩也升天重新成为大神毗湿奴。《罗摩衍那》在印度被称为“最初的诗”，不仅塑造了罗摩、悉多等千古传诵的人物形象，而且成为后世印度文学的范本。

中国文学中的史诗问题比较复杂。说中国没有史诗是错误的，因为我国许多少数民族有非常典型的史诗，如藏族的《格萨尔》、蒙古族的《江格尔》、柯尔克孜族的《玛纳斯》等，尽管这些史诗的形成和记录都比较晚。汉民族上古文学中有没有史诗，也是一个有争议的问题。中国上古诗歌总集《诗经》，三百余首诗歌分为风、雅、颂三大类，其中的颂诗是具有宗教色彩的庙堂文学，其中《商颂》5 首出自殷商前期，是商民族的史诗；《周颂》出自西周初期，是周民族的史诗。《大雅》中也有许多作品，如《生民》、《公刘》、《绵》等，被认为是具有中国特色的史诗。这些诗歌是作为祭祀祖先活动时的乐歌保存下来的，因而这种史诗不是长篇的叙事诗，而是短篇的颂史诗或咏史诗。

二 文类特征

史诗是西方文学文类学的一个概念，东方史诗是相对于西方史诗而言的，是运用西方文学文类概念研究东方文学的成果。或者说是在东方文学中发现了与西方文学的史诗相类似的作品，于是也将其称为“史诗”。因此，作为同样类型的文学现象，东西方史诗必然具有一致性。二者在文体方面的一致性表现了史诗这一世界文学现象的一般特性。

第一，史诗形成过程的一致性。史诗是在民间长期口头流传的基础上由文人加工编订而成，作为一种文学文体，上承口头文学时代的神话传说，下启文学自觉时代的各种文学文体，具有不可替代的文学史和文化史意义。古希腊荷马史诗是在民间长期流传的基础上由诗人荷马整理加工而成的。古巴比伦史诗《吉尔伽美什》和印度两大史诗也都有一个漫长的形成过程。史诗《吉尔伽美什》的主人公是苏美尔时期乌鲁克城邦的第5任国王，约公元前2700—2600年在位。他死后，有关他的故事便在民间流传，约公元前2000年出现了关于吉尔伽美什故事的泥板书，公元前1500年前后，出现了用巴比伦语写成的长篇史诗《吉尔伽美什》，至此史诗基本定型。可见《吉尔伽美什》是古代两河流域人民集体智慧的结晶。印度两大史诗的创作年代争议非常大，最早可以推到公元前10世纪以前，最晚可以推到公元后若干世纪。一般认为大史诗《摩诃婆罗多》的形成可以分为三个阶段，第一阶段名为“胜利之歌”，只有8800颂；第二阶段称为“婆罗多”，有24000颂；第三阶段才成为具有100000颂的《摩诃婆罗多》。其作者主要有三部分人，一是“苏多”，即歌手。他们一般是刹帝利之男与婆罗门之女结合所生，地位比二者都低。他们的职业就是给国王或刹帝利贵族当歌手，有时担任史官或秘书。这一阶层的人既熟悉王公贵族内部的政治斗争，又与下层人民群众有密切的联系。他们便成为史诗的创作者和民间传说故事的搜集、编纂和加工者。许多历史传说由他们编成诗歌进行传唱。他们的地位决定了他们作品的倾向是世俗性的，不同于婆罗门仙人和佛教僧侣们的作品。二是修道士仙人。两大史诗具有明显的宗教性倾向，而且后来还被确定为宗教经典，这就是修道士仙人们参与创作的结果。三是人民群众。史诗中穿插了大量的民间故事，这些故事的作者应该是人民群众。即使以文人创作为主的史诗，如瓦尔米基的《罗摩衍那》，也是在民间长期流传的基础上，由瓦尔米基做了加工、整理和统一、协调的工作。另外瓦尔米基的《罗摩衍那》创作完成后，也有在流传过程中不断被加工的现象。至于后人对《罗摩衍那》的改写改编更是不计其数。因此，从产生的角度看，长期性、全民创作与文人创作的结合是史诗文体的一个重要特点。

第二，东西方史诗都是神话与历史的结合。典型的史诗是人类童年时期的产物。人类童年时期既有理性的萌芽和历史的记忆，又富有幻想，具有丰富的想象力，他们刚从幼年的神话时代走来，习惯于用幻想和想象解释世界的神话思维。因此，在有限的历史记忆的基础上，他们通过想象，创作出史诗这种神话与历史相结合的文学类型。史诗中有一定的历史成分，但仍然伴随着大量的神话传说。[①] 作为古希腊荷马史诗历史基础的特洛亚战争已经为考古发掘所证实。《摩诃婆罗多》在印度传统中不被看作“诗”，而是被看作“历史传说”，其核心故事是大约发生在公元前15世纪前后由印度雅利安人之间的内部纷争引起的一场毁灭性的战争。《吉尔伽美什》、《罗摩衍那》也都有一定的历史基础，其主人公都是历史人物。但史诗中的神话因素也很多，《吉尔伽美什》中穿插了大洪水的神话，《摩诃婆罗多》的引子是恒河女神下凡为八位婆苏神超度的故事。史诗中的主要人物要么是大神的化身，如《罗摩衍那》的主人公罗摩和《摩诃婆罗多》中的重要人物黑天被看作毗湿奴大神的化身；要么是神人结合所生，具有半人半神的特点，如《摩诃婆罗多》的中心人物之一毗湿摩便是八位婆苏神中的一个，般度族长子坚战是死神阎摩的儿子，次子怖军是风神的儿子，三子阿周那是大神因陀罗的儿子。由于罗摩和黑天被看作毗湿奴大神的化身，两大史诗也成了印度教的经典。神话与宗教互相促进，“史诗神话”成为印度古代神话的重要组成部分。

第三，东西方史诗都是英雄史诗，作品中都闪耀着刀光剑影，都响彻着战斗的呐喊。史诗主人公一般都是英勇善战的英雄。作为人类文学史上

① 有的学者将开天辟地的神话诗也称为“史诗”，如饶宗颐《近东开辟史诗前言》，见《饶宗颐东方学论集》，汕头大学出版社1999年版。从这个意义上说，《吉尔伽美什》不能说是最早的史诗。但我们认为神话诗和“史诗”应该区别开来。

最早的杰出的长篇史诗，《吉尔伽美什》为后世树立了典范，半人半神的主人公，他的冒险精神和英雄业绩成为史诗不可缺少的内容。古希腊的荷马史诗《伊利昂纪》和《奥德修纪》是英雄史诗的代表，塑造了阿喀琉斯、奥德修斯等英雄人物。实际上，东方文学史上并没有“史诗”概念，近代学者之所以倾向于将东方古代许多长篇叙事诗看作“史诗”，主要是受西方文类学的影响，同时也说明这些作品与以荷马史诗为代表的西方史诗非常相似。印度的《摩诃婆罗多》像希腊的《伊利昂纪》一样，写的是一次毁灭性的大战，宏伟壮观气势磅礴，战车隆隆刀光剑影，始终响彻着战斗的呐喊。围绕这场战争，史诗描写了一批英勇善战的英雄，其中的阿周那、怖军、德罗那、迦尔那、马嘶等，都是勇敢的战士。《罗摩衍那》的核心故事是一场争夺美女的大战，与《伊利昂纪》类似。敌对双方都表现出英勇精神，主人公罗摩、神猴哈奴曼、罗刹王罗波那及其儿子因陀罗耆都膂力过人，非常英勇善战。从原始野蛮时代进入文明社会的各民族，早期都有一定的尚武精神，这是英雄史诗产生的社会文化基础。

第四，文体和叙述方式的一致性。东西方史诗都是长篇叙事诗，而且都是在民间说唱文学的基础上形成的。由于史诗的广泛流传和长期影响，形成了各自的叙事文学传统。在西方，古希腊之后的古罗马、中世纪以至17世纪，不断有继承史诗传统的类史诗出现，甚至18世纪开始繁荣的长篇小说，也被看作“散文体史诗”。在东方，印度两大史诗形成了“大诗”即长篇叙事诗传统，一个诗人只有创作了“大诗”才能奠定自己的大诗人地位。西亚北非地区虽然由于《吉尔伽美什》等史诗的长期湮没而使史诗传统中断，但阿拉伯人的“马卡梅”韵文故事和波斯诗人菲尔多希、内扎米等人的长篇叙事诗，接续了西亚地区悠久的史诗传统并有所发展。在叙述方式上，史诗都由说唱文学发展而来，因此非常善于讲故事。由于长篇叙事诗的容量非常大，所以容易形成故事套故事的结构形式。古希腊荷马的《奥德修纪》和印度史诗《摩诃婆罗多》最为典型。

以上通过东西方史诗的比较探讨史诗的文类特点。关于史诗文类还存在许多争议，比如：一般认为史诗是以民间口头创作为基础的，属于口头文学传统，但东方文学史上也有一些文人书面创作的长篇叙事诗被称为史诗，如波斯诗人菲尔多希的《列王纪》等；一般认为史诗是长篇叙事诗，但也有一些篇幅比较短而与民族历史起源发展有关的诗歌，如中国《诗经》中的《生民》、《公刘》、《绵》等，被看作汉民族的史诗；一般认为史诗主人公是英雄人物，因而称为英雄史诗，但也有学者将开天辟地的神话诗称为史诗；一般认为史诗是上古时代人类童年时期的产物，但也有一些记录时代很晚但符合史诗特点的作品。这些都是值得探讨的问题。有些作品我们没有纳入“东方史诗”这一专题的论述范围，但并不否定这些作品的史诗意义。①

三　民族精神

史诗是一个民族一定时代全民性的文学现象，是在民族文化形成时期全民族集体创作的，在全民族范围内长期广泛流传的，内容涉及民族历史上重大事件，主人公一般是全民族公认的历代崇拜的民族英雄。因此，可以说，史诗是上古时代民族文化深沉厚积的结果，是最能体现民族精神的一种文学文类。

古巴比伦史诗《吉尔伽美什》上承苏美尔—阿卡德文明的神话传说，下启希伯来、波斯和阿拉伯伊斯兰文化，在西亚北非地区的文学中具有承前启后的作用。希伯来人的故乡在阿拉伯半岛，他们曾长期在两河流域漂泊，接受了巴比伦文化的影响。基督教和伊斯兰教都继承了犹太教《圣经》体系，而犹太教《圣经》中的许多内容和思想都来自巴比伦，如人们所熟悉的《圣经·旧约》中的大洪水神话，便直接来源于《吉尔伽美什》。因此，可以说，史诗《吉尔伽美什》反映了西亚北非地区闪含民族的文化特点，对该地区文化精神的形成产生了深远的影响。其一，该地区文化特别关注最高存在者与人的关系，形成强烈的宗教情感。《吉尔伽美什》表现了神对人世的关注和干预以及神对人的决定和支配权力，虽然在作品中人对神意也有反抗和质疑，但最终还是不得不信仰和服从。由此形成以人神关系为核心的宗教道德体系。这种宗教道德是以信仰为基础的，“信”是最高的道德标准，信则上天堂，不信则下地狱。神是正义的化身，全知全能，尽善尽美，人间善恶美丑都是以神为基准的。其二，该地区文化特别关注人的死后生活，形成来世主义的人生观，这种特点在《吉

① 如中国藏族的《格萨尔》和蒙古族的《江格尔》等，虽然记录很晚，但符合史诗特点，作为史诗文类应该没有问题，只是因为我们论述的是作为上古文学现象的东方史诗，故没有将其列入重点研究对象。

尔伽美什》中也有所表现。史诗最后一节吉尔伽美什与恩奇都的亡灵对话，就体现了对来世生活的关注。西亚北非地区历史上诞生的拜火教、犹太教、基督教、伊斯兰教等宗教，都持天堂地狱说，都有来世观念，认为现世人间的生命是短暂的，来世的天堂或地狱才是永恒的，因而现世是来世的准备，一切为了来世。最早产生天堂地狱观念的就是古巴比伦人，后为波斯人和犹太人所继承。这种来世主义的人生观在史诗《吉尔伽美什》中还处于萌芽状态或初生阶段，随着宗教世界观的发展，来世主义人生观也不断强化。其三，该地区文化人常有对人生意义的探求和追问，由此形成人生悲剧意识。《吉尔伽美什》主人公经历了对个人享乐的追求和英雄业绩的建立，到面对人生必死的命运，试图探求永生而不可得，充满苍凉和悲壮。这样的探求和追问形成人生悲剧意识和形而上的终极关怀。任何文化中都存在着某种程度或某种方式的二元对立。西亚北非地区宗教发达，而且都是绝对主义的一神教。宗教规范好了世界，也安排好了人生，人们可以循着这样的宗教世界观和人生观平静幸福地度过一生，但是，每个时代总有一些不安分的人，他们不接受现成的观点和既定的秩序。在史诗《吉尔伽美什》中，死亡不可避免这样残酷的现实，天神决定人的生死，没有人能够逃避他们的判决，这些是引起主人公思考和痛苦的主要原因。但痛苦和悲哀本身不是悲剧，悲剧在于行动，在于反抗的悲剧过程。吉尔伽美什试图征服“死亡”这一天神为人类规定的必然命运，在这样的竭尽全力冲破宿命的奋斗中，人最大限度地展示了自己的力量。这就是史诗的悲剧意义。

印度的两大史诗既是印度文化的产物，体现了印度民族精神，又对印度民族精神和印度文学传统产生了不可估量的影响。泰戈尔曾经指出：“读了《罗摩衍那》和《摩诃婆罗多》，我们感到它们像恒河和喜马拉雅山南侧一样属于整个印度，毗耶娑和瓦尔米基只不过是标志而已。”又指出：“读者不仅以诗人的诗歌观点看待瓦尔米基的《罗摩衍那》，而且应该把它理解为印度的《罗摩衍那》。那时，他们将在真正意义上通过《罗摩衍那》理解印度，通过印度理解《罗摩衍那》。”[①] 就民族精神而言，两大史诗的影响主要体现了印度古代仙人文化特点。泰

① 泰戈尔：《罗摩衍那》，倪培耕译，见《泰戈尔全集》第22卷，刘安武、倪培耕、白开元主编，河北教育出版社2000年版，第41、46页。

戈尔曾经指出：“印度有贤才，有智者，有勇士，有政治家，有国王，有皇帝，但是这么多不同类别的人，她究竟选择了谁作为它的代表呢？是那些仙人。”① 狭义的仙人指出家求道者，尤指婆罗门修道士。广义的仙人指整个知识阶层，如佛教创始人释迦牟尼也被称作大仙人，而一些在家的婆罗门因为学识渊博、道行高深而被称作“大仙”。印度的仙人阶层崛起于公元前八九世纪的奥义书时代。印度上古时代的文化典籍吠陀、梵书、森林书和奥义书等，都是由他们创作或编订的。他们的活动和他们之间的争鸣对话创造了印度文化的辉煌时代。他们热爱自然，珍惜生命，喜欢宁静，追求解脱，形成了印度文化人的独特精神品格。两大史诗的作者署名都是仙人，虽然不一定是原始的作者，但两大史诗都有仙人参与创作，这是肯定的。《罗摩衍那》的作者是仙人瓦尔米基。《摩诃婆罗多》的作者署名广博仙人，可能是假托的名字，但也说明可能是许多仙人参与了加工和编订。作品的主人公虽然都不是仙人或者婆罗门阶层，而是刹帝利，但他们大都接受了仙人的教诲。他们虽然都生活在城市王宫，但他们都曾经在森林流放，与仙人交往。因此尽管史诗产生之初都属于世俗文学，但它们经过婆罗门的加工改造，都染上了浓厚的“仙人文化”色彩，成为印度教的经典。

“仙人文化”决定了印度传统文化的出世精神和超越精神，这在两大史诗中也有一定的表现。在印度，不仅佛家具有出世精神，印度传统的，也是正统的宗教即婆罗门教—印度教也有很强的出世性。印度教法典规定人生四个阶段，即梵行期、家居期、林居期和遁世期，其中有三个阶段出世，只有一个家居期是入世的。印度教徒信奉的人生四大目的，即法、利、欲、解脱，是以解脱一切现世束缚作为最后的也是根本的目的。印度各宗教教派之间存在很深的差异和矛盾，但在出世离欲方面却有着深刻的一致性。因此印度文化的出世精神就是对解脱的追求。大史诗《摩诃婆罗多》中的主要人物坚战五兄弟出生入死，获得胜利，夺取了政权，但很快就厌倦了世俗生活，转而寻求解脱，体现了这样的出世精神。从印度文化产生和发展的客观环境方面看，印度可以称为“森林文明”。泰戈尔指出：“在印度，我们的文明发源于森林，因此也就带有这个发源地及其周

① 泰戈尔：《正确地认识人生》，刘竞良译，见《泰戈尔全集》第19卷，刘安武、倪培耕、白开元主编，河北教育出版社2000年版，第11页。

围环境的鲜明特征。”[①] 两大史诗的主人公都走进了森林，这里有学问渊博待人友好的修道士仙人，作品的主人公从他们那儿获得了丰富的教益，增长了才干，加深了对世界和人生的认识，提高了人生境界。他们走出森林，建功立业后，最后又都回到森林。森林成为博大、深厚、神秘的象征意象，是力量的源泉，又是生命的归宿。代表出世精神的寺院和净修林成为印度文化人的精神家园。泰戈尔指出：“什么是占据印度心灵的主要理想；什么是不停地流遍她的生活的一种值得纪念的倾向；而她的诗人就是怀着仁爱和崇敬歌颂寺院。……寺院显得灿烂突出，这在我们所有的古代文学中都是如此，它是人类与其他生物之间的裂缝被弥合的地方。”[②] 与这样的出世精神相联系的是超越精神。所谓超越精神是指形而上的追求。这种超越性基于对人生问题的思考，基于生命短暂而不自由的悲剧感，把现实人生看作虚幻不真或有限短暂，从而向往超凡脱俗的无限自由的境界。印度各宗教都表现出对现实生活既肯定又否定的倾向，肯定其存在而又否定其永恒价值，从而超越实在，追求形而上的无限和永恒。两大史诗本来都是世俗文学作品，有肯定现实生活的基础，经过婆罗门仙人改造之后，都把人生归宿指向了宗教的彼岸。如《摩诃婆罗多》插话《薄伽梵歌》中黑天对阿周那的一番教诲，其核心就是阐述人神合一思想，人生的意义就是通过遵守正法、通过证悟或者通过虔诚的爱实现与神的结合。

仙人文化的另一个表现是非暴力思想与自然伦理。印度两大史诗本来都是英雄史诗，其核心故事和原始的创作表现了雅利安人的尚武精神，但由于婆罗门仙人的参与改造，描写战争的英雄史诗却表现了对战争的谴责。《摩诃婆罗多》大战结束，双方几乎同归于尽。作品还描述了那些失去儿子和丈夫的妇女们的哀痛，她们诅咒战争，诅咒战争的主谋者黑天一族遭受同样的自相残杀的报应，而且这个报应果然应验了。取得了战争胜利的坚战兄弟，最终也厌倦了人世，好不容易登上天国，却发现被他们打败的难敌兄弟早已在天国享福，这表现的是人生的荒诞、战争的滑稽，具有耐人寻味的讽刺意义。《罗摩衍那》也笼罩着非暴力的气氛。史诗的引

① 《泰戈尔全集》第19卷，刘安武、倪培耕、白开元主编，河北教育出版社2000年版，第5页。

② 泰戈尔：《诗人的宗教》，冯金辛译，见《泰戈尔全集》第21卷，刘安武、倪培耕、白开元主编，河北教育出版社2000年版，第223页。

子是一对麻鹬正在交欢，一个猎人射杀了其中的一只，另一只发出悲鸣。鸟的悲鸣激发了瓦尔米基仙人的创作灵感，他随口吟出一首诗。然后他就用这首诗的韵律创作了《罗摩衍那》。史诗的主人公罗摩，主动放弃王位继承权自愿流放森林14年，就是为了避免兄弟之间争夺王位的流血冲突。他在对猴国和罗刹国的征服过程中，尽管不能不使用一定的暴力手段，但却没有大规模的屠杀。这种非暴力精神与自然伦理有着深刻的内在联系。印度教和佛教代表了印度文化传统的两条主流，一直互相斗争又互相影响。二者尽管存在深刻的矛盾，但却有一个共同的道德基础，即业报轮回。这种轮回基于宇宙生命的自然循环，遵循客观存在的自然法则，因而是一种自然道德。在这样的文化理念中，杀害非人类的生命同杀人一样是一种罪孽。因此非暴力不杀生，成为印度各宗教教义和宗教伦理中的一个重要内容。这样的非暴力思想和自然伦理的基础是人与自然的和谐。泰戈尔指出："在印度看来，很显然人是与自然和谐统一的。"又说，"人与自然的这种根本的统一关系不仅是印度人的一种哲学猜想，而且在感情上和行动上体验这种和谐已经成为印度人的人生目的。"① 他不仅指出人与自然的密切关系，而且进一步强调这种文化基因在文学创作中的表现："他们与世界的完美的关系是融洽一致的关系。这一被古代印度的林中居民竭力鼓吹的完美理想贯穿于我们古典文学的心脏，目前依然在我们的心中占首要地位。"② 泰戈尔所说的"古典文学的心脏"就是两大史诗，因为自公元初到公元12世纪持续一千多年的印度古典文学，要么以两大史诗为样板，要么以两大史诗为创作题材或母题的来源，都没有离开两大史诗所开创的文学传统。

四　东方意蕴

史诗这一文学文类概念是在西方文学传统中形成的，近代以来随着西学东渐和东方学的兴起，东方文学中与西方文学的"史诗"相似的作品也被作为史诗来研究，因此，东方史诗是相对于西方史诗而言

① 《泰戈尔全集》第19卷，刘安武、倪培耕、白开元主编，河北教育出版社2000年版，第7页。

② 同上书，第221页。

的，东方史诗的特点只能在与西方史诗的比较中表现出来。东西方史诗是在不同的文化传统中形成的，因此必然具有差异性。东西方史诗的比较，实际上是两种文化的对话。面对基本相似的题材写出了非常不同的文本，表现出不同民族性格，不同的战争观、不同的伦理观、不同的命运观、不同的人生价值观，都是不同文化的体现。与古希腊的荷马史诗为代表的西方史诗相比，东方史诗主要具有以下特点。

第一，东方史诗大多是文化英雄的颂歌。史诗是英雄时代的产物，主人公一般都是英勇善战的英雄，古希腊荷马史诗非常典型，塑造了阿喀琉斯、奥德修斯等英雄人物。印度两大史诗《罗摩衍那》和《摩诃婆罗多》的核心故事都是战争，主人公也都是英雄人物，但他们主要不是靠勇力取胜。泰戈尔将印度两大史诗与荷马史诗作了比较，认为《罗摩衍那》不同于一般的“以英雄情味为主的”史诗，虽然其中有着频繁的战事描述，主人公罗摩也膂力过人，但英雄情味在《罗摩衍那》中不占首要地位，因为它不把描写战争作为自己的主要内容。[①] 罗摩也是一个征服者，一般认为《罗摩衍那》反映了印度雅利安人由北向南发展和对南方土著的征服过程。罗刹王罗波那所在的楞伽岛即斯里兰卡在印度南边，罗摩的阿逾陀城在北方，从地理上说是合乎逻辑的。从历史上看，创造印度河文明的土著达罗毗荼人，在雅利安人强大的进攻之下退居南方或者森林，仍然对占领者构成威胁，因此，从吠陀时代印度雅利安人就将土著视为魔鬼，这种现象一直持续到史诗时代。史诗中经常有修道士仙人被罗刹骚扰，不得不寻求刹帝利武士保护的描述。森林中的猴国可能是以猴为图腾的土著居民。史诗描写罗摩通过政治手腕与猴王结盟，为其所用，然后利用罗刹国的内部矛盾，终于战胜了强敌，征服了罗刹国。值得注意的是罗摩对猴国和罗刹国的征服既不是毁灭式，也不是掠夺式，没有占领其国土，而是让这些国家继续存在，只是换一个与自己友好或服从自己的领导人。这样，实际上是由罗摩建立了雅利安人和非雅利安人之间的友好交往关系，促进了民族文化的融合。所以，罗摩可以被看作一位文化英雄。[②] 泰戈尔在

---

① 《泰戈尔全集》第22卷，刘安武、倪培耕、白开元主编，河北教育出版社2000年版，第43页。

② 美国学者W. 诺曼·布朗认为，罗摩的首要面貌就是“文化英雄”，即新文化的传播者。W. N. 布朗：《印度神话》，见塞·诺·克雷默等《世界古代神话》，魏庆征译，华夏出版社1989年版，第278页。

《印度的历史潮流》一文中认为，罗摩之所以被印度人崇敬和爱戴，就是因为他促进了民族融合，指出："凡是成功地促使雅利安人同非雅利安人联合的人，他们至今在我们国家里被视为神的化身而受到人们的崇拜。在古代，雅利安人同非雅利安人的联合，是伟大努力的一个组成部分。"[①]作品中还有许多治国之道的探讨和政治家形象的塑造。《摩诃婆罗多》中的坚战、难敌、毗湿摩、黑天等人，他们的主要活动不是在战场上厮杀，而是运筹帷幄，是政治家而不是武士形象。作品中也表现了作者的社会政治理想，他们的理想是建立一个贤明国王统治下的太平统一的大帝国，坚战就是这样一个被人民拥戴的国王。《罗摩衍那》后篇描写的罗摩盛世也是这样的政治理想的表现。这样的政治主题使东方史诗不同于以荷马史诗为代表的西方史诗，更具有文化内涵。

第二，东西方史诗表现出尚德与尚力的不同文化性格。古希腊荷马史诗中的人物不关心道德问题，战争没有正义与非正义之分，神也根据个人好恶分别帮助交战的一方。而东方史诗则不然，《罗摩衍那》和《摩诃婆罗多》中都有正义与非正义问题。正义的一方虽然弱小，但得道多助，最终打败强敌。在人物塑造方面，东方史诗塑造了一批道德君子形象，具有道德价值和伦理意义。《罗摩衍那》的主人公罗摩是一位道德君子。《摩诃婆罗多》中的毗湿摩和坚战是正法的化身。印度学者苏克坦卡尔指出："史诗中所描绘的世界好像是围绕着一个固定的轴在旋转，这个轴就是正法——正义和人的正确行为，遵循礼仪和对同类和大神的全部责任。"[②]所谓"正法"，音译"达磨"，有哲学真理、宗教信仰、社会道义、人生职责等方面的内涵，"比较接近汉语中的天道、大道、天理、天职等词的含义"[③]。在伦理规范方面，两大史诗都宣扬正法论，只是二者各有侧重。泰戈尔认为《罗摩衍那》是人的故事，而不是神的故事。人的故事关注的主要是人与人之间的关系："印度诗人为了建立人的最高理想，创作了史诗。……《罗摩衍那》把存在于父子、兄弟、夫妻之间的职责关系、爱和虔诚的关系变得如此伟大，以至它们的内容只适宜于形式简单的史诗

① 泰戈尔：《印度的历史潮流》，殷洪元译，见《泰戈尔全集》第24卷，刘安武、倪培耕、白开元主编，河北教育出版社2000年版，第4页。

② 季羡林、刘安武编：《印度两大史诗评论汇编》，中国社会科学出版社1984年版，第217页。

③ 刘安武：《印度两大史诗研究》，北京大学出版社2001年版，第135页。

创作。”[①] 如果说《罗摩衍那》的中心是家庭，关注的主要是家庭伦理，然后将家庭事务放大，建立起一套父慈子孝、兄友弟恭、夫爱妻贞的伦理道德体系；那么《摩诃婆罗多》的中心是国家政治，关心的是政治方面的正义与非正义，以及战争与和平等重大社会问题，建立起一套处理人与人之间关系的社会伦理准则。

第三，大部分东方史诗同时又是宗教经典，非常关注人与神的关系等宗教性问题，因而具有宗教意义。印度的两大史诗在这方面尤为突出。印度教所特有的亲密型的人神关系——神一方面是至高无上、全知全能的救世主，另一方面又是与人亲近的导师和朋友；神不决定人的命运，只是一个救度者和引导者——就是由两大史诗确立的。在此之前，印度的正统宗教是婆罗门教，由雅利安人的原始宗教吠陀教发展而来，其特点是自然神崇拜基础上的多神教。婆罗门教中的神，不论是主神因陀罗还是各种自然神，都是具体的、有形的、可感的。公元前6世纪前后，奥义书哲学和沙门思潮分别从内部和外部解构了婆罗门教的神话体系，众多的神被《奥义书》的哲学家们通过理性思辨综合为一个绝对的存在，即“梵”。然而这个存在于哲人心中的绝对的超验的存在，脱离了广大的教徒群众，成为婆罗门教衰落的一个重要原因。习惯于具体、有形、可感的崇拜对象的信徒们需要一个积极活跃的、具体可见的神，史诗的作者（或者说是加工编订者）就担负起这一历史使命，“把这位国王从他幽暗的住室引到了光天化日之下，让他面对着他的心情忧郁的信徒们，他们正渴望着看见他的面容，听见他的声音，看他在自己的戏剧中扮演一个角色”。[②] 史诗的作者是成功的，《罗摩衍那》和《摩诃婆罗多》在印度世代传诵；宗教对史诗的改造和利用也是成功的，史诗的主要人物罗摩和黑天成为大神的化身，成为印度教徒崇拜的对象。“神”的形象从奥义书哲学的抽象中又演化了出来，由此促进了婆罗门教——印度教的复兴。从宗教的角度看，对大神化身的崇拜使婆罗门教演变为印度教，公元5世纪两大史诗被印度教确定为宗教经典，是印度正统宗教由婆罗门教转化为印度教的重要标志。从史

---

① 《泰戈尔全集》第22卷，刘安武、倪培耕、白开元主编，河北教育出版社2000年版，第42—44页。

② 苏克坦卡尔：《论〈摩诃婆罗多〉的意义》，见季羡林、刘安武编《印度两大史诗评论汇编》，中国社会科学出版社1984年版，第221页。

诗作品角度看，被确定为宗教经典一方面使作品的宗教成分越来越浓厚，另一方面也强化了作品的影响力，使两大史诗在印度世代传诵。另外，就文学传统而言，两大史诗被确定为宗教经典，使宗教文学占据了印度文学的主导地位。泰戈尔曾说："在印度，我们的文学大部分是宗教的，因为与我们同在的神不是一个远离我们的上帝；他属于我们的寺庙，也属于我们的家庭。"① 这样的宗教文学传统即使不是由两大史诗确立的，也是与两大史诗宗教化的影响密不可分的。

第四，东方史诗常常表现出内省精神。荷马史诗中的人物基本上都是外向型的，他们都是通过外部的冒险和战斗的胜利实现自己的人生价值。东方史诗中的人物虽然也有冒险和战斗经历，但外部的冒险和战斗的胜利却不是他们人生的目的和生命的归宿。《吉尔伽美什》由开始的贪图享乐、鱼肉人民，到后来的冒险为民锄害，以勇敢获得荣誉，再到最后对人生享乐和英雄业绩都感到淡漠，转而去探求永生的奥秘，而这种探求终于又是徒劳的。那么史诗表现了什么样的人生价值观呢？研究者有的认为它歌颂了为民除害的英雄而加以肯定，有的认为它表现了悲观的宿命论而给予否定。实际上史诗的重要意义不在于提出了什么样的价值观，而在于它提出了这样的问题。对人生意义的思考本身就是自我意识的觉醒，既有深刻的哲理意蕴，又表现出深刻的内省精神。正因如此，它不同于一般的英雄史诗。荷马史诗的主人公没有因人生的困惑而引起的心智挣扎和内在焦虑，也没有对解脱的渴求。他们的人生意义是很明确的，用不着思考，只需要去行动，靠勇力或者靠智慧去取得胜利。吉尔伽美什所特有的这种对人生意义的探求及其所表现的内省精神，形成东方文学的深层意蕴，他对永生的追求，对死亡这一人生悲剧的象征性超越，也是历代文学的一个永恒的主题。印度两大史诗中的主要人物都有对人生意义的探求，他们走入森林，拜访修道士仙人，从而获得人生的教益。他们都以遁世解脱作为自己的最终归宿。一般说来，由尚武转向非暴力，由喜欢外部冒险到喜欢沉思默想，是文化早熟的一种表现。如果把原始社会看作人类社会的幼年期，那么，进入文明时代的奴隶社会可以看作人类社会的童年期。马克思在《政治经济学批判·导言》中指出："有粗野的儿童，有早熟的儿童。

① Tagore, R. *Personality*. London: Macmilan Com. 1917. p. 27.

古代民族中有许多是属于这一类的。希腊人是正常的儿童。”[①]显然，马克思所说的“早熟的儿童”指的是上古东方四大文明的创造者。这样的早熟性特点在产生于上古时期的史诗中也必然表现出来，东方史诗表现出的内省精神就是这样的文明早熟的产物。

① 《马克思恩格斯选集》第二卷，人民出版社1977年版，第114页。

第四章

东方戏剧

戏剧是一门综合性艺术，涉及文学、美术、音乐、舞蹈等艺术门类。作为文学文本的戏剧脚本，是一种非常独特的文学文体，它往往根植于特定的文化传统，形成独特的戏剧结构和表演程式。与其他文体相比，戏剧具有更强的民族性和地域性特征。东方各民族戏剧虽然有不同的风格，形成了不同的戏剧体系，但由于相似的社会文化背景和长期的互相影响，也形成了一些共同特点，从而形成有别于西方的东方戏剧传统。东方戏剧的渊源流变、文体特点和审美风格，都是值得进一步研究的问题。

一　起源与发展

东方戏剧的起源问题比较复杂。一般认为戏剧起源于宗教仪式，因为宗教仪式以外在的象征方式表现内在的丰富深刻的内容，而且往往与表演和模仿紧密联系，很容易演变发展出戏剧艺术。在西方，英国的剑桥学派最先发现并提出戏剧与宗教仪式的关系，在文学、史学、宗教学和文化人类学领域都产生了巨大影响。在中国，王国维的《宋元戏曲史》也提出“戏剧起源于巫”的观点。① 古希腊戏剧起源于酒神祭奠的宗教仪式，这已经成为学术界的共识。但东方戏剧的起源问题非常复杂，一方面，东方戏剧具有多源性，各民族戏剧有自己的起源和发展历史；另一方面，各民族戏剧之间又有互相影响。虽然从戏剧这种人类文化现象本身来看，它与宗教肯定有着非常密切的关系，包括宗教仪式的模拟，宗教内容的表现，宗教节日的上演等，但就东方各民族发展成熟的具体戏剧种类而言，往往

---

① 王国维：《宋元戏曲史》第一章《上古至五代之戏剧》，见马美信《宋元戏曲史疏证》，复旦大学出版社 2004 年版，第 1 页。

不是起源于宗教或巫术，而是来自宫廷或者民间的娱乐形式，由此决定了东方戏剧在内容、形式和审美风格方面的不同特点。

当然，东方戏剧并非与宗教无缘，古埃及戏剧——东方也是人类世界最早出现的戏剧——即诞生于寺庙。早在古王国时期，古埃及就有了比较成熟的戏剧，在金字塔铭文中保存了这种戏剧的片断。戏剧的内容主要取材于奥西里斯的神话传说，在奥西里斯崇拜中心，每逢重大节日庆典，便搬演这样的神话剧。公元前1790年写成的纸草卷中，保存的戏剧形式更为完整，其内容主要是奥西里斯的寻找、安葬及复活。[①] 英国学者菲尔曼将在埃及阿斯旺附近的一个古城阿迪夫神庙里发现的一个法老时代的戏剧译成英文，取名为《荷拉斯的胜利》。内容是奥西里斯的儿子荷拉斯与叔叔塞特斗争的故事。关于古埃及戏剧的性质也还存在争议，埃及学者塔哈尔·特纳西指出："最近考古学家发现米那王朝的诗剧，米那王朝距现在有五千年的历史。考古学家还发现了法老时代的散文剧。这一发现说明古埃及人最先创作了这种艺术。这一发现证实了埃及戏剧早于希腊戏剧三千年。戏剧艺术的摇篮是埃及的思想和埃及的文明。"然而，由于埃及戏剧基本上局限于寺庙，没有成为大众娱乐形式，所以也有人认为古埃及戏剧不是一种成熟的戏剧形式。[②] 由于古埃及文明的中断，其戏剧没有发展起来，而且已有的戏剧成就也湮没在历史的尘埃中，没有在西亚北非地区形成戏剧传统。在西亚北非地区诸文明中，巴比伦和波斯都没有形成成熟的戏剧文类。古希伯来《圣经·旧约》中的《约伯记》被一些学者看作戏剧作品，但我们认为，从戏剧文体角度看，这部作品既不典型也不成熟。后来兴起的伊斯兰教反对模仿真主造物，所以在伊斯兰教为主流意识形态的西亚北非地区，没有戏剧生长发育的土壤。

印度古代戏剧源远流长，其成就可以和古希腊戏剧媲美。关于印度戏剧的起源问题也是众说纷纭，莫衷一是。有吠陀时代说，认为《梨俱吠陀》中的对话诗是戏剧的源头，或者认为吠陀时代的宫廷乐舞是印度戏剧的源头；有史诗时代说，认为史诗的演唱演变成戏剧；有木偶戏或皮影戏说，因为印度上古的木偶戏非常发达，被认为是木偶戏的发源地；另外有

---

① 参阅克雷默等《世界古代神话》，魏庆征译，华夏出版社1989年版，第56—57页。

② 转引自伊宏《埃及戏剧文学的历史和现状》，见中国社会科学院外国文学研究所编《东方文学专辑》（二），中国社会科学出版社1981年版，第54页。

人认为印度戏剧源于公元前 4 世纪波你尼时代的戏笑伎人；还有人认为印度戏剧受到古希腊戏剧的影响。[①] 由于印度早期戏剧没有流传下作品，所以目前只能说印度戏剧产生很早，估计在公元前二三世纪前后已经有成熟的戏剧作品，因为公元前一二世纪出现了成熟的戏剧理论著作《舞论》，而成熟的戏剧理论应该是在成熟的戏剧创作实践的基础上产生的。另外，在早期佛典中也有关于戏剧流行的记载。现在能看到的最早的印度戏剧作品是公元一世纪佛教戏剧家马鸣的戏剧残卷。这些戏剧残卷是 1910 年在我国新疆吐鲁番发现的，共有三部，为梵文佛教剧，1911 年由鲁德斯（H. Luders）校刊，以《佛教戏剧残本》的书名在德国柏林出版。其中有一部九幕剧《舍利弗传》保存的是最后两幕，以印度习惯于卷末署名为“金眼之子马鸣著舍利弗世俗剧”，从而确定为马鸣的作品。《舍利弗传》取材于舍利弗和目犍连皈依佛门的故事。他们原为外道异学，为追求真理而多方求师问道。虽然有了不小的名气，也收了许多弟子，但仍为找不到真正的解脱之道而感到苦恼和困惑，两人相约，谁能找到大智大慧者便一起去投奔。有一天舍利弗在街上见到比丘马胜，发现他仪容举止非凡，神态安详自若，感到非常惊奇。因为他知道，只有具备了坚定的信仰，找到了真正的解脱之道的人，才会有这样的神态。舍利弗便问他跟哪位导师、学什么道？马胜告诉他自己是释迦牟尼的弟子，学的是佛道，并为他讲述了佛教四谛。舍利弗闻法悟解，相约好友目犍连一起投奔佛陀。现存《舍利弗传》残卷描写舍利弗会见马胜后，有心投奔佛陀。他与一位门客交谈，门客是个婆罗门，是剧中的丑角，说婆罗门不应该接受刹帝利种姓人的教诲。舍利弗当即反驳说，低种姓医生配制的药丸，照样可以治病。目犍连见舍利弗满面喜悦，问明原因，和舍利弗一起投奔释迦牟尼。佛陀远远看见他们前来，预言他们将成为自己的上座弟子，一个智慧第一，一个神足第一。最后，佛陀还与舍利弗进行了哲学对话。其余两部残缺过甚，也没有署名，但由于和《舍利弗传》一起发现，内容和风格相近，所以一般也看作是马鸣的作品。其中一部是将概念人物化的象征剧，出场的角色有“觉”、“定”、“慧”、“忍”等。另外，马鸣传记资料中记载他曾创作并演唱一部名为《赖吒和罗》的佛剧，作品虽然没有流传下来，但赖吒和罗的事迹在早期佛经中有比较详细的记载，写的是长者子赖吒和罗冲

① 参阅黄宝生《印度戏剧的起源》，载《外国文学评论》1990 年第 2 期。

破父母家人的阻挠，随佛出家的故事。虽然马鸣的佛教剧在内容、形式和演出的时间地点等方面肯定与宗教有着深刻的联系，但它并非印度戏剧的源头，而是佛教诗人马鸣借用已经成熟的艺术形式为宗教服务，而且这些戏剧作品都是面向大众的“世俗剧”。

印度境内现存最早的完整的戏剧作品是约公元二三世纪的戏剧家跋娑的作品。1909 年在南印度的一座寺庙中发现 11 部戏剧写本，后来又搜集到两个类似写本，据考证是久已失传的古典梵语戏剧家跋娑的作品，所以称为“跋娑十三剧”。代表作《惊梦记》，写犊子国遭到强敌入侵，宰相负轭氏设计，让国王优填王与强大的摩揭陀国联姻。于是王后仙赐假死，隐居摩揭陀国，成为莲花公主的随从。优填王与莲花公主结婚，仙赐奉命为他们编制花环，心情非常复杂。优填王梦中呼唤仙赐，仙赐回答。优填王醒后告诉大臣：“仙赐还活着！”大臣告诉他那只是个梦。在摩揭陀国的帮助下优填王复国，莲花公主见到仙赐的画像，告诉优填王：“仙赐还活着！”最后真相大白，结局大团圆。作品人物心理刻画细腻，很有艺术魅力。

公元三四世纪产生的首陀罗迦的戏剧《小泥车》，以农民起义推翻暴君为情节背景，在印度和世界戏剧史上都具有特殊地位。故事发生在暴君波罗迦王统治下的优禅尼城。国舅仗势欺人，抢妓女春军。春军躲进婆罗门善施家，留下首饰盒。婆罗门青年夏维罗迦爱上春军的丫鬟摩德尼迦，偷首饰为她赎身，引出一串情节，春军收下首饰，成全一对有情人。牧人阿哩耶迦起义被捕，夏维罗迦赶去营救。春军与善施相会，善施的儿子想要邻居孩子那样的小金车，丫鬟为他捏了个小泥车，孩子非要小金车不可。春军将自己的首饰放进小泥车，让他去买小金车。善施备好车子接春军，春军误上了国舅的车。越狱逃出的阿哩耶迦坐上了等候春军的车子。善施慷慨赠车，助他逃走。春军乘国舅的车到了公园，她拒绝国舅，国舅掐死春军后逃走。春军被一个和尚救活带到寺庙。国舅诬告善施图财害命，善施被判流放，国王改为问斩。善施在刑场被及时赶到的春军救下。阿哩耶迦起义成功，杀死暴君，建立新王朝。善施封王，春军成为善施正式的妻子。作品情节跌宕起伏，塑造了宽厚仁爱又敢于反抗的妓女春军的形象，表现了反抗暴政的政治主题。

迦梨陀娑是印度最杰出的戏剧家，代表作《沙恭达罗》。作品写的是国王豆扇陀在净修林中见到了仙人的义女沙恭达罗，两人一见钟情，结为夫妻。国王临别时送给沙恭达罗一枚戒指作为信物。沙恭达罗思夫心切，怠慢了一位来访的大仙人，仙人诅咒她的丈夫会将她忘记。在沙恭达罗女友的求情下，仙人答应，国王见到信物，诅咒就会解除。后来怀孕的沙恭达罗进城寻夫，国王拒绝相认，因为沙恭达罗将戒指丢失了。她辩解无用，走投无路，被她的天女母亲接到一个仙境。后来国王见到了戒指，想起了沙恭达罗，追悔莫及。最后国王在帮助天神打仗回来的途中见到了沙恭达罗和他们的儿子，得以团圆。这部作品取材于《摩诃婆罗多》，迦梨陀娑对原有故事进行加工提炼，突出了爱情主题，并且调动了各种艺术手段，对人物感情作了细腻的描写，使人物形象更丰满，更生动，也更有典型意义。迦梨陀娑之后，印度古典梵语文学重要戏剧家还有戒日王，代表作是《龙喜记》；毗舍佉达多，代表作《指环印》；薄婆菩提，代表作《茉莉与青春》；婆吒·那罗延，代表作《结髻记》等。另外，13 世纪以后，各地新兴的地方语言文学中也出现了一些戏剧作品。

中国戏剧的起源问题也比较复杂。远古宗教的巫觋，先秦时代的俳优，汉代宫廷乐舞和百戏，都有一定的戏剧成分，但都不具备戏剧性质。南北朝出现《兰陵王》、《踏摇娘》等具有一定情节的歌舞表演，唐代的“参军戏”具有更多的戏剧成分。南宋时期浙江温州一带产生的“南戏”是中国最早的成熟的戏剧，有《张协状元》等剧本传世。而在北方，由说唱艺术“诸宫调”、“大曲”演变而成的杂剧，到元代由于文人的大量参与而蓬勃发展，形成中国古代戏剧史上的一个高峰，出现了以关汉卿、王实甫为代表的一批杰出的戏剧家，创作了《窦娥冤》、《西厢记》等经典名剧。明清时代，在南戏基础上发展起来的传奇大放异彩，形成中国戏剧史上的又一个高峰，出现了以汤显祖、孔尚任为代表的一批杰出的戏剧家，创作了《牡丹亭》、《桃花扇》等经典名剧。关于中国戏剧的起源问题，至今仍然聚讼纷纭，然而不管这一问题如何复杂，如何众说纷纭，中国戏剧起源的非宗教性是毋庸置疑的，这与中国文化的非宗教性是一致的。

日本戏剧的起源问题也比较复杂。日本上古时期有原始歌舞，日本乐书《教训抄》记载，在推古天皇时代（公元 612 年），百济人味摩之乘船归化日本，带来了伎乐，宫廷让他培养乐生。隋唐时期中国的散乐传入日本，与各种民间表演相结合，成为日本戏剧产生和发展的基础。日本戏剧有“艺能”、“狂言”、“歌舞伎”、“净琉璃”等类型。其中“艺能”又称

“能乐”兴起于13—14世纪，一般认为源于“猿乐”和“田乐”。“猿乐”可能源于中国的散乐，奈良时期（公元8世纪前后）传入日本。散乐又称杂戏、百戏，是中国戏剧的渊源之一。由于其通俗地位，传入日本后深受庶民群众欢迎。到平安王朝中期（约11世纪），其滑稽表演具有了戏剧的特征，形成“猿乐”。日本的田乐源于古代的田舞，是一种很古老的技艺表演，可能与民间庆丰收的祭祀活动有关。平安末期，“猿乐”和“田乐”逐渐融合为一体。镰仓时代，日本的各种歌舞艺能逐渐发展为戏剧艺术，12—13世纪出现了专业的戏班（称为“座”）。到室町时代，在我国宋代大曲和元杂剧的影响下，日本的“猿乐”发展成为“能乐”或“艺能”这样成熟的戏剧艺术形式。“艺能”的脚本称为“谣曲”，基本上都是以诗歌为主体，讲究辞章的优美典雅，近似元杂剧。14世纪，在观阿弥、世阿弥父子及众多戏剧家的努力下，日本戏剧达到高峰。艺能有很多流派，流传剧目三百出左右，大多取材于《伊势物语》、《源氏物语》、《平家物语》等古代小说。以主角不同，艺能分为神、男、女、鬼、狂五大类，其中最有艺术性的是“女能”，产生了《熊野》、《松风》等名剧；比较有社会意义的是“狂能”，多表现现实生活中的人物，主要是受命运打击而疯狂的女人，代表作《羽田川》等。狂言是一种科白笑剧，兴起于14世纪。最初只是即兴表演，后来有脚本，流传亦有三百余出。具有谐谑性和讽刺性。根据主角分类，有大名狂言、小名狂言、婿女狂言、鬼山伏狂言、出家座头狂言等。大名狂言主要讽刺上层武士，代表作有《两个大名》等；小名狂言主要讽刺下层武士和商人，代表作有《附子》等。“歌舞伎”兴起于17世纪，是一种将道白、舞蹈和音乐融为一体的戏剧形式。元禄时代“歌舞伎”兴盛，出现了近松门左卫门等著名剧作家。18世纪后期，又吸收了“净琉璃”等剧种的长处，成为日本古典戏剧中流行最广、影响最大的一个剧种。“净琉璃”又称“人形净琉璃”，是一种木偶戏。“净琉璃”原是一种用琵琶伴奏的说唱曲艺，产生于室町时代中叶，由演唱当时流行的《净琉璃物语》而得名。17世纪由从琉球传入的乐器“三弦琴”和木偶戏相结合，形成日本独特剧种“人形净琉璃”，由担任说唱的“大夫”、伴奏的“三弦琴”师和操纵木偶的木偶师合作演出。著名剧作家有近松门左卫门等，代表作《景清出家》、《曾根崎情死》等。虽然早期的日本戏剧——猿乐能的演出场所主要是寺庙，但其戏剧形式并非脱胎于宗教仪式，其内容也大多与宗教无关。

综上所述，东方国家的大部分戏剧并非起源于宗教，或者说东方各国成熟的戏剧并不是直接由宗教仪式演变而来，而是由宫廷和民间的各种娱乐活动与已经成熟的抒情叙事文学样式相结合，不断发展演变而来。因此，东方戏剧大都具有世俗性和娱乐性。这样的起源基础和发展过程，对东方戏剧的文体特点和审美特征具有直接和深远的影响。在戏剧风格上，东方戏剧既不追求严肃的“悲”，也不追求狂欢的“喜”，其艺术基因更多是与生俱来的娱乐性和情趣性。

二　表演性

东西方戏剧属于不同的戏剧体系，因而具有许多不同的特点。在文体方面，与西方戏剧相比，东方戏剧的一个重要特点就是综合性。西方戏剧诗、乐、舞各自独立成剧，而东方戏剧大多是诗乐舞混合统一的戏曲。这种戏曲既不同于西方以念诵为主的诗剧和话剧，也不同于其歌剧，因为歌剧是以唱为主，不重表演。而东方的戏曲恰恰相反，是一种以表演为中心的综合性艺术。

如上所述，东方戏剧的起源和发展具有多元多重的特点，而且基本上都遵循两条路线，一条是由娱乐性的杂剧表演发展到有情节的叙事性文体，另一条是由唱曲到演剧，最后形成诗乐舞混合统一的综合性艺术。马鸣的戏剧创作虽然从内容上看都是宣传佛教的宗教宣传品，算不得经典，但从戏剧的形式方面看，却有着非常重要的研究价值。马鸣尝试过多种类型的戏剧的写作，其中之一是以《赖吒和罗》为代表的，以演唱为主要表现方式的戏曲。据《付法藏因缘传》载，马鸣“于华氏城游行教化，欲度彼城诸众生故，作妙伎乐名《赖吒和罗》，其音清雅哀婉调畅。……如是广说空无我义，令作乐者演畅斯音。时诸伎人不能了解，曲调音节皆悉乖错。尔时马鸣，著白毡衣入众伎中，自击钟鼓，调和琴瑟，音节哀雅，曲调成就，演宣诸法苦空无我”。[①]这是一种曲艺形式的戏剧，是印度戏剧比较原初的形式。马鸣自己后来的戏剧以及后来的印度戏剧家如跋娑等人的戏剧，都是在这样的有说有唱的曲艺形式基础上发展起来的诗乐

① 《付法藏因缘传》，见高振农《大乘起信论校释》，中华书局1992年版，第202页。

舞混合统一的综合艺术。中国的杂剧和日本的艺能都是由曲到剧发展起来的。中国的杂剧和南戏，都很重视演唱，后来的传奇也是以演唱为中心，形成了昆曲等不同的声腔流派，演变到后来的京剧和各种地方戏，都是以演唱为主的综合性的戏曲，不同的声腔和演唱风格成为划分戏剧种类和戏剧流派的重要标志。日本的“艺能”又称“能乐”，是在中国散乐基础上发展起来的一种融诗歌、音乐、舞蹈、念唱、服饰、面具及舞台装饰为一体的综合性表演艺术。其戏剧脚本称为“谣曲”，以优美典雅的唱词为主，伴以简单的对话。这样的综合性艺术形式在文学文体上表现为韵散结合，以韵文为主。

东方戏剧诗乐舞结合这一重要特点，决定东方戏剧在艺术表现方面重表演而不重叙事。重表演是东方戏剧诗学传统。印度戏剧学著作《舞论》实际就是一部戏剧表演手册。《舞论》关于戏剧的界定是：“这种有苦有乐的人间的本性，有了形体等表演，就称为戏剧。”① 其中有两个重心，一个是“有苦有乐的人间的本性”，即所谓“情”，另一个就是表演。《舞论》要求演员通过“情”的表演创造出“味”，从而感染观众。《舞论》是实际从事戏剧工作的人所作的经验总结，所以它把表演放在重要地位，认为戏剧只有通过表演才能将本身的统一情调传达给观众。表演包括语言、形体和诉诸外形的内心活动，其中以外表活动表现的内心活动是表演的基础，而内心活动应与基本情调和谐一致。《舞论》细致地列举分析了每种情调（味）在舞台之上的表演方法，形成了一整套表演程式，并且具体分析了戏剧的效果，认为来自语言和外形表演的效果低于来自内心表演和情调感染。古代印度诗乐舞剧不分，《舞论》所论的“舞”是一种综合艺术，因此还论述了舞蹈、音乐、诗律、语言等方面的问题，这些论述的核心也是味和情。其核心概念“情”和“味”都与表演有关。如关于“艳情味”的阐述：“艳情由常情欢乐而生，以光彩的服装为其灵魂。……它以男女为因，以最好的青年时期为本。它有两个基础，欢爱与相思。”“富有幸福，与所爱相依，享受季节与花环，与男女有关，名为艳情。”② 再如关于“滑稽味”的阐述：滑稽以常情笑为灵魂；它产生于不

---

① 婆罗多：《舞论》第一章，金克木译，见曹顺庆主编《东方文论选》，四川人民出版社1996年版，第83页。

② 婆罗多：《舞论》第六章，金克木译，见曹顺庆主编《东方文论选》，第86—87页。

正常的衣服和装饰，莽撞、贪婪、欺骗，不正确的谈话，显示身体缺陷，指说错误等别情，它应当用唇鼻颊的抖颤，眼睛睁大或挤小，流汗、脸色、掐腰等随情表演，它的不定的情是：伪装、懒惰、散漫、贪睡、梦、失眠、嫉妒，等等。[①] 日本戏剧也非常倚重表演，其传统歌舞剧“艺能”的名称就是从表演出发的，代表作家都是著名演员。其戏剧理论著作世阿弥的《风姿花传》，大量篇幅论表演，以“花”为核心，所谓“花”就是表演达到至高的境界。

戏剧艺术的本质就是表演，之所以还将表演作为东方戏剧的一个重要的审美特点，主要是与西方戏剧比较而言。西方戏剧理论从亚里士多德开始就把戏剧看作诗的一种，不重表演而重情节。亚里士多德指出：“悲剧是对于一个严肃、完整、有一定长度的行动的摹仿。”认为“整个悲剧艺术包含‘形象’、‘性格’、情节、言词、歌曲与‘思想’。”而这六个成分里，“最重要的是情节，即事件的安排。”[②] 这样的重情节的戏剧思想在西方形成传统，如苏姗·朗格认为：“戏剧不仅是一种独特的文学形式，而且是一种特殊的诗的形式。”[③] 朗格与亚里士多德一脉相传，都强调戏剧的诗的属性，即文学性，而对戏剧的表演性不够重视。

除了戏剧艺术的本质要求之外，东方戏剧重表演还与其程式化的文体特点有关。所谓程式化包括戏剧音乐的程式化、角色行当的程式化和动作表演的程式化。印度的《舞论》规定了各种表演程式，把复杂的人和人们生活中的种种语言、行为、思想、感情等加以分类，用类型化的语言、动作和音乐旋律来表示不同的人物和情感类型。马鸣的《舍利弗传》就是一部比较符合《舞论》要求的戏剧，古典梵语戏剧的主要特征，包括角色的分类固定，戏文的韵散杂糅，人物语言的雅俗之分，以及舞台提示和剧终的祝福诗等，都已基本具备。后来跋娑、首陀罗迦和迦梨陀娑又作了进一步的发展。中国的杂剧和日本的艺能也有固定的角色和表演程式。一是人物的程式化，主要是角色分类比较固定。如中国戏剧有生、旦、净、末、丑，印度戏剧一般有男主角、女主角和丑角，日本戏剧角色分类

---

① 婆罗多：《舞论》第六章，金克木译，见曹顺庆主编《东方文论选》，第87—88页。

② 亚里斯多德：《诗学》，罗念生译，人民文学出版社1984年版，第19—21页。

③ 苏姗·朗格：《情感与形式》，中国社会科学出版社1986年版，第354页。

与中国戏剧基本对应，如立役（生）、女方（旦）、敌役（净）、道外方（丑）、端役（末）等。二是结构的程式化。印度戏剧一般有开场诗，然后是序幕，由舞台监督或戏班主人介绍作者和主要剧情，引出剧中人物；幕与幕之间常有插曲，向观众介绍与剧情有关的正在发生或已经发生的事件；剧末有献诗。中国杂剧有楔子、正文和下场诗。日本能剧结构有“序”、“破”、“急”，所谓“序”是开头部分，配角出场，先自报家门，说明缘由，相当于引子；“破”是戏剧主体，主人公出场；“急”是结尾。三是表演的程式化。各种戏剧在唱腔、念白、扮相、动作、舞蹈、道具等方面，都有自己的一套规范的程式。程式化使东方戏剧淡化了叙事和模仿功能，强化了表演特性，不以写实作为戏剧表演、戏剧欣赏和戏剧评论的标准，形成了戏剧表演的“间离效果”和象征超越的美感。著名戏剧家焦菊隐先生认为，戏剧程式“是作家、演员与观众之间的一种共同默契，一种共同的符号。作家和演员，通过它们来反映当代的或历史时代的生活；观众通过它们来理解舞台上的生活”。①

三　抒情性

与西方戏剧重叙事、重情节相比，东方戏剧大都具有抒情性的特点。在西方文学中，不同文类分工比较明确，诗歌类抒情文学主要描绘静态的人生，戏剧类文学关注社会人生中的矛盾冲突，而叙事文学主要表现人生过程。东方文学有着很强的抒情传统，形成了一个以抒情言志为核心的文学话语系统，对于后起的文学文类戏剧的发展有着深刻的影响。戏剧创作者基本上都是诗人，有抒情诗的功底，抒情性成为戏剧家的创作追求，评论家也以此为评价标准。王国维《宋元戏曲史·自序》说：“往者读元人杂剧而善之，以为能道人情，状物态，词采俊拔，而出乎自然，盖古所未有，而后人所不能仿佛也。”② 后来又用“自然”和“有意境”来概括元杂剧的艺术特点，指出：“元曲之佳处何在？一言以蔽之，曰：自然而已矣。”“其文章之妙，亦一言以蔽之，曰有意境而已矣。何以谓之有意境，

① 焦菊隐：《焦菊隐戏剧论文集》，上海文艺出版社 1979 年版，第 252 页。

② 王国维：《宋元戏曲史》，见马美信《宋元戏曲史疏证》，复旦大学出版社 2004 年版，第 1 页。

曰：写情则沁人心脾，写景则在人耳目，述事则如其口出。古诗词之佳者无不如是，元曲亦然。”①可见戏剧主要继承并发展了中国古代建立在抒情诗发达基础上的抒情文学传统。印度传统戏剧诗学强调“情味”，其开创者是婆罗多的《舞论》。《舞论》认为，为了感染观众，戏剧应有统一的基本情调，其他的一切都必须与这个基本情调结合并为其服务，这个基本情调就是味。味具有被尝的性质，“正如善于品尝食物的人们吃着有许多物品和许多佐料在一起的食物，尝到味一样，智者心中尝到与情的表演相联系的常情的味。因此，这些常情相传是戏剧的味”。② 所谓“常情”即现实生活中存在的最基本最主要的情，《舞论》认为常情有 8 种，即欢乐、笑、悲、愤怒、勇、恐惧、忧虑、惊诧；在这些常情的基础上分别产生 8 种“味”，即艳情、滑稽、悲悯、暴戾、英勇、恐怖、厌恶、奇异。这样的情味表现是东方戏剧的传统特点，有别于西方模仿自然的戏剧传统。美国学者厄尔·迈纳指出：“印度诗学沿着一条复杂的路线走向了情感表现论。……在这种诗学中，以情动人是最关键的东西。而且正是在戏剧这个领域中，读者期望得到这种东西。”③ 季羡林先生也指出：“西欧的戏剧剧情发展比较迅速，活动强烈，总之是以刚胜；而印度戏剧则有所不同，几乎每一个剧本都是一首美妙的抒情诗。活动不强烈，而充满诗情画意，感情柔婉细腻，总之是以柔胜。”④

东方戏剧的抒情性决定东方戏剧在审美方面重表现而不重再现，重内在而不重外在。戏剧表现的对象是什么？是人们外部的生活活动，还是人们内在的情绪和心灵，这是两种不同的戏剧诗学思路，代表不同的戏剧诗学传统。印度婆罗多的《舞论》和古希腊亚里士多德的《诗学》一样，以戏剧文类为基础建立起系统的文学理论，分别奠定了西方和印度诗学的基础。亚里士多德建立的是一种摹仿论的再现性诗学体系，婆罗多虽然也提出摹仿问题，但却将论述的重心转向了“情味”和表演，而对与摹仿

① 王国维：《宋元戏曲史》，见马美信《宋元戏曲史疏证》，复旦大学出版社 2004 年版，第 177 页。

② 婆罗多：《舞论》第六章，金克木译，见曹顺庆主编《东方文论选》，四川人民出版社 1996 年版，第 84 页。

③ 厄尔·迈纳：《比较诗学》，王宇根等译，中央编译出版社 2004 年版，第 313 页。

④ 季羡林：《〈惊梦记〉中译本序》，见跋娑《惊梦记》，韩廷杰译，中国戏剧出版社 1983 年版。

相关的情节、行动、结构、人物性格等问题漠不关心。从摹仿说出发的再现论强调真实，突出了艺术真实地反映生活的求真倾向，而表现性的艺术观则不然。东方戏剧家认为戏剧是艺术，应该与生活保持一定的距离，突出的是作家的主体审美情趣。泰戈尔高度评价印度古代戏剧家迦梨陀娑的名剧《沙恭达罗》，指出："欧洲诗人盲目地复制生活真实，如实反映生活，他们没有用咒语或超自然力量的干预来解释过去。他们用诗的支配取代生活的支配。迦梨陀娑没有把生活真实置于诗之上。他不想如实描绘日常生活，因为他自己不能不受诗的支配。他要使每个情节符合整个剧情。他完整地保留了真理的内在本质，将其表象巧妙地同自己作品的美结合在一起。他明确地抒发了因作恶引起的精神痛苦和后悔，但将恶行本身遮掩起来。他的这种做法被证明是正确的，否则，充满《沙恭达罗》一剧的安谧和克制就会消失，使该剧蒙受不可弥补的损失。复制品确是忠实于生活真实，但文艺女神却由此受到残酷无情的打击。"① 泰戈尔称赞《沙恭达罗》不是一味地复制或摹仿现实，而是高于现实，突出的是作品的情味意境和审美主体的情感表现。

东方戏剧属于情意性戏剧，内在的情感和韵味是东方戏剧着力追求的境界。这样的情意性戏剧追求情味意境，而不重反映的真实；重内在而轻外在，形成戏剧冲突的内向化特点。戏剧冲突的内向化是东方传统戏剧的一个重要特点，泰戈尔对此非常赞赏。他在评论《沙恭达罗》时指出："大地从表面上看去是美的、平静的，但其里面却潜藏着巨大的力量。《沙恭达罗》中有着此类的景象。任何一个别的剧本都没有这种从容不迫的气氛。欧洲诗人乐于相信情感的力量，驰骋于其想象之中。……在莎士比亚的剧本中，没有一个具有《沙恭达罗》那种深深的平静和从容不迫。"② 当然，《沙恭达罗》这样的传统戏剧并非没有矛盾，也不是不要冲突，只是更加内向化，戏剧冲突大多是内在的。有学者指出："通过这种完美的艺术形式，可产生这样一种效果。即使艺术家与观众达到静穆忘我与超然的精神境界。"③ 许多东方戏剧淡化情节，不追求外在的热闹，而

① 泰戈尔：《沙恭达罗》，陈宗荣译，见《泰戈尔全集》第 22 卷，刘安武、倪培耕、白开元主编，河北教育出版社 2000 年版，第 30—31 页。

② 同上书，第 29 页。

③ 亨利 · W. 怀尔斯：《亚洲古典戏剧的比较》，见李达三、罗钢主编《中外比较文学的里程碑》，人民文学出版社 1997 年版，第 409 页。

注重内在的情致，不重叙事重抒情，日本的能剧最为典型。怀尔斯评论说：日本艺能“所表现的主题集中单一，不太注重情节和行动的发展，但却注重音乐和强烈感情的表现。因此，它确实具有纯粹的抒情文学的某些重要特征”。①

四　和谐美

在审美特征方面，如果说西方戏剧比较重视崇高美，东方戏剧则比较崇尚和谐美。这种和谐美表现在许多方面，包括戏剧冲突的内向化，演员表演的节制，以及结局的大团圆等。在和谐美的追求方面，迦梨陀娑的名剧《沙恭达罗》比较有代表性。作者用“仙人诅咒”来解释国王豆扇陀对沙恭达罗的遗弃，从审美功能来看，仙人诅咒情节的巧妙利用，使作品保持了和谐的审美风格。在生活中矛盾是无处不在的，人性中的丑恶、病态以及社会恶势力常常在生活中制造悲剧，这些丑的东西在作品中如何处理，就是一个审美原则问题。仙人诅咒在制造戏剧冲突的同时又淡化了矛盾，使全剧宁静和谐的气氛不被破坏。如果尽情地暴露丑恶，过于触目惊心，就会产生另一种审美效果。沙恭达罗遭遗弃是悲剧性题材，但由于作者以和谐的审美原则进行了艺术处理，创作出具有和谐的内容和形式的文学文本；读者观众在欣赏戏剧的过程中由于仙人诅咒情节而从心理上原谅了豆扇陀的遗弃行为，保持着心理的平衡，由此获得优美而和谐的美感，而非悲剧性的心灵震颤。

东方戏剧和谐美的一个重要表现是结局的大团圆。大部分东方戏剧作品的矛盾冲突最后都得以解决，有情人经过各种曲折终成眷属，即使一些情节悲惨，主人公惨遭不幸的作品，也常常给一个善恶有报的交代，如《窦娥冤》最后申冤昭雪，《赵氏孤儿》最后孤儿报仇，重获荣华；《汉宫秋》、《梧桐雨》都有团圆的梦境。在安排戏剧结局时，东方戏剧家往往追求“团圆之趣”。中国古代戏曲评论家李渔指出：“全本收场，名为‘大收煞’。此折之难，在无包括之痕，而有团圆之趣。如一部之内，要

① 亨利·W. 怀尔斯：《亚洲古典戏剧的比较》，见李达三、罗钢主编《中外比较文学的里程碑》，人民文学出版社1997年版，第414页。

紧脚色，共有五人，其先东西南北，各自分开，到此必须会合。”[①] 当然这样的团圆之趣不是一般的给一个美好的结局，而是波澜起伏的自然结果，“水穷山尽之处，偏宜突起波澜，或先惊而后喜，或始疑而终信，或喜极、信极而反致惊疑，务使一折之中，七情俱备，始为到底不懈之笔，愈远愈大之才，所谓有团圆之趣者也”[②]。古代东方文学这种对团圆之趣与和谐之美的追求，究其原因，就在于东方人由于特定的社会文化基础和文学传统，形成了崇尚和谐的审美心理，要求在审美过程中保持心理的平衡，要求作品中物归其类，人归其所，一切最终都由无序走向有序。

谈东方戏剧的审美特点不能不涉及东方悲剧问题，对此学术界有不同的看法。朱光潜和钱钟书皆持中国无悲剧说。朱光潜指出：“仅仅元代（即不到一百年的时间），就有五百多部剧作，但没有一部可以真正算得悲剧的。”[③] 钱钟书指出：“悲剧自然是最高形式的戏剧艺术，但恰恰在这方面，我国古代剧作家却无一成功。”[④] 他认为中国戏剧缺乏内在的悲剧冲突，道德秩序是既定的，“所有精神和物质的东西都依照严格的‘道德秩序’来安排。因此，两个不相容的伦理实体之间的冲突也就失去其尖锐性。……较低的道德实体之否定，得到的充分补偿则是较高道德实体的肯定，所以说这丝毫也不是‘悲剧超越’”[⑤]。王国维是认为中国有悲剧的，他在《宋元戏曲史》中说：“明以后，传奇无非喜剧，而元则有悲剧在其中。就其存者言之，如《汉宫秋》、《梧桐雨》、《西蜀梦》、《火烧介子推》、《张千替杀妻》等，初无所谓先离后合、始困终享之事业。其最有悲剧之性质者，则如关汉卿之《窦娥冤》、纪君祥之《赵氏孤儿》，剧中虽有恶人交构其间，而其赴汤蹈火者，仍出于主人翁之意志，即列之于世界大悲剧中，亦无愧色也。”[⑥] 这种分歧和争论近百年来一直持续不断，

① 李渔：《闲情偶寄》，见郭绍虞主编《中国历代文论选》第三册，上海古籍出版社 1980 年版，第 280 页。

② 同上书，第 280 页。

③ 朱光潜：《悲剧心理学》，人民文学出版社 1983 年版，第 218 页。

④ 钱钟书：《中国古典戏曲中的悲剧》，见李达三、罗钢主编《中外比较文学的里程碑》，人民文学出版社 1997 年版，第 359 页。

⑤ 同上书，第 365 页。

⑥ 王国维：《宋元戏曲史》，见马美信《宋元戏曲史疏证》，复旦大学出版社 2004 年版，第 177 页。

关于东方悲剧（包括中国悲剧）的有无以及东方悲剧的性质特点等，都是众说纷纭，莫衷一是。

关于这个问题，我们认为有几点值得注意。第一，不能笼统地说东方无悲剧。和谐美的追求使东方戏剧以解决矛盾、体现平衡的正剧为主，但每个民族文化都有多元因素，其审美趣味也必然是多种多样的。东方各国戏剧中悲剧品种的确比较少，但也不是绝对没有，如印度跋娑13剧中的《断股》一剧就非常具有悲剧性。该剧取材于大史诗《摩诃婆罗多》，描写俱卢大战的最后一天，怖军与难敌阵前对决。难敌将怖军击倒在地，但遵守武士道德没有将其杀死。怖军却在黑天的暗示下违反规则打断了难敌的腿。难敌临终与父母妻儿诀别，并劝阻朋友为他复仇，是一位尽责的儿子、可爱的丈夫、慈爱的父亲和高尚的武士形象，他的死能够赢得观众同情，具有崇高美。在日本也有一些具有悲剧性质的戏剧作品，比较典型的如近松门左卫门的“情死剧”，相爱的青年男女，由于封建家长或社会恶势力的阻挠难成眷属，于是相约情死。中国也有一些戏剧作品能够唤起怜悯或恐惧的审美体验，应该属于“悲剧”范畴。同样，也不能笼统地说东方戏剧都是大团圆结局，西方悲剧都是毁灭性结局。实际上东方戏剧也有毁灭性结局，西方悲剧也有团圆结局。如西方著名的悲剧古希腊埃斯库罗斯的《普罗米修斯》、《俄瑞斯提亚》，17世纪法国戏剧家高乃依的《熙德》等，都是团圆结局。

第二，不能不承认，在戏剧品种方面，东方悲剧不发达，其原因是多方面的。从戏剧产生的角度看，东方戏剧起源的非宗教性，影响了戏剧的审美追求。与欧洲古希腊戏剧不同，东方戏剧大多不是来自严肃的宗教祭奠活动，当然也不是来自放纵的节日狂欢，所以东方戏剧不追求悲剧效果和喜剧效果，而是以正剧（悲喜剧）为主。从文学功能角度看，东方戏剧比较重视戏剧的教化作用，不同于西方戏剧要求的“净化”作用。教化作用需要解决矛盾的正剧和善恶有报的思想，净化作用需要心灵震撼。从哲学传统和文化精神方面看，悲剧“表现的是人与人之上的力量的冲突”，在古希腊，这种人之上的力量体现为“命运”，在东方，这种人之上的力量体现为“天命”或业报的规律。命运一旦决定是不可改变的，无论你后天如何努力，只能表现对命运的反抗，而不能改变其结论，从而表现出悲剧性。而东方的天命和业报都取决于人后天的努力，通过“天人感应”和“业报轮回”赏善罚恶，结果是善有善报，恶有恶报，从而削弱和淡化了悲剧精神。

第三，不应该以是否悲剧论高低。每一种戏剧类型都有自己的审美特点，其杰出作品都有过人之处。席勒曾经高度评价迦梨陀娑的《沙恭达罗》说："在古代希腊，竟没有一部书能够在美妙的女性温柔方面，或者在美妙的爱情方面与《沙恭达罗》相比于万一。"① 西方古代悲剧的一些杰出作品的确有震撼心灵的崇高美，但不能因此否定东方正剧的审美价值，和谐与崇高作为不同的美感形态没有高低之分。而且西方的悲剧也是特定时代的产物，18 世纪以后，那种追求悲剧效果和喜剧效果而脱离实际生活的悲剧和喜剧形式逐渐遭抛弃，被反映和解决社会现实问题的正剧所取代。

第四，不能以西方的戏剧标准来衡量东方戏剧。以往对东方悲剧问题的讨论都是以西方的文学观念——"悲剧"——来阐述东方的文学现象。这样的"阐发"法是拿西方文学史上形成的文类观念生搬硬套于东方的文学现象。这样看似平行的比较，实际是不平等的对话，是用西方的标准来衡量东方，是对东方文化和文学现象的"格式化"，类似西方文学文类的现象被显现，不同于西方的文学现象被遮蔽被忽视；即使被纳入视野的同类现象，也与西方标准有一定差距，因而也显得不典型或者不够标准，而被列入次品或打入另类。如果研究东方悲剧现象，应该基于东方文化对悲剧进行新的界定，从东方的宗教哲学中探寻悲剧观念和悲剧意识的生成基础，从东方戏剧作品中概括其表现方式和表达模式。

① 转引自《中国大百科全书·外国文学卷》Ⅰ，中国大百科全书出版社 1982 年版，第 482 页。

第五章

东 方 小 说

小说是最重要的文学文类之一，是在故事文学的基础上发展起来的一种比较高级的散文叙事文学文体。东方古代形态的小说，与近代以来主要受西方文学影响的现代形态的小说既有联系，又有区别。作为后起的高级的散文叙事文学文体，小说的产生和发展除了故事文学的基础之外，还受到其他文学因素的影响。古代东方文学深厚的历史叙事基础，源远流长的说唱文学传统和强大的抒情文学话语，都对古代东方小说文体产生了直接而深远的影响。东方小说的渊源流变，文体特点，与其他文学文体的关系等，都是值得研究的问题。

一　产生和发展

散文叙事文学包括故事和小说两大形态。故事是亘古常新的文学现象，既是文学的原始形态，也是文学的终极形态。故事中蕴含着人类的“集体无意识”，即本能和梦想；也积淀着人类的“集体意识”，即思想和智慧。故事既是人类社会的信息储藏库，记录着人类的生活和追求；又是人类思维的符号系统，包含着各种信息代码和象征模式。学术界非常流行和热闹的主题学和叙事学，都是从民间故事的研究中发展起来的文学研究方法。

故事文学包括神话故事、民间故事、寓言故事、历史传说、人物传记等各种类型，每种故事又有许多形态和类型。东方各国都有自己的故事文学传统，而且各有特点。中国古代神话不够发达，但寓言故事和民间故事还是很丰富的，特别是中国有深厚的史传文学传统，包括正史和野史，都是基于历史传说的故事文学宝库，这对中国叙事文学的发展产生了深远的影响。日本、朝鲜、韩国等东亚国家既有自己的神话故事和民间故事，又接受了中国史传文学传统的影响。而南亚和西亚北非各国，历史意识不强，虽然也有历史传说性的故事文学作品，如印度的“往世书”和关于优填王的系列故事，阿拉伯的《安特拉传奇》等，但都不太追求历史的真实。印度古代故事文学非常发达，有《五卷书》、《佛本生经》等著名的寓言故事集。鲁迅先生曾经指出：“尝闻天竺寓言之富，如大林深泉，他国艺文，往往蒙其影响。即翻为华言之佛经中，亦随在可见。”[①] 除了寓言故事外，印度的神话故事、民间故事也非常丰富，有许多著名的故事集，如《故事海》等。阿拉伯更是以故事文学见长，一部大型民间故事集《一千零一夜》，成为最有世界影响的阿拉伯文学名著。

东方各国不仅都有自己的散文叙事文学传统，而且都有一个从早期比较简单的故事文学向比较复杂的小说文体发展的趋势，符合文学形式由简单到复杂，由粗到精，由俗到雅，由民间集体创作到文人个人创作，由随缘自在到文体自觉的发展规律。关于小说并没有严格的定义，一般是指由作家创作的，具有比较完整的情节结构，虚构性的散文叙事文学。根据这种界定，记实性的史传文学，民间流传的各种类型的故事都不能算作小说，属于前小说的散文叙事文学形态。关于小说兴起的时间，也有不同的看法。中国先秦已经有小说概念，其后班固《汉书·艺文志》辟有“小说”一类，其界定为：“小说家者流，盖出于稗官，街头巷语，道听途说之所造也。”[②] 可见并非现代意义之小说。在中国学术界，鲁迅先生的观点“唐人始有意为小说”已经为大家所普遍接受。从世界范围看，古罗马的阿普列尤斯被称为“小说之父”，他的《金驴记》被认为是现存最早的长篇小说。

东方古代真正具有文学史价值的小说最早出现在公元6世纪前后的印度。约公元6世纪苏般度的《仙赐传》是印度古代第一部成熟的长篇小说，作品叙述了一个爱情故事。有一位名叫爱魁的王子，梦见一个美丽的少女而得了相思病。他的朋友花蜜陪他外出去寻找这位梦中情人。他们来到文底耶森林，听到树上两只鸟吵架，得知在花城有位名叫仙赐的公主，

① 鲁迅：《〈痴华鬘〉题记》，见《鲁迅全集》第七卷，人民文学出版社1958年版，第93页。

② 班固：《汉书·艺文志》，见黄霖、韩同文选注《中国历代小说论著选》上册，江西人民出版社2000年版，第3页。

父亲为她安排了选婿大典，但她因为梦见一个叫爱魁的青年而相思，派她的心腹多摩莉迦出来寻找爱魁。爱魁随多摩莉迦来到花城见到仙赐，二人乘一匹魔马私奔，来到文底耶森林。爱魁一觉醒来不见了仙赐，到处寻找，后来见到一座状似仙赐的石像，上前抚摩，石像蓦地变成活的仙赐。原来那天仙赐去林中采果子，遇见两帮土匪。他们为了争夺仙赐而互相厮杀，同归于尽。一位仙人见此情景，认为都是仙赐惹的祸，诅咒她变成石头，后又出于同情补充说，一旦她被爱人抚摩，咒语的力量就会消失。最后爱魁带仙赐回到家乡幸福生活。作品所表现的神话思维和传奇色彩，属于人类早期小说的普遍特点。

7 世纪小说家波那写了两部作品，其中《戒日王传》是一部传记小说，写戒日王的生平，但有大量的文学性描写和虚构。另一部小说《迦丹波利》是作家晚年的作品。小说没有写完作家就去世了，由其儿子续写完成。作品写的是两对情人生死相恋的故事，采用故事套故事的结构方式。一个旃陀罗女子献给国王首陀罗迦一只鹦鹉，鹦鹉向国王讲述自己的身世。它出生在文底耶森林，刚出世就失去了母亲，不久，父亲又被猎人射死。它被过路的青年带到修道院，大仙说它是自食其果，并讲了它的前生故事。国王的儿子月环和大臣的儿子护民一同长大。月环 16 岁成为太子，由护民和侍女彩痕陪同，率军征服四方。一天，他在一座湿婆庙中发现了一个抚琴吟唱的少女太白，经询问，少女太白讲述了自己的不幸遭遇。她是乾达婆和天女的女儿，与青年修道人白莲相爱，白莲相思而死，太白修苦行，准备与白莲团圆。月环与太白的女友迦丹波利相爱，但被父亲召回。月环留下侍女彩痕陪伴迦丹波利。后来得知迦丹波利相思病重，于是告别父母，以接回军队为借口，去见迦丹波利。途中得知护民因向太白求爱被诅咒变成鹦鹉，心碎而死。迦丹波利准备殉情，听到天上声音，要她守护好月环的尸体，等待团圆。彩痕牵宝马跳进湖水殉主人，结果使白莲的好友摆脱了诅咒，由马变成人，并讲述了诸人的因缘，月环乃月神转生，护民乃白莲转生。最后月环和迦丹波利，白莲和太白两对有情人终成眷属。作品情节复杂，文体雕琢。另外，7 世纪檀丁的《十王子传》是一部传奇性的长篇小说，以故事套故事的框架式结构叙述了十位王子的传奇故事。

中国古代小说源远流长，上古的神话传说，秦汉的野史寓言，魏晋南北朝的志怪和志人作品，都有一定的小说意义。然而真正具有文学史价值的中国小说应该从唐传奇算起，时间在公元7—8世纪。其后经过数百年的发展，到宋代出现了话本小说，为中国小说的发展开辟了新天地。到明代即15世纪前后，出现了长篇的章回小说。明清时代中国产生了许多小说名家名著，其中曹雪芹的《红楼梦》、罗贯中的《三国演义》、吴承恩的《西游记》、施耐庵和罗贯中的《水浒传》，被称为中国小说四大名著。

日本早期的散文叙事文学主要是收在《古事记》和《日本书纪》中的神话传说故事和民间的“说话”。公元9世纪在中国唐传奇的影响下出现了传奇式的“物语”文学，流传下来的代表作品有《竹取物语》等。到10世纪前后出现了《宇津保物语》等传奇性的长篇物语、《落洼物语》等写实性的长篇物语以及《伊势物语》等以和歌为主体的歌物语。其中《落洼物语》描写主人公落洼姑娘对后母的虐待采取隐忍态度，后来与有势力的贵族结婚，享受富贵荣华，又以德报怨，对父亲和后母尽心孝敬。具有很强的写实性，是日本古代小说从传奇向写实转变的标志。到11世纪后期，日本产生了杰出的女作家紫式部，她的长篇小说《源氏物语》写主人公光源氏的一生，一方面以他的政治生涯为线索，表现了贵族之间的政治斗争和贵族社会的没落；另一方面通过他的婚姻生活，他与十几位妇女的交往，塑造了夕颜、空蝉、紫姬等许多个性鲜明、血肉丰满而又具有典型意义的妇女形象，表现了对妇女地位和命运的深刻思考。12世纪出现的《今昔物语》是一部说话集。13世纪前后出现了一批表现武士生活的军记物语，代表作《平家物语》，描写了平氏和源氏两大武士集团的斗争。以平清盛为首领的平氏集团在首先取得胜利后走上了贵族化的道路，而且对敌人心慈手软，没有赶尽杀绝。以源赖朝为首领的源氏集团在失败后卧薪尝胆，终于在西部地区东山再起。他们保持了武士本色，粗犷勇猛，最终战胜了已经贵族化的平氏集团，建立了镰仓幕府，开始了新的历史时代。14—15世纪出现了主要在民间流行的滑稽娱乐性的“御伽草子”，即滑稽小说，代表作品有《文正草子》、《懒太郎》等。17世纪出现了表现町人阶层生活和思想情趣的“浮世草子”，即现实社会小说，代表作家有井原西鹤等。井原西鹤创作有“好色物”和“町人物”两类小说，前者是艳情小说，代表作有《好色一代男》、《好色五人女》等；后者是写町人经济生活的小说，有写大町人发家史的《日本永代藏》，也有写小町人惨淡经营的《世间胸算用》。这些作品成为东方近古市民文学的代表。

东亚地区的朝鲜于12—13世纪出现了金富轼的《三国史话》和一然的《三国遗事》，属于历史学著作，但有一些神话传说内容。15世纪产生了金时习的汉文小说《金鳌新话》，是一部富有浪漫传奇色彩的短篇小说集。17世纪出现了长篇小说《壬辰录》，描写16世纪末朝鲜抗击日本侵略的壬辰战争。17世纪中叶朝鲜国语小说创作异军突起，许筠的《洪吉童传》被认为是最早的朝鲜国语小说。其后，朝鲜国语小说家金万重创作了长篇小说《谢氏南征记》和《九云梦》。另外，在民间，还有在早期的"说话"和叙事巫歌的基础上发展起来的称为"盘骚里"的说唱文学。①在这样的说唱文学脚本的基础上形成了一批传奇小说，《春香传》、《沈清传》和《兴夫传》被称为朝鲜三大传奇。其中《春香传》描写艺妓之女春香与翰林之子李梦龙相爱而结为夫妇，李梦龙随父母回京后，新任府使卞学道要强占春香。春香誓死不从，被打入死囚牢。最后升任御史的李梦龙惩办了卞学道并与春香团圆。小说主要塑造了春香这样一个忠于爱情，敢于反抗，坚贞不屈的妇女形象。

东南亚地区马来文学中也有比较发达的散文叙事文学。15世纪中叶产生的《巴赛列王传》和17世纪敦·斯里·拉囊的《马来由史话》，是以王朝兴衰为题材的半历史半传奇的作品，对后世传奇小说影响很大。传奇小说的代表作是《杭·杜亚传》，描写14—16世纪马来民族英雄杭·杜亚的一生。他忠君爱国，英勇善战，曾抵抗葡萄牙的殖民入侵，为维护马六甲王朝和马来民族的独立和尊严建立了丰功伟绩。杭·杜亚作为民族英雄形象长期受到印尼和马来西亚人民的喜爱和尊崇。

西亚北非地区有源远流长的故事文学传统，古埃及、古巴比伦、古希伯来和古波斯都有丰富的神话故事和民间故事。阿拉伯人有讲故事的才能，有自己的故事文学传统，后来又受到印度文学影响，因此故事文学非常发达。阿拉伯两部著名故事集《卡里莱与迪木乃》和《一千零一夜》，都是由印度传到波斯再传到阿拉伯的。阿拉伯帝国强盛时期，文化也呈现繁荣局面，民间故事文学也引起了文人的关注。他们汲取民间故事文学的营养进行自己的散文叙事文学创作，如贾希兹的《吝人传》、伊本·古太伯的《故事之源》等。伊本·穆格法将印度民间故事集《五卷书》编译

① "盘骚里"是朝鲜民族的说唱文学形式，在鼓手的伴奏下，由职业歌手以说、唱交替的形式表演一个比较长的故事。兴起于18世纪，至今流传。

改写成阿拉伯文的故事集《卡里莱与迪木乃》。另外还有一些文人选取民间爱情故事和英雄传说进行新的创作。爱情故事方面，围绕“莱依拉的痴情人”、布塞娜和情人加米勒的故事创作了许多小说作品。英雄传说方面，有《昂泰拉传奇》、《热儿的故事》、《希拉勒人的故事》等。故事集《一千零一夜》中也有许多文人参与的创作。这些作品大部分具有了小说性质，但由于阿拉伯强大的故事文学传统，这些小说往往以“故事”或故事集的形态和面目出现。由于阿拉伯文学以诗歌为正宗，大部分文人喜欢用诗体或韵文叙事，被称为“玛卡梅”的韵文故事更受阿拉伯正宗文人的青睐。这样的“玛卡梅”韵文故事可以看作诗体小说，10 世纪以后非常流行。古波斯作家也善于用韵文叙事，创作了许多史诗和叙事诗，而散文叙事文学大多处于民间状态。长篇小说《义士萨玛克》是在民间长期流传的基础上，于 12 世纪末由法拉玛尔兹整理编定。13 世纪，著名作家萨迪创作了著名的散文故事集《蔷薇园》。

二 文体条件

东方古代散文叙事文学非常发达，特别是作为散文叙事文学高级形态的小说，无论从产生时间、发展水平还是丰富程度，与西方相比都不逊色。通过东方古代小说产生发展的历史，我们可以进一步认识小说文体产生和发展的规律和特点。

从东方文学史来看，印度古代的小说产生很早，但并不发达，没有非常杰出的作家作品，而且在公元 10 世纪以后，正当东方其他民族小说走向成熟和繁荣的时候，印度小说却衰落了。为什么印度古代小说出现很早却没有发展起来呢？我们认为原因主要有以下几点：

一是印度小说文体出现在古典梵语文学由盛而衰的时期，可以说是生不逢时。从语言角度看，公元 6 世纪以后，整个梵语文学都已经严重脱离活泼的口语，而且越来越走向形式主义。所以小说文体一出现就陷入了形式主义的泥沼，脱离现实生活，脱离口头语言，成为部分文人的文字游戏。从作者的角度看，他们局限于宫廷，为国王服务，很少接触社会和下层人民。因此他们的创作既不能真实地反映社会现实，也缺乏受众，没有市场。从文学观念看，小说被看作散文诗，不是面向大众的通俗文体，因此小说家像写诗一样写小说，语言雕琢，没有生命力。

二是印度故事文学和长篇叙事诗传统深厚，占据了叙事文学的主导地位，抑制了小说文体的发展空间。在文人阶层，以“大诗”即长篇叙事诗为正宗，创作大诗是诗人的荣耀，是文人追求的目标。在民众层面，可以由丰富的故事文学而获得满足。高级形态的散文叙事文学小说两头都不靠，发展空间相对较小。

三是古代印度书写工具不发达，印刷更是很晚的事，文学传播主要靠口耳相传。韵文易记，更适应这样的传播方式，民间故事也适于口头流传。以阅读为主要接受方式的小说文体的发展却受到很大限制。

四是社会发展的停滞。小说文体的真正繁荣是在市民社会中，其受众主要是市民阶层。印度由于长期的社会动乱，公元8世纪以后社会发展缓慢，基本处于停滞状态，生产力发展水平低，没有社会转型迹象，也没有新兴市民阶层的出现，因此也没有对新的文学体式的强大社会需求。

中国小说早熟而晚成，日本小说后发而先至，从中也可以看出一些规律性的东西。其中一个重要因素就是言文一致。中国的文言小说最迟在唐代已经发展成熟，但其后很长时间没有长足的发展，主要原因就是言文分离。作为散文叙事文学，在言文分离的情况下很难自如地叙事，没有自如的叙事很难创作出洋洋洒洒的长篇小说。日本物语文学的发展得力于平安时期假名文字的发明，在此之前，日本文人要么创作汉诗汉文，要么用汉字标注和音，都是言文分离。文学语言脱离口语，散文叙事文学特别是大部头的长篇小说难以产生。假名文字的发明为日本文学言文一致创造了条件。唐宋以后中国文学中小说文体的大发展是在说唱文学的基础上，在言文一致的情况下实现的。通过以上分析，我们可以看出，一个民族的小说文体的产生及其兴衰变化不是偶然的，而是有规律可循的。

通过东方古代小说的兴衰变化，我们可以总结出关于小说文体产生和发展的规律，也可以发现一些值得思考的问题。第一，从文体条件看，叙事文学的发达是小说文体产生的基础。叙事文学有散文、韵文和韵散结合等不同形式，其中散文体的叙事文学，主要是民间故事和历史传说，与小说文体非常接近，小说就是在这样的散文叙事文学文体中孕育成熟的。具备了丰富的叙事文学特别是散文叙事文学的土壤和条件，然后再有文人的参与，小说文体就从民间的故事文学中脱胎出来。然而并不是故事越发达小说就越繁荣，有时可能相反。因此叙事文学传统是小说产生的基础，但不是小说发达和繁荣的充分条件。上文我们已经分析说明了印度民间故事的强大传统不是促进而是抑制了小说的发展。古代阿拉伯也像印度一样，民间故事文学的发达压制了小说的发展空间，所以西亚北非地区古代小说不发达。

第二，从创作主体的角度看，文人的参与程度决定了小说发展的水平。我国唐代“进士”制度重视文才，应试“进士”者可以用传奇来“行卷”和“温卷”,[①] 于是文人争相作传奇。唐传奇的作者半数为进士，文人的深度参与，促进中国文言小说上了一个台阶。日本平安时期的“摄关政治”培养了一批才女,[②] 她们是物语文学的主要作者和读者，从她们中间产生了杰出的小说家紫式部。然而并非有了文人的参与就有小说的繁荣，印度小说的中衰，中国唐宋之间小说发展的迟缓，都说明了这一点。可见文人的参与对小说的产生和发展具有重要作用，但如果没有大众的参与，只是文人借此卖弄文才，也容易滑入形式主义泥沼。

第三，从受众角度看，一个有阅读能力的受众阶层的出现是小说繁荣的必要条件。如果说诗歌是高雅艺术的代表，小说则是通俗的大众艺术的代表，前者的受众主要是知识分子和社会上层人士，后者的受众是人民大众，主要是城市市民。因此，小说繁荣的社会基础是经济发展，商品交换使人们的交往频繁，促进了城市的形成和发展，产生了市民阶层。他们受过一定的教育，但在思想情趣方面不同于贵族和知识分子，而且人数众多，他们将通俗的小说作为主要的精神消费品，从而促进小说的繁荣发展。没有大众的接受，小说可以作为一种文体产生和存在，但却不可能蓬勃发展。

第四，从传播的角度看，印刷是小说传播的重要条件。一种文学体式的发展往往与传播媒介和方式的变化有着非常密切的关系。原始的口耳相传只能产生全民性的神话故事和英雄史诗，文字的使用使书面文学成为可

---

① 唐代科举分制科（临时设置）和常科，常科又分进士和明经两科。“明经”考经书，“进士”以文词为重。应试“进士”者将自己的得意之作送与达官显贵，谓之“行卷”，再投谓之“温卷”。

② “摄关”是摄政和关白的略称。日本平安时期大贵族藤原道长将女儿送入皇宫为后妃，以才艺赢得宠爱，所生皇子未成年就即位为天皇，不能理政就由外祖父摄政。天皇成人亲政之后，外祖父任太政大臣，称为“关白”。藤原道长由此把持朝政大权独揽数十年，史称“摄关政治”。其他贵族争相仿效，重视女子的才艺培养，使风雅成为女性美的重要因素，形成有利于才女成长的文化环境。

能。只有印刷术的发明和印刷业的发展，才能使文学文本广泛传播，促进小说文体的繁荣。中国明清小说的繁荣发展得力于印刷业的发展，而印度小说产生很早却没有发展起来，受制于传播媒介也是重要原因。

第五，文化交流也是小说文体发展的重要条件。从佛典翻译到中国的志怪和传奇小说，有明显的影响轨迹。中国叙事文学传统重实录传真而不重想象虚构，印度文化的输入对中国虚构性的散文叙事文学的发展起了一定的促进作用。中国散文叙事文学对朝鲜和日本有非常明显的直接影响。从中国的传奇小说到日本的物语文学，也有明显的影响轨迹。

三 故事基因

小说是在故事文学基础上发展起来的，因此二者在许多方面有着天然的联系，如故事母题、叙事方式等，其中“框架式结构”就是故事文学在叙事结构方面对小说文体的影响。“框架式结构”的特点是大故事套小故事，像大框子套小框子，也有人称之为“连串插入式”，是指在大故事中不断插入小故事。这种叙事结构最早产生在印度，《五卷书》、《佛本生经》、《故事海》等故事集都采用“框架式结构”。早期的小说因为刚刚脱胎于故事，所以还具有较多的故事文学的痕迹，如早期印度小说家波那的《迦丹波利》和檀丁的《十王子传》等，都采用这样的结构模式。这样的结构模式在散文叙事文学领域产生了世界性的影响，如在阿拉伯的《一千零一夜》中，“框架式结构”占有突出地位，是一种主要的结构模式，不但全书总体是这样一种结构，而且在各个独立的故事中，这种框架式结构也占有相当大的比例。这样的结构模式在中国文学中也有影响，如中国唐代王度的《古镜记》就是典型的“框架式结构”。这种结构模式也影响了西方早期小说，14 世纪在意大利产生了薄伽丘的《十日谈》，在英国产生了乔叟的《坎特伯雷故事集》，都采用了“框架式结构”。这两部作品有的称之为“故事 story”，有的称之为“小说 novel”，实际是由故事向小说的过渡。这些作品在欧洲开了现代小说的先河，由此产生了小说意识，对西方小说的发展产生了深远的影响。当然，随着小说文体的进一步发展，“框架式结构”形式越来越少用，即使采用也比较隐蔽了。

这种结构模式之所以被艺人和文学家广泛接受，是因为其对叙事文学来说有许多优点。其一，容量大、伸缩性强。框架从小到大可以无限大，大到足以容纳世间万事万物；从大到小可以小到只需一句话的小故事。因此它作为民间故事的结构具有无比的优越性。各种各样丰富多彩的故事只有用这种结构模式才能最大限度地结合成一个整体。其二，由于这种结构可以容纳丰富多彩的故事，并且环环相扣，曲径通幽，使读者或听者如入茂林之中，繁花异草，琳琅满目，美不胜收，因而对读者有巨大的吸引力。民间故事和最初的由民间故事文学脱胎而来的小说，其最大的目的就是吸引读者或听众，所以喜欢采用这种结构模式。其三，由于这种结构可以容纳各种各样的故事，包括社会各个阶层，各种人物，所以能够比较广泛地反映社会风貌。

框架式结构模式的缺点也是很明显的，其一，这种结构很容易失去主线，由于不断插入故事，“有时枝杈蔓延，喧宾夺主，有时枝杈纠缠，脉络难寻”。[①]其二，大故事中套的小故事之间大多数没有逻辑关系，而且常常靠偶然巧合来连接，缺乏现实的必然性，因而降低了艺术感染力。其三，这种结构模式使故事缺乏主线，忽分忽合，互不相连，不利于塑造人物形象。篇幅很长的故事中往往没有主人公，即使有，也往往被湮没在故事之中了。并且这种结构着重的是“发生了什么事情”，而不着重“事情是怎样发生的”，因而主要是情节的叙述，缺乏细致入微的描写和生动传神的刻画。我们知道，塑造人物形象是叙事文学的重要任务，是否成功地塑造人物形象，是作品成就高低的重要标志，作为散文叙事文学发展高峰的小说尤其如此。这可以说是框架式结构模式的致命弱点。其四，从反映社会生活的角度说，这种结构的故事大多只能平面地反映社会风貌，而缺乏历史的纵深度，因而难以反映出时代的本质特征。通过以上分析可以说明，框架式结构模式对于民间故事来说有无比的优越性，因而非常受欢迎，也非常成功，但对于更高级的艺术形态小说来说，则表现出很大的局限性，需要文学艺术家运用艺术匠心对其进行改造和发展。

随着东方小说的发展，小说结构艺术逐渐多样化，但故事文学传统的影响依然存在。比较优秀的长篇小说虽然避免了简单的故事套故事形式，但“貌似长篇，实为短制”是大部分东方古代长篇小说的结构特点，因为古代特别是早期的长篇小说大多是在民间说唱文学的基础上形成的，“一回”往往就是一个小故事。有的长篇小说是在长期流传过程中以“滚

① 黄宝生：《古印度故事的框架结构》，载《外国文学研究集刊》第8辑。

雪球”方式积累而成，有的是不同来源的故事聚合而成，还有的是不同的故事连缀而成。后来的文人小说，特别是其中的杰作如《源氏物语》、《红楼梦》等，在结构方面已经超越了故事套故事的框架式结构，但仍有许多明显的各自独立的故事单元。这样的由具有内在联系的故事单元结构而成的长篇小说，可以看作小说家在传统的框架式结构形式基础上对小说结构艺术的创造性发展。

许多学者曾经关注东方古代小说的“穿插式”或“缀段式”结构问题。所谓“穿插式”或“缀段式”是指故事情节的承接缺乏内在的必然联系，故事情节不是聚焦于一人一事，常常节外生枝。从故事情节和结构艺术的角度看，这样的“穿插式”或“缀段式”有其局限性。亚里士多德在其《诗学》中指出：“在简单的情节与行动中，以‘穿插式’为最劣。所谓‘穿插式的情节’，指各穿插的承接见不出可然的或必然的联系。”[①]许多西方学者根据亚里士多德的古训对东方特别是中国古代小说的“穿插式”或“缀段式”结构批评有加，认为它们缺乏艺术的统一性，一段一段的故事形如散沙，缺乏西方小说（novel）那种头、身、尾一以贯之的有机性和整体感。[②]这样的批评有失公允，实际上西方18世纪以前的小说结构也不是那么严密完整，而东方古代优秀作品也有非“穿插式”，如《红楼梦》等。也有学者从民族文化传统和思维方式角度对中国小说的“缀段式”结构进行解释，如蒲安迪认为中国神话原型是“空间型”，不同于西方神话的“时间型”。[③]林顺夫则将这种结构归结为“非因果关系和非线性次序的观念”，认为“表面上的缀段性结构，恰好是在语言这种线性媒介中去创造一个独立自足的连锁组织的企图的产物”。[④]我们认为，这样的结构类似于中国古代绘画的散点透视，运用得好，也会收到神奇的艺术效果，所以不应一概否定。这样的散点透视结构的形成有思维方式的因素，其中也有故事文学“框架式结构”的基因。

---

① 亚里斯多德：《诗学》，罗念生译，人民文学出版社1984年版，第31页。“穿插式”又译“缀段式”。

② 参阅蒲安迪《中国叙事学》，北京大学出版社1996年版，第56页。

③ 蒲安迪：《谈中国长篇小说的结构问题》，见李达三、罗钢主编《中外比较文学的里程碑》，人民文学出版社1997年版，第333—340页。

④ 林顺夫：《小说结构与中国宇宙观》，见李达三、罗钢主编《中外比较文学的里程碑》，第346—347页。

四 历史叙事

从文体角度看，历史叙事与小说有着本质的区别，然而，东方许多国家，特别是以中国为核心的东亚文化圈，小说叙事脱胎于历史叙事，深厚的历史叙事传统对东方小说的理念和文体特点产生了深远的影响。

中国史传文学传统的历史叙事深刻地影响了小说叙事模式，这已经成为学术界的共识，[①] 但影响到什么程度，影响了哪些方面，还是有待进一步研究的问题。有学者认为历史叙事影响了所有的小说叙事模式，短篇小说受纪传体历史叙事影响，长篇小说受编年体历史叙事影响。[②] 有学者认为中国小说有两个源流，“其一是源于史传，由短篇记述发展为志怪、传奇，可以称为‘史传源流小说’；其二是源出俗讲，由变文发展为话本、拟话本和章回小说，可以称为‘讲唱源流小说’。……史传源流小说源远流长，由先秦、两汉而迄于清；讲唱源流小说则由唐五代发展至清末民初，也有千年历史了。由唐朝至清代，这两者并行发展，仿佛双水并流，而泾渭分明，互不相淆”[③]。也就是说，历史叙事主要影响了文言小说。以上两种观点都有道理，同时也都有问题。就前一种观点而言，短篇小说

---

① 海外学者由他者眼光对中国小说受史传影响问题关注较早，美国学者夏志清指出：中国古典小说与现代西方小说不同，“不仅因为它对小说形式的注重方面与西方相比差之甚远，还因为它代表了一种不同的小说观念。现代读者把小说看作是虚构，其真实性惟有通过作者以精密证明步骤才能得到体现。在中国的明清时代，如同西方之相应的时代一样，作者与读者对小说里的事实都比对小说本身更感兴趣。”（夏志清：《中国古典小说史论》，胡益民等译，江西人民出版社2001年版，第13页。）蒲安迪指出：“任何对中国叙事之性质的探原，其出发点必须承认历史编纂学以及某种意义上文化大成中的‘历史主义’的巨大重要性。事实上，如何界定中国文学叙事范畴的问题，最终归结为在传统文明之内的确存在其两种主要形式——历史编纂学与小说——的内在可比性。”（转引自乐黛云、陈珏编选《北美中国古典文学研究名家十年文选》，江苏人民出版社1996年版，第370页。）又指出：“西方人重‘模仿’，等于假定所讲述的一切都是出于虚构。中国人尚‘传述’，等于宣称所述的一切都出于真实。这就说明了为什么‘传’或‘传述’的观念始终是中国叙事传统的两大分支——史文和小说——的共同源泉。”（蒲安迪：《中国叙事学》，北京大学出版社1996年版，第31页。）

② 杜贵晨：《传统文化与古典小说》，河北大学出版社2001年版，第136页。

③ 曾锦章：《中国讲唱源流小说的艺术特色》，见邝健行、吴淑钿编选《香港中国古典文学研究论文选粹：小说·戏曲·散文及赋篇》，江苏古籍出版社2002年版，第181—182页。

中有纪传体叙事，长篇小说中也有纪传体叙事，如《岳飞传》等。再如《水浒传》这样的作品，很难说是编年还是纪传。就后一种观点而言，中国小说的两种源流情况的确存在，但并非泾渭分明、互不相淆。讲唱源流小说中亦有史传影响，特别是讲史一类的说唱文学发展出《三国演义》这样的历史小说，就是两大源流的交汇。再如《儒林外史》、《红楼梦》这样的小说，很难说属于哪个源流，应该说是两大源流的融合。

由于中国文化在东亚文化圈中的主导地位，中国小说的这种历史叙事传统对朝鲜、日本等东亚民族的散文叙事文学产生了深刻的影响，讲究实录的历史叙事成为东亚叙事文学的典范。日本最早的散文叙事文学《古事记》和《日本书纪》（又称《日本纪》），产生于公元8世纪，都属于史传文学，是中国史传文学传统影响的结果。中世纪以《平家物语》为代表的军记物语也有历史叙事的基础。朝鲜最早的散文叙事文学金富轼的《三国史话》和一然的《三国遗事》，产生于12—13世纪，既是含有神话传说内容的历史著作，也是朝鲜小说的源头。后来金时习的汉文小说《金鳌新话》，许筠的朝鲜国语小说《洪吉童传》，虽然是虚构的小说，但叙事都有拟史传色彩。17世纪出现的长篇小说《壬辰录》，描写16世纪末朝鲜抗击日本侵略的壬辰战争，是历史叙事与小说叙事相结合的历史小说，历史叙事对小说叙事的渗透随处可见。当然，日本和朝鲜毕竟没有中国那样强大的史传文学传统，特别是日本小说，很早就摆脱了历史叙事的束缚，其基于虚构的传奇性的物语文学在10世纪前后迅速崛起，产生了《源氏物语》那样的杰作，使日本当时的长篇小说走在了世界前列。

在历史叙事的影响下，形成了古代东方追求真实的小说观念。陈平原曾经述及：“‘史传’之影响于中国小说，大体上表现为补正史之阙的写作目的，实录的春秋笔法，以及纪传体的叙事技巧。”[①] 前两者属于小说观念问题，就叙事文体而言，史传文学传统对东方小说的影响主要在于其“拟纪传体”，包括纪传式的标题“某某传”，纪传式的开头“某时某地有某人”，以及史书论赞式的结尾等。叙事似乎有根有据，使读者信以为真；读者也以读史的眼光来看小说，因此，“真实”成为对小说的一种高度评价。西方叙事文学传统源自史诗，西方评论家如果高度评价一部小说，称之为“史诗般”的著作。中国叙事文学传统源自史传，中国评论

① 陈平原：《中国小说叙事模式的转变》，上海人民出版社1988年版，第224页。

家评价小说常常以史为鉴，唐人李肇评传奇《枕中记》和《毛颖传》说："真良史才也。"金圣叹赞《水浒》"胜似《史记》"；毛宗岗说："《三国》叙事之佳，直与《史记》仿佛。"[①] 这样的小说观念一直持续到明末清初。到曹雪芹和脂砚斋，中国小说观念才真正摆脱了历史叙事的影响，获得了自觉。曹雪芹著《红楼梦》自称"满纸荒唐言，一把辛酸泪"。脂砚斋点评说："开卷一篇立意，真打破历来小说窠臼。……余最喜此等半有半无，半古半今，事之所无，理之必有，极玄极幻，荒唐不经之处。"[②] 曹雪芹和脂砚斋努力淡化历史真实，不惜"将真事隐去，用假语村言"，就是为了解构传统小说的历史叙事，突出艺术真实，强调"事之所无，理之必有"，就是从历史真实进一步走向艺术真实。

日本散文叙事文学受中国影响，又没有中国那样深厚的历史叙事传统，所以在小说基于历史又超越历史叙事方面，日本古代小说家走在了前列，其代表人物是《源氏物语》的作者紫式部。紫式部是汉学家的女儿，深受中国史传文学传统的熏陶，同时又处于日本物语文学蓬勃发展的时代，因此，她的小说思想既受中国史传文学影响，又有所超越，达到一个新的高度。在作品中，她借主人公源氏之口表达自己对物语的看法：源氏看到玉鬘读物语，说道："你们这些女人，不惮烦劳，都是专为受人欺骗而生的。这许多故事之中，真实的少得很。你们明知是假，却真心钻研，甘愿受骗。……但也怪不得你们。不看这些故事小说，则日子沉闷，无法消遣。而且这些伪造的故事之中，亦颇有富于情味，描写得委婉曲折的地方，仿佛真有其事。所以虽然明知其为无稽之谈，看了却不由你不动心。……其实，这些故事小说中，有记述着神代以来世间真实情况的。像《日本纪》等书，只是其中之一部分。这里面详细记录着世间的重要事情呢。……原来故事小说，虽然并非如实记载某一人的事迹，但不论善恶，都是世间真人真事。观之不足，听之不足，但觉此种情节不能笼闭在一人心中，必须传告后世之人，于是执笔写作。因此欲写一善人时，则专选其人之善事，而突出善的一方；在写恶的一方时，则又专选稀世少见的恶事，使两者互相对比。这些都是真情实事，并非世外之谈。中国小说与日

① 见黄霖、韩同文选注《中国历代小说论著选》，江西人民出版社1990年版，第54、291、354页。

② 同上书，第444—445页。

本小说各异。同是日本小说，古代与现代亦不同。内容之深浅各有差别。若一概指斥为空言，则亦不符事实。佛怀慈悲之心而说的教义之中，也有所谓方便之道。愚昧之人看见两处说法不同，心中便生疑惑。须知《方等经》中，此种方便说教之例甚多。归根结底，同一旨趣。菩提与烦恼的差别，犹如小说中善人与恶人的差别。所以无论何事，从善的方面说来，都不是空洞无益的吧。"① 这里紫式部明确说明小说属于"伪造的故事"，乃"无稽之谈"，其打动人主要靠"情味"，同时仍然强调小说"详细记录着世间的重要事情"、"不论善恶，都是世间真人真事"，其中仍有历史叙事的影响，仍然体现了对历史真实的追求，但她所强调的真实已经是艺术的真实，而不是简单的实录。在这样的艺术真实观的基础上，紫式部将小说与历史进行了比较，认为虚构的故事不仅具有历史般的真实性，而且某种程度上超越历史，因为历史记述的只是片断或一部分。另外，紫式部的论述不仅涉及虚构和写实问题，还涉及典型化问题、小说的民族性和时代性问题。可见，随着小说文体的发展，在历史叙事影响下形成的古代东方追求真实的小说观念不是淡化，而是深化了，其深化就在于从历史真实进一步走向艺术真实。

五　说唱底蕴

古代世界各国都有自己的说唱艺术传统，但这种传统有的发达，有的不发达；有的源远流长，有的历史短暂；有的早熟，有的晚出；有的发展为以唱为主的韵文文体，如史诗等，古巴比伦的《吉尔伽美什》、古希腊的荷马史诗和古印度的两大史诗，都是在民间说唱文学的基础上发展起来的；有的发展为以说为主的散文叙事文学。东方散文叙事文学的发展与民间说唱艺术有着非常密切的关系，形成了东方散文叙事文学独特的文体特点。中国古代说唱曲艺萌芽于先秦，魏晋时邯郸淳"诵俳优小说数千言"，有学者认为这是一种戴着俳优面具的小说，是"一种源自民间的、喜剧性调侃和叙事的'俳优小说'"②。中国唐代以前的说唱文学与俳优相结合，应该属于杂剧传统，而且没有留下作品。中国说唱文学的大盛起于

① 紫氏部：《源氏物语》，丰子恺译，人民文学出版社 1982 年版，第 526—527 页。

② 杨义：《中国古典小说史论》，人民出版社 1998 年版，第 30 页。

唐代佛教寺院的佛经讲唱，特别是面向一般民众的“俗讲”，需要以故事性和趣味性吸引听众，从讲唱佛经到讲历史故事，形成“变文”文体。宋代说唱艺术由寺院移至“勾栏瓦舍”，获得了更大的发展空间，演化出许多新文学体裁，其中以唱为主的有诸宫调、大曲、宝卷、鼓子词等；以说为主的文体当时称为“说话”，包括小说、讲史等。南宋耐得翁《都城纪胜》记载：“说话有四家，一者小说，谓之银字儿，如烟粉灵怪传奇。说公案，皆是博刀赶棒及发迹变泰之事；说铁骑儿，谓士马金鼓之事。说经，谓演说佛书；说参请，谓宾主参禅悟道等事。讲史书，讲说前代史书文传，兴废战争之事。”[①]说话的本子称为“话本”。明清达到高峰的章回小说，包括历史演义小说、公案小说、言情小说等，都是由这种“话本”小说发展而来的。有学者认为，由变文到话本、拟话本再到章回小说，属于“讲唱源流小说”。[②]日本古代即有“说话”，属于杂谈一类，但日本的物语文学并非由本土的“说话”发展而来，而是受中国唐传奇的直接影响。随着日本贵族社会的解体，属于贵族文学的王朝物语也走向衰落，民间的“说话”和说唱文学重新活跃。产生于12世纪的《今昔物语》就是一部“说话”集，13世纪兴起的“军记物语”，则是在民间说唱的基础上发展起来的，类似中国的讲史平话。经过文人加工的“军记物语”代表作《平家物语》，还保留着说书人的口吻语气。西亚北非地区由于诗歌始终占据文学的正宗地位，说唱文学长期处于民间地位，其散文叙事文学也长期处于民间水平。《一千零一夜》、《昂泰拉传奇》等具有小说性质的大型故事集，就是由他们一代一代创作、加工和流传的。18世纪朝鲜民间在早期的“说话”和叙事巫歌的基础上发展起来一种称为“盘骚里”的说唱文学，在这样的说唱文学脚本的基础上形成了一批传奇小说。被称为朝鲜三大传奇的《春香传》、《沈清传》和《兴夫传》，都是在说唱文学“盘骚里”的基础上形成的，所以也被称为“盘骚里”小说。

说唱文学源流对东方小说文体有着深刻的影响，主要表现在以下几个方面：

第一，韵散结合的叙述方式。印度和中国古代文献都有韵散结合现

---

① 转引自郑振铎《插图本中国文学史》，人民文学出版社1957年版，第547页。

② 参阅曾锦章《中国讲唱源流小说的艺术特色》，见邝健行、吴淑钿编选《香港中国古典文学研究论文选粹：小说·戏曲·散文及赋篇》，江苏古籍出版社2002年版。

象。中国史传文学中人物常常赋诗言志。印度古代不仅文学作品，而且一般的学术著作和宗教经典也采用韵散结合的文体，一般是诗体歌诀配上散文的解释。传到中国的佛经文献也大多是韵散合体的。这样的文献，从时间看，韵文部分一般应该早于散文部分，因为散文部分是对韵文的解释；但也不尽然，有的韵文是对散文部分的概括和总结。总之，古代印度书写工具不发达，以口耳相传为主，韵文便于记忆；但韵文又往往过于概括，不易理解，需要散文解说，所以韵散结合的文体比较普遍。作为小说叙述学意义的韵散结合与说唱文学传统有关，说的部分用散文，唱的部分用韵文。最典型的韵散结合的叙事文学是中国的变文。其韵散结合有三种主要方式。一是先用散文叙述，然后用韵文吟唱同样的内容；二是先以散文略述，再以韵文详述；三是韵文与散文交替叙述，互不重复。另外还有描写性的韵文和散文的交叉。韵文还用在开场和结束。这样的说唱文学后来演变为以说为主的平话，韵文成分大大减少。后来的拟话本和章回小说，虽然韵文越来越少，但仍有韵散结合的特点。日本、阿拉伯、朝鲜等东方民族的叙事文学也有韵散结合现象，大部分都与说唱文学传统有关，如被称为“阿拉伯的《伊利亚特》”的《昂泰拉传奇》是诗歌与散文的混合体，这一方面与说唱传统有关，另一方面也与主人公是诗人有关。

第二，宣讲式的叙述口吻。叙述人和叙述口吻对叙事文学有重要意义，以什么样的口吻进行叙述，决定了叙事作品的叙述风格。以历史家的口吻叙述，还是以诗人的口吻叙述；以亲临者或当事人的口吻叙述，还是以旁观者的口吻叙述，效果是不一样的。因此，美国学者蒲安迪指出：“‘叙述人’的问题是一个核心问题，而‘叙述人的口吻’问题，则是核心的核心。”[①] 说唱源流的小说一般是以说书人的身份和宣讲者的口吻进行叙述。虽然后来的小说已经不是说书的底本，而是供读者阅读的小说，但其宣讲的精神仍在，宣讲的语气仍然影响着叙述的风格。宣讲者掌握话语权即叙述的主动权，一方面讲道，另一方面讲故事。从前者的角度看，东方传统小说承担着教化功能；从后者的角度看，东方传统小说家都善于讲故事，而且故事有头有尾，叙述清晰明白，突出了文学的传达交际功能。

第三，在说唱文学基础上形成的小说叙事，叙述者面对的是听众，而

① 蒲安迪：《中国叙事学》，北京大学出版社 1996 年版，第 16 页。

不是“读者”。这样的叙事方式有叙述者与读者面对面的亲切感，叙述者可以经常出场评点人物，与“听众”交流感情，使叙述自然流畅。另外，根据接受理论，创作者在创作一部作品时，都有一个“潜在的读者”。讲唱源流小说的潜在读者就是听众，这样的潜在读者反过来又制约了小说的叙述方式，如叙述视角一般要用全知视角，叙述时间一般以顺序为主，人称一般采用第三人称。可见这样的小说叙事方式也影响了小说结构艺术的发展。这样的以“听众”为潜在接受对象的小说，特别注重叙述的明晰性，否则就不能实现其传达和宣讲的功能。

六 抒情话语

小说属于高级形态的散文叙事文学，与诗歌、戏剧并列为三大文学文类。诗歌类抒情文学主要描绘静态的人生，戏剧类文学关注社会人生中的矛盾冲突，而叙事文学主要表现人生过程。小说文体的本质特点是叙事，然而由于东方文学理念的表现性特点，东方抒情写意的文学样式比较发达，东方各国文学大都以抒情诗为正宗，都有比较强大的抒情文学传统，即使戏剧和叙事诗也强调情味、余情等抒情因素，因此言志、抒情、写意成为东方文学的主流话语。这样的主流话语具有霸权地位，对于后起的边缘的话语有一种支配作用，因为任何新的文类话语若不甘居边缘，就必须向中心靠拢，为中心所接纳。就散文叙事文学而言，如果它处在民间故事形态，可以不受主流抒情文学话语的影响，保持其比较纯粹的叙事性，然而一旦成为小说形态，就意味着有文人参与，被文人所接受，就有了雅俗之分。这种雅俗之分不仅表现在语言运用方面，而且表现在对正统的文学观念的接受和体现方面。因此东方的抒情文学传统对于后起的小说文类产生了非常深刻的影响。

中国是一个诗的国度，诗歌的文学正宗地位维持了两千多年，而且所谓诗歌又主要是抒情诗，形成了中国文学的抒情传统。印度也是诗的国度，与中国不同的是，在印度诗歌中叙事诗占了半壁江山，而且印度的戏剧也以诗剧为主。印度古代最早的诗学著作《舞论》基于戏剧文类建立起一个以“情味”为核心的诗学体系，最早接受这样的“情味”理论的是叙事诗，大史诗《罗摩衍那》的“童年篇”提出该诗要表现的八种情味，与戏剧诗学著作《舞论》的观点基本一致，这对印度以抒情写意文学为正宗的诗学话语传统的确立有重要意义。小说文类虽然在印度出现较早，但在印度诗学中没有单列，而被看作散文体的叙事诗，从而被纳入抒情写意或表现情味的主流文学话语。阿拉伯和波斯古代文学都以诗歌为正宗，散文叙事文学不够发达。波斯的长篇叙事诗成就很高，有不少名篇佳作；阿拉伯则有玛卡梅韵文故事，而散文叙事文学为正统高雅的文人所不屑，所以西亚北非地区的散文叙事文学长期处于民间层面。尽管如此，一些民间的说书艺人也不愿甘居边缘，他们受主流文学话语的影响，也在自己的作品中表现抒情才艺。民间故事集《一千零一夜》中也有抒情的篇什，另一部影响很大的民间故事《昂泰拉传奇》的主人公是一位“悬诗”诗人，其中不仅穿插了主人公的许多诗作，而且有一些渲染诗才的篇章。日本古代文学特点之一是情意性，这在小说领域也有所表现。日本古代的“物语”抒情写意重于写实，往往一唱三叹。《源氏物语》的先驱中有一类“歌物语”，其代表作《伊势物语》以著名和歌诗人在原业平为主人公，以他与情人的和歌酬答为主要内容，叙事部分只是说明作歌的缘由。此类作品奠定了日本散文叙事文学的抒情传统。

东方文学的抒情传统对散文叙事文学的影响主要表现在以下几个方面：

其一是外在的，即在故事叙述过程中穿插大量的诗词歌赋。在抒情文学传统之下，小说家也大都能诗善赋，他们在创作小说时，有意无意地喜欢表现诗才，或者让作品中的人物吟诗作赋，或者干脆作者自己以诗抒情，或者来个“有诗为证”，总之是在叙事过程中插入抒情的段落。这样的表现有时是叙述事件或刻画人物的需要，有时则游离于故事和人物之外。中国先秦时期的《穆天子传》已经有了这种特点，写穆天子见西王母，二人席间各有酬唱之诗，以抒情怀。《红楼梦》中大观园成立诗社，既是要表现作品人物特别是女子们的才情，也是展露作者诗才的好机会。《源氏物语》中写男子访妻，一般是和歌酬应在先，所以在小说中穿插大量的和歌。在这些杰出的作品中，抒情成为作品的有机组成部分，如果把这些抒情的成分去掉，作品将大为失色。因此，抒情篇什穿插于叙事文体，叙事与抒情相结合，成为东方古代小说的一大特色。

其二是内在的，着重表现作家个人的主观体验，或对人生现象的内省性思考。东方古代缺乏自传类文学作品，抒情诗由于其自我表现性质，因此具有了自传功能，有学者指出：“在某种意义上，抒情诗歌其实与自传中试图捕捉内省和反思的瞬间是相同的。"[①] 在中国文学中，抒情与自传、抒情与传奇之间的联系，在《离骚》和《桃花源记》中表现得最鲜明。这样的抒情传统至唐宋达到高峰，此后，抒情诗的文坛地位逐渐被后起的戏曲小说所取代，然而那种带有自传性质的抒情传统并没有泯灭，而是在一些优秀的叙事作品中体现出来，《红楼梦》、《儒林外史》就是这样的杰出代表。中国文学的抒情传统、自我内省和反思精神，在这些小说作品中得以延续和发展，主观表现成为中国古典小说的重要品格。曹雪芹著《红楼梦》感叹："都云作者痴，谁解其中味！"就是希望以情味感染打动读者，希望读者与作者一起感受、一起品味、一起思考。日本文学的自我内省精神首先在一些知识女性的日记和随笔作品中表现出来，如清少纳言的《枕草子》，道纲母的《蜻蛉日记》等，紫式部继承并发扬了这样的内省精神，写出了以反思妇女地位和命运为主旨的长篇小说《源氏物语》。作为一部长篇小说，《源氏物语》对当时社会生活面貌的再现几乎是微不足道的，其中心是女作家个人生活体验和对妇女命运的反省，其所体现的文学真的追求，不在于对客观世界规律的揭示，而在于作家真情实感的表现。

其三是东方小说的抒情性还表现为对作品的情景交融境界和象征意蕴的追求。特别是一些成熟的具有东方特色的小说，追求象外之象、韵外之致，将东方文学重虚轻实、重内在轻外在的精神气质体现在叙事文学中。小说中有好多情景交融的场景描写，对推动故事情节发展和塑造人物性格没有直接关系。《源氏物语》中充满了对事物的咏叹，作者或者人物对一棵小草，一朵小花都能一唱三叹，表现出日本文学的"物哀"精神。《须磨》卷被认为是《源氏物语》的压卷之作，就是因为其中有比较多的情景交融的描写，写出了远离故乡和亲人的主人公源氏公子在明月清辉、秋风飒飒中的凄凉和哀怨。这样的表现"物哀"之美的小说体现了日本民族的审美精神。在《红楼梦》、《儒林外史》等中国小说中，有大量的情景交融境界和富有象征意蕴的景物描写，不是为了叙事需要，而是提供一定的抒情经验，其中又往往体现着作者或者人物对世界或人生的思考。

以上从故事文学源流、历史叙事与小说叙事、说唱文学与小说叙事、

---

① 高友工：《中国叙事文学传统中的抒情意境》，见李达三、罗钢主编《中外比较文学的里程碑》，人民文学出版社 1997 年版，第 307 页。

抒情文学话语与散文叙事文学等方面探讨了东方古代小说文体特点。近代以来，西风劲吹，东学衰微，东方文学在现代化的名义下走出传统，“与国际接轨”，有了新的面貌和新的文学话语，东方传统小说文体在不断花样翻新的现代小说艺术面前显得陈旧过时，成为被超越的对象、被遗弃的敝屣。然而，东方传统小说基于历史真实的艺术真实追求，基于说唱文学传统的对小说叙述明晰性的注重，散文叙事过程中主体体验的表现和抒情意境的追求，自有其独特的艺术价值。它们作为东方小说之魂，曾经活在一些具有民族性追求的东方现代小说家的作品中。在川端康成的小说中，我们能够感受到主体体验的表现和抒情意境的追求，并由此感受到日本文学传统所独有的“物哀精神”；在马哈福兹的小说中，我们感受到历史的厚重与震撼人心的艺术力量的结合，现代性的叙事艺术技巧与小说叙述明晰性的并存。随着后现代时代的来临，对东方文学的现代性追求，以及现代性追求中对小说文体民族性的忽略也有必要进行反思，因此，对东方古代小说文体特点的探讨不仅具有历史意义，而且具有现实针对性。

第六章

东 方 诗 学

东方各国不仅有丰富多彩的文学创作，而且有各具特色的文学理论，在长期互相交流和影响的基础上形成了有别于西方的东方诗学传统。与比较成熟的西方诗学研究和东方文学研究相比，东方诗学还是一个比较新的研究领域，目前的研究还比较薄弱，关于东方诗学的学科定位、目的意义、研究范围、研究方法以及东方诗学的基本特点，都有待进行认真探讨。

一　东方诗学的界定

“诗学”一词是 Poetics 的意译，源于亚里士多德的文学理论著作《诗学》。由于亚里士多德将“诗”界定为用语言为媒介进行摹仿的艺术，并且着重论述了史诗、悲剧和喜剧，因此他所谓“诗学”研究的范围就不是狭义的诗歌，而是我们现在所理解的文学，即语言艺术。在西方，这样的诗学概念经过古罗马和文艺复兴一脉相传而被承接下来，与现代学术话语中的文学理论的含义基本相同，尽管二者在语义和色彩方面有细微差别，一般情况下还是可以互换的。所以当比较文学发展到一定阶段，人们认识到应该进行跨越不同国家不同文化的文学理论研究时，很自然地用“比较诗学”来命名这一学科，此后，比较诗学就被一般地理解为“跨文化的文学理论研究”。[1]

在中国学术传统中，“诗学”有不同的含义。由于中国上古文学文类主要是抒情诗，基本没有史诗，而戏剧和小说兴起都比较晚，所以中国古

---

① 如美国学者厄尔·迈纳的著作《比较诗学》，副标题即为“跨文化的文学理论研究札记”（厄尔·迈纳：《比较诗学》，王宇根等译，中央编译出版社 2004 年版）。

代文学批评著作所谈论的诗一般局限于诗歌这一文类。中国古代有非常丰富的诗话、诗论和诗品，这样的诗学传统延续至今，被称为“狭义的诗学”，以区别于源于西方的可以替换为“文学理论”的“广义诗学”。有学者认为中国古代没有纯文学意义的“诗学”，而只有更广义的“文论”，如陆机的《文赋》和刘勰的《文心雕龙》所论的“文”都不是纯文学，而是广义的“文”，由此认为中国古代缺乏一种在广义的文论和狭义的诗学之间的、属于审美层面的文学理论或亚里士多德意义上的“诗学”。①我们认为，诗学与文论的差异的确是存在的，但不能因此否定中国传统诗学的文学理论价值和传统文论的诗学意义。一方面，中国传统诗学虽然集中于诗歌这一文类，但由于诗歌是纯文学中的纯文学，这样的狭义诗学的研究成果更具体、更深入、更细致地阐释了文学的基本问题；另一方面，中国传统的文论虽然论述的面比较广，如陆机的《文赋》和刘勰的《文心雕龙》所论述的“文”学是广义的，近似于今天的写作学，但他们的着重点，他们所思考的问题，基本上还是属于审美层面的文学理论。另外，作为更广泛的人文之学，更具有文史哲互涵互动的大文学意识。学术界一般认为我国魏晋时期出现了文学的自觉，最近有学者提出这种自觉还应该上推到汉代，这种文学的自觉实际上是大文学的自觉。这种大文学意识的特点是“究天人之际，穷古今之变”②，具有更深广的人文精神。尽管中国传统的文论与现代的文学理论意义不尽相同，中国传统的“诗学”与西方的“诗学”有更大的差异，然而，由于近百年的西学东渐，西方的诗学概念伴随着西方丰富的诗学著作引进中国，在现代汉语语境和现代学术话语中生长起来，使源于西方的具有文学理论意义的“广义的诗学”与传统的诗歌研究和诗歌理论意义的“狭义的诗学”并行。

印度古代诗学概念含义又有所不同。大约公元前10世纪前后《吠陀本集》编成，其中的《梨俱吠陀》和《阿达婆吠陀》都是诗歌汇编，但由于婆罗门教将其确定为经典，并宣称“吠陀天启”，所以学者们也不将其作为“诗”来研究。公元前后印度出现了第一部系统的文学理论著作《舞论》，所谓舞，实指戏剧，其中包括音乐和舞蹈动作，应是戏曲一类，

---

① 余虹：《中国文论与西方诗学》，生活·读书·新知三联书店1999年版。

② 司马迁：《报任安书》，见郭绍虞等主编《中国历代文论选》第一册，上海古籍出版社1979年版，第83页。

诗是其中的重要组成部分。公元7世纪前后出现真正的诗学著作婆摩诃的《诗庄严论》和檀丁的《诗镜》，他们所谓的“诗（kāvya）”都是广义的，而不局限于诗歌文类。《诗庄严论》对诗作出明确的界定：“诗是音和义的结合，分成散文体和韵文体两类。”然后从不同角度对“诗”进行分类，从体裁角度，诗有“分章的（大诗），表演的戏剧，传记，故事和单节诗（短诗）五类”。[①] 在分别说明了各类诗的特点之后，他又概括指出：“以上这一切，都被希望具有曲折的表达方式。”[②] 可见，在婆摩诃看来，“曲折的表达方式”是所有文学的共同特点。檀丁《诗镜》认为诗分三类：韵文体、散文体和韵散混合体。散文体有小说和故事两类，主要依据叙述者不同来划分；韵散混合体主要是戏剧，此外还有一种称为“占布”的韵散合体的小说。另外，从接受者角度，还可以分为供观看的戏剧和供听的诗文。[③] 可见印度传统“诗学”概念与以亚里士多德为传统的西方诗学概念比较接近，都是“广义的诗学”。

诗学的学科边界一直比较模糊，广义的诗学，也就是文学理论，是在丰富的文学创作的基础上形成的关于文学的理论思考，也可以叫文艺学。从学科划分的角度看，诗学或文论与文学批评、美学等有一定的重叠和交叉。文学批评和文学理论界限也是比较模糊的，一般说来，“批评”侧重于具体作家作品研究，而理论侧重形而上的思考，但很少有纯粹的没有实践的理论和没有理论的实践。我们东方诗学的研究对象应该是广泛的，不能局限于几部文学理论著作，而应该包括东方各国古今各种文学批评著作，其中所体现出来的思想观点和理论方法，都是东方诗学的学科资源。

文学艺术的创作和鉴赏都是审美活动，所以诗学与美学也有交叉，特别是以文艺为主要研究对象的文艺美学，更是与文学理论或诗学难解难分。一般说来，诗学研究文学的内部问题和具体问题；美学是艺术哲学，应该进行形而上的研究，二者的界限还是明确的。但实际操作中，由于二者的研究对象基本一致，所以经常互相侵犯。就诗学而言，往往不局限于文学的内部研究，不局限于形而下的具体问题，并且随着学科的发展而不

① 婆摩诃：《诗庄严论》，黄宝生译，见《梵语诗学论著汇编》，昆仑出版社2008年版，第114页。

② 同上书，第115页。

③ 檀丁：《诗镜》第一章，黄宝生译，见《梵语诗学论著汇编》，第153—156页。

断开疆拓土。比如许多学者研究“庄子诗学”、“儒家诗学”、“道家诗学”、“海德格尔诗学”，另外有许多以“文化诗学”命名的研究著作，这里的诗学已经大大超出了文学理论的范围，更多地侵入了美学的领地。这种更广义的诗学可以理解为“人诗意地生存的哲学”，这样的“诗”是与从工具理性出发、为了争取人的外在生存空间的“技术”相对而言的，是为人类争取内在心灵生存空间的感性东西的总称。

我们所谓的“东方诗学”本身具有跨文化意义，作为学科概念，是从比较诗学的角度提出的，因而与国际接轨，取其广义，其主要内涵是东方各国文学理论的比较研究和总体研究。我们用东方诗学而不用东方文学理论，主要考虑其跨文化文学理论研究性质，而且，由于“东方诗学”是相对于西方诗学而提出的，因而也具有比较研究的意义。另外，我们所谓的东方诗学主要是文学理论层面的“诗学”，同时也不回避狭义的诗歌学和更广义的文化诗学问题的探讨。当然，由于古代东方各国都以诗歌尤其是抒情诗为文学正宗，关于诗歌文类的研究和评论非常丰富深厚，所以，狭义的“诗学”，即诗歌之学，理所当然是东方诗学研究的重点。

二　东方诗学研究的意义

为什么要开展东方诗学研究呢？第一，东方诗学研究是东方文学研究的深化。东方文学源远流长、博大精深，是人类文化遗产的重要组成部分。经过近百年世界各国学者的努力，东方文学遗产得到了比较充分的发掘，其重要性也基本得到大家的认识。东方文学作为一门学科，经过数十年几代学者的努力，在国内外也有了很大的发展。然而，一个国家、一个时期文学创作的繁荣必然会带来诗学即文学理论的发展，文学作品和文学现象都需要理论的支撑，其背后的文学观念和文学思想都具有理论的价值，这些都应该进行深入挖掘、充分阐释和重新评价。文学研究也不能停留在现象层面，而应该深入到文学观念和文学思想。因此，从东方文学到东方诗学成为学术发展的必然要求。从这个意义上说，东方诗学是东方文学研究的拓展和深化。多年来，学者们在东方文学研究中已经广泛涉及诗学领域，产生了一批有影响的成果，如黄宝生著《印度古典诗学》、孟昭毅著《东方戏剧美学》、叶渭渠和唐月梅著《物哀与幽玄：日本人的美意识》等；东方诗学文本的汉译也日益丰富，如金克木译《印度古代文艺理论文选》、黄宝生译《梵语诗学论著汇编》、曹顺庆主编《东方文论选》等。以上著作和文献为进一步开展东方诗学研究奠定了基础。从这个意义上说，东方诗学是在东方文学研究中孕育和发展起来的一个重要的分支学科。

第二，东方诗学研究是比较诗学学科发展的需要。20 世纪 60 年代以来，比较文学研究逐渐地深入到思想理论层面，以不同民族的文学理论、文学思想为研究对象的比较诗学成为比较文学研究的重要领域。然而，由于“西方中心论”的影响，东方国家的诗学和文艺理论长期受到忽视。中国诗学、印度诗学和欧洲诗学是古代世界三大诗学体系，阿拉伯、日本、朝鲜等东方国家也有非常丰富深厚的诗学传统；然而，无论是西方还是我国，数十年比较诗学发展的历史中，基本上是“天倾西北，地缺东南”。不仅西方学者基本上是在西方诗学体系中兜圈子，中国学者也对西方诗学趋之若鹜，所谓比较也限于中西两极之间。21 世纪以来，比较诗学研究酝酿着重大突破，出现了一些新的、值得关注的重要现象，其中之一就是比较诗学由以往的西方中心和中西两极比较，逐渐走向中、印、欧及其他文明圈和文化体系之间诗学现象的多极比较与全方位、总体性的比较研究，产生了一些有影响的成果，如曹顺庆著《中外比较文论史》和《跨文化比较诗学论稿》、郁龙余等著《中国印度诗学比较》等，这必将超越以往的研究模式，走向一个更大范围、更高层次的诗学比较与理论建构。在这一过程中，东方诗学起着举足轻重的作用，扮演着越来越重要的角色。因此，东方诗学研究既是比较诗学发展的结果，也是比较诗学进一步发展的需要。

第三，东方诗学研究为全球化时代文学理论建设提供有益的借鉴。东方诗学传统资源非常丰富，中国、印度、日本、阿拉伯等东方国家都有辉煌的诗学成就，形成了各具特色的诗学体系，并且在诗学体系的建立和发展过程中形成了一系列具有民族特点、承载着民族文化精髓、积淀着民族审美精神的诗学范畴。在中国，出现了刘勰的《文心雕龙》、钟嵘的《诗品》、皎然的《诗式》、严羽的《沧浪诗话》等诗学著作，形成了赋比兴、言志论、缘情论、境象论、滋味说、韵味说、兴趣论等诗学体系，凝结出比、兴、志、情、境、象、味、韵、妙悟等诗学范畴。在印度，出现了婆罗多的《舞论》、婆摩诃的《诗庄严论》、檀丁的《诗镜》、欢增的《韵光》、新护的《舞论注》和《韵光注》、曼摩吒的《诗光》、毗首那特的《文镜》等诗学论著，形成了味论、韵论、庄严论、风格论、曲语论等诗学体系，[①] 在这些诗学体系的建立和发展过程中，形成了情、味、韵、喜、庄严、诗德、诗病等一系列诗学范畴。在阿拉伯，出现了贾希兹的《修辞与阐释》、伊本·萨拉姆的《名诗人的品质》、伊本·古泰白的《诗与诗人们》、伊本·穆阿塔兹的《诗人的品级》、古达曼的《诗的批评》、伊本·塔巴塔巴的《诗的标准》等文艺理论和批评著作，形成了历史型、修辞型、阐释型、语言型、传统型、哲学型、比较型等理论形态，[②] 凝结出"技"、"贝蒂阿"等诗学范畴。在日本，出现了纪贯之的《古今和歌集序》、藤原定家的《每月抄》、世阿弥的《风姿花传》等文学理论著作，形成了比较完整的和歌和戏剧理论，凝结出"余情"、"幽玄"、"物哀"等具有日本民族特色的诗学范畴。以上述体系范畴为核心，形成了东方诗学的话语传统。我们已经进入全球化时代，新时代的文学理论建设不是凭空想象，也不是撷取某一现成的文学理论体系进行民族性和现代性改造，而必须广泛继承古代诗学遗产，借鉴前人经验，融会贯通，融合重铸。从这个意义上说，对丰富多彩的东方诗学的研究，可以为全球化时代文学理论建设提供有益的借鉴。

第四，东方诗学研究是东方诗学话语重建的历史要求。20 世纪是东西方诗学会通对话，走向世界诗学的时期。遗憾的是，在西方，各种文学理论风起云涌，新批评、结构主义、心理分析、读者反应理论、解构主义、女权主义、神话——原型批评，新历史主义、文化批评、生态批评等，各种主张和主义争妍斗丽。相反，东方各国在西学东渐大潮的冲击下，自己的诗学话语系统被解构，出现了不同程度的文论"失语"现象。季羡林先生很有感触地指出："我们东方国家，在文艺理论方面噤若寒蝉，在近现代没有一个人创立出什么比较有影响的文艺理论体系，……没有一本文艺理论著作传入西方，起了影响，引起轰动。"[③] 许多学者曾经

① 参阅黄宝生《印度古典诗学》，北京大学出版社 1993 年版。

② 参阅伊宏《阿拉伯文学批评的古典形态和历史成就》，见曹顺庆主编《东方文论选》，四川人民出版社 1996 年版，第 421—422 页。

③ 季羡林：《东方文论选·序》，见曹顺庆主编《东方文论选》，第 2 页。

指出中国现代文论的失语现象并探讨救治的方法和途径。[①]尽管学术界对此有不同的看法，但都不能不正视中国以及整个东方现代文学理论的贫乏现象，并进一步思考东方诗学话语的重建问题。近代以来，随着东方社会文化的现代转型，东方文学和诗学也随之转型，东方各国的作家、诗人、理论家和批评家，都曾有过重建东方文学话语的努力。在中国，王国维的《红楼梦评论》、《人间词话》，梁启超的《饮冰室诗话》等，是借鉴西方文论思想改造中国传统诗学话语的初步尝试。其后，五四新文学各流派的代表人物都发表了自己的文学论著，提出了自己的文学主张，形成了新的百家争鸣局面，实现了中国诗学话语的现代转型。在印度，泰戈尔承前启后，自觉地承担起了民族诗学话语转型的历史使命，先后发表了《文学》、《人格》、《文学的道路》等文学论著，构建出一个比较系统完整的具有主体性特征的诗学体系，包括以“人格论”为核心的文学表现论，以“情味论”为核心的文学美感论，以“欢喜论”为核心的文学目的论，以“韵律论”为核心的文学创作论，以“和谐论”为核心的审美价值论。在日本，19世纪80年代，坪内逍遥的文学理论著作《小说神髓》提出小说应当表现人情世态并如实摹写，奠定了日本近代文学的写实基础。20世纪初，夏目漱石的《文学论》、厨川白村的《苦闷的象征》、西胁顺三郎的《超现实主义诗论》等文学理论著作，借鉴西方现代哲学和现代主义文学理论，实现了日本诗学话语的现代转型。他们在吸收借鉴西方文论、批判继承民族诗学传统、总结新文学创作经验的基础上，对文学问题进行了许多新的探索和思考，这些都是重建东方诗学话语的重要资源。进入21世纪，伴随着东方文化的复兴，继承民族诗学传统，重建东方诗学话语，成为新世纪东方学人的历史使命。对东方诗学传统的挖掘和继承，对东方诗学现代转型的经验总结和问题思考，都有赖于东方诗学研究的深入开展。因此，东方诗学话语重建的历史任务，要求我们必须重视和加强东方诗学研究。

---

① 参阅曹顺庆《文论失语症与文化病态》，载《文艺争鸣》1996年第2期；曹顺庆、李思屈《重建中国文论话语的基本路径与方法》，载《文艺研究》1996年第2期；《再论重建中国文论话语》，载《文学评论》1997年第4期。

三　东方诗学的多元性

古代东方诗学不同于西方诗学的一脉相传，而是具有多元性，这是由东方文化的多元性决定的。人类文化在发展过程中形成了不同的文化圈，在不同的文化圈中形成了不同的诗学体系。一般认为现存人类文化主要有四大文化圈，即以西欧为中心以古希腊罗马文化和基督教为传统的欧美文化圈、以中国为中心以儒道文化为传统的东亚文化圈、以印度为中心以印度教和佛教文化为传统的南亚文化圈、以阿拉伯为中心以伊斯兰教文化为传统的西亚北非文化圈。除了欧洲（近代扩展到美洲）之外，四大文化圈有三个在东方。因此，从空间范围上说，所谓东方诗学就是东方三大文化圈内的文学理论。由于三大文化圈在地缘、传承和文化思想方面的独立性，形成了古代东方文学鲜明的地区性，即不同地区的文学在内容、形式和审美情趣方面都表现出很大差异。三大文化圈各有自己的文学传统和文学理论体系，由此形成东方诗学的多元性。

东亚文化圈以汉文化为中心，因此，中国诗学在古代东亚地区起了主导作用。中国在上古《尚书·尧典》中就有“诗言志”的诗学思想。春秋战国时期诸子并出，“百家争鸣”，各派思想家中都有关于文学的论述，奠定了中国儒、道两大诗学传统的基础。汉代以后，儒家思想成为中国文化的正统和主流，对中国文论的发展产生了决定性的影响。赋比兴的诗艺，温柔敦厚的诗教，中和之美的追求，都有儒家文化的深厚基础。道家与佛教在中国文化的发展中也产生了巨大的影响，与儒家一起形成三教互补的文化格局，这在文学理论的发展中也表现出来。具有道家文化根基的自然虚静，具有佛教渊源的空灵感悟，都是中国诗学的民族特色。东亚地区的日本和朝鲜诗学既受到中国诗学的深刻影响，又表现出自己的民族特色。比如朝鲜古代“诗话”非常繁荣，早期诗话在内容和形式上都与中国诗话基本相同，后期走向独立发展的道路。日本最早的系统的文学理论著作《文镜秘府论》，是由曾经在中国留学的沙门空海编撰的，目的是向日本人介绍汉文、汉诗的作法，主要依据中国魏晋南北朝至隋唐诸文论家的著作，对日本歌学的体例和内容都有深刻的影响。10世纪初纪贯之的《古今和歌集序》是日本和歌理论的代表作，也明显受到中国《诗大序》

和《诗品》的影响。[①] 随着日本文学的发展，其文学理论的民族性特点也更加鲜明，但在一些基本方面，仍然与属于同一文化圈的中国文论更为接近。如13世纪初藤原定家的和歌理论著作《每月抄》，主张和歌的最高境界在于“有心”，即非常注重意境和情趣，与中国文论的缘情一派基本一致；17世纪松尾芭蕉的俳句理论范畴有“寂”、“怜”、“细”、“味”等，与讲究韵味的中国诗论异曲同工。当然，日本诗学虽然有中国文论的影响，但又是相对独立的诗学体系，具有鲜明的民族特色，如非政治性与非道德性的唯美主义、个人主观感受的主体意识、情意性文学基础上的感伤主义等，既是日本传统诗学话语的基本特征，也是日本传统诗学的灵魂和精髓。

南亚地区印度诗学在长期的发展过程中形成了自己的体系和特点。第一，在世界诗学中，印度诗学与中国诗学、欧洲诗学并列为世界三大诗学体系。在这三大体系中，印度诗学不像欧洲诗学那样注重文学对现实生活摹仿的“真”的问题，也不像中国古代诗学那样重视文学的人伦教化作用的“善”的问题，而是更重视文学的“内部研究”，关注文学的语言表述问题和文学审美的美与美感问题。第二，由于印度宗教发达，古代文化和文学都深受宗教影响，因此，宗教性的超越精神成为印度传统诗学的一个重要特点，其标志一是文学审美中的形而上追求，二是宗教虔诚精神在文学中的表现，以及对人神合一的神秘境界的追求。第三，印度古代有深厚的语言学的学术传统，以语言学为基础探寻诗的存在之本和发展之根，是印度传统诗学话语的一个重要特点。印度传统的庄严论诗学体系和韵论诗学体系都是建立在语言学基础之上的。一方面，语言学的基础使印度传统诗学既有扎实的学术基础，又与创作实际紧密联系，有实践的可操作性，有利于诗学的繁荣发展；另一方面，语言情结使印度传统诗学过分关注文学的形式技巧，而忽视了文学与人、文学与世界等本质问题的探讨，从而形成印度诗学的形式主义传统。

西亚北非地区的阿拉伯和波斯诗学比较发达。阿拉伯诗学在长期的发展过程中形成了自己的体系和特点。第一，注重韵律和修辞。贾希兹在《修辞与阐释》一书中提出了“技”的概念，认为“技”是“文学创作

① 参阅王晓平《日本文论与中国文论》，见曹顺庆主编《东方文论选》，四川人民出版社1996年版，第641—642页。

的灵魂，是文学永恒的秘密所在”。[①]“技”包括音韵和辞彩两方面，即我们现在所说的韵律和修辞，实际上是指文学语言区别于其他语言的艺术表达。第二，阿拉伯诗学比较关注读者接受，关于诗歌的品评鉴赏方面的论述较多，诗人、诗歌、作者三者之间的关系始终是批评家们关注的重要问题。贾希兹在《修辞与阐释》中反复强调：“听众有层次，言论有等级。”[②]“说话有目的，听众的耐力有限度，切勿让人感到厌倦。”[③]伊本·塔巴塔巴也在《诗之标准》一书中写道：“凡具有道德之美及感官之美的诗就是‘理解力’可接受的诗，就是美的诗。而一首美诗的作用可净化心灵，解除心灵疙瘩，使胆怯者勇敢、吝啬者慷慨。”[④]这些论述都体现了对读者的关注和重视。评论家在评点具体作品时，也比较关注读者的心理和情绪。[⑤]第三，阿拉伯诗学具有融东西方之长的综合性特点。阿拉伯伊斯兰文化在兴起和发展过程中广泛吸收了波斯、印度、希腊、罗马等外族文化，文化上的兼收并蓄也影响到诗学的发展。古希腊亚里士多德的《诗学》在西方曾经失传，是由阿拉伯人翻译传承下来。受亚里士多德的影响，在阿拉伯诗学中也形成了哲学型批评。[⑥]中古时期波斯出现了数百年的文学繁荣，在文学创作繁荣的基础上，作为理论总结的诗学也有了长足的发展。与当时的文学创作实际相适应，波斯诗学形成了三大潮流，一是以宫廷诗人为主体的宫廷诗学，将诗歌看作一种“技艺”，主要在语言和修辞方面下功夫；二是在苏非文学繁荣基础上的苏非诗学，主要表现对神的虔诚，追求人神合一的神秘境界；三是人文文学基础上的人文诗学，认为诗的本质是“情致”，以表现人情世态、探索人生哲理为宗旨。阿拉伯和波斯诗学互相影响，不断融合，形成具有深刻一致性的西亚北非诗学。

---

① 曹顺庆主编：《东方文论选》，四川人民出版社1996年版，第428页。

② 同上。

③ 同上书，第470页。

④ 同上书，第495页。

⑤ M·ф·奥夫相尼科夫：《中近东美学》，王家瑛译，中国人民大学出版社1992年版，第115页。

⑥ 参阅伊宏《阿拉伯文学批评的古典形态和历史成就》，见曹顺庆主编《东方文论选》，第422—424页。

四 东方诗学的统一性

东方文化的多元性造就了东方诗学的丰富多彩，然而丰富多彩固然值得称道，但作为一门学科，一个总体性的研究对象，东方诗学的统一性也是必须探讨的问题。近年来出现的一些试图解构“东方”的观点，对东方文学学科的合理性提出了挑战。许多学者甚至学生，都质疑东方文学概念，一方面，认为只有印度、日本、阿拉伯、波斯等国别文学，国别文学之上是世界文学、总体文学，不存在一个中间状态的“东方文学”，因为东方文学不像欧洲文学那样是一个具有统一性的整体；另一方面，东方文学是相对于西方文学提出的，是20世纪之前二元对立思维的产物，在走向全球化的今天，不应该再人为地划分东方文学和西方文学，制造东西方对立。这些观点是有一定道理的，说明东方文学研究的确存在学科理论上的薄弱环节，存在总体性研究困乏的学术偏颇。从学理上说，关键是东方文学的统一性问题。关于东方文学的统一性，笔者曾经有过一些思考。解决方式基本上是这样：古代以生产方式为统一性基础，以各种文体的统一性为表象，以真、善、美追求中不同于西方的东方特点为统一性的内层；现代时期则以相似文化背景上形成普遍性的文学思潮作为统一性的体现。[①] 东方诗学的统一性是以东方文学的统一性为基础的，同时也有一些具体表现。

第一，东方诗学具有表现性。已往曾有许多学者谈及东方文学和诗学的表现性，属于老生常谈，但非常重要，不能不提。古代东方诗学基本上是建立在抒情性文体——主要是抒情诗——的基础之上的，所以其对文学本质的概括不同于西方。古代西方文学虽然也有抒情诗一类的表现性的文学创作，但作为诗学产生基础的艺术类型主要是悲剧和史诗，这些都是偏重于对人的行动进行摹仿的叙事性文学，在此基础上只能概括出再现性的摹仿论。与西方文学相比，东方文学更重视人自身的内省和表现，古代东方文学抒情写意的文学样式特别发达，几乎所有东方民族都以诗歌为文学正宗，所体现的对文学之真的追求，不在于其对客观世界规律的揭示，而

① 古代部分参见本书下篇第一章《古代东方文学的多元性与统一性》。现代部分参见拙著《多元文化语境中的东方现代文学》，社会科学文献出版社2007年版。

在于诗人真情实感的表现。在抒情写意类文学实践的基础上，古代东方诗学对文学性质的概括也偏重于主体情感表现的一面。[①] 中国古代《尚书·尧典》提出的“诗言志，歌永言，声依永，律和声”，被认为是儒家诗学的总纲领。《毛诗大序》作为儒家诗学的经典文本，对“诗言志”作了进一步的发挥：“诗者，志之所之也，在心为志，发言为诗。情动于中而形于言。”[②] 可见中国诗学的出发点是具有主体性的“人心”，文学的本质就是主体情感的表现。古代印度诗学也是基于抒情写意类的文学类型对文学的本质进行概括，其“诗是以味为灵魂的句子”或“诗的灵魂是韵”等关于诗（即文学）的定义，都是以表现为核心的。印度现存最早的诗学著作《舞论》是一部戏剧学著作，所以印度古代诗学的文类基础是戏剧，其中也有关于“模仿”的论述，如：“我所创造的戏剧具有各种各样的情感，以各种各样的情况为内容，模仿人间的生活。”在此基础上本来应该像古希腊一样建立起一种摹仿论的再现性的诗学体系，但由于印度哲学有心性本体论的传统，对诗学思维有很强的制约和导向作用，致使《舞论》的作者还是将论述的重心转向了情感表现，指出：“这种有苦有乐的人间本性，有了形体等表演，就称为戏剧。”[③] 他将基于不同的情感的“味”作为戏剧（文学）表现的中心，奠定了印度诗学情味论的表现性传统。古代东方诗学还在总结表现性艺术创作经验和方法的基础上，建立了一套适于表情写意艺术的审美范畴。印度诗学中的“情”、“味”、“韵”、“喜”，中国诗学中的意境、神韵、滋味、性灵，日本诗学中的余情、物哀、幽玄等，都是在抒情写意类艺术创作的基础上建立起来的表现性诗学范畴。

第二，超越性是东方诗学的重要特点。所谓超越性即形而上的追求，主要受宗教世界观和思维方式的影响，一方面表现为对社会现实生活的超

① 关于西方文学理论（诗学）的模仿再现与东方文学的情感表现以及在抒情写意类文学经验基础上表现性文学理论的产生和发展，笔者在《古代东方文学统一性初探》（载《东方丛刊》1992 年第 3 辑）一文中已有所论述。后来读到美国学者厄尔·迈纳《比较诗学》的中文译本，迈纳以文类作为不同的原创性诗学体系的基础，对笔者又有进一步的启发。参阅厄尔·迈纳《比较诗学》，王宇根等译，中央编译出版社 2004 年版。

② 郭绍虞主编：《中国历代文论选》第一册，上海古籍出版社 1979 年版，第 63 页。

③ 婆罗多：《舞论》第一章，金克木译，见曹顺庆主编《东方文论选》，四川人民出版社 1996 年版，第 82—83 页。

越，另一方面表现为对具体实在的超越。这种超越性主要表现为既肯定现实生活本身，又否定其永恒价值；既承认客观现实的存在，又能超越有限的现实去追求无限；既不否定实在的形象又能超以象外，得其永恒深远之境界。在宗教世界观影响下的超越性倾向或将现实人生看作虚幻不真，或把人生现实看作有限短暂，从而向往超凡脱俗的、解脱了各种羁绊的无限自由的境界。这样的超越性在南亚和西亚诗学中有突出的表现，对人神合一境界的“虔诚味”的追求，对舍弃社会摆脱羁绊的“寂静味”的体验，都是印度古代诗学超越性的表现。伊斯兰教中的苏非文学在西亚和南亚都产生了深远影响，他们所追求的最高目标是超越现实、舍弃自我的人神合一。他们也描写世俗的爱情生活，但意图是表现人神之爱。中国、日本等东亚民族宗教意识较弱，但并不妨碍文学家超越现实，追求无限，只是他们把宗教色彩的永恒和无限世俗化、审美化了。司空图将其概括为“象外之象”、“韵外之致”,[①] 在中国诗论中形成了超象的境界论。日本文学从和歌、谣曲到俳句，追求的也是超以象外的余情、幽玄、闲寂。用从佛教中借来的概念表达所追求的艺术境界，正体现了日本诗学把宗教的超越性世俗化、审美化的特点。东亚民族把超越现实的永恒之真的追求，转化为轻实重虚、轻有重无、轻外在重心性的文学审美倾向。

第三，东方诗学具有强大深厚的语言学基础。西方现代文论有所谓“语言学转向”，其实不过是转向东方传统诗学的路向。中国古代有言意之辨和诗词的声律之学，都是语言学与诗学的结合。印度传统文化中有对语言的崇敬和研究的学术传统，以语言学为基础探寻诗的存在之本和发展之根，是印度传统诗学话语的一个重要特点。黄宝生先生指出：“印度古代语言学（包括语音学、语法学和词源学）特别发达，为梵语诗学提供了坚实的理论基础。”[②] 印度古代诗学的几个主要流派庄严论、韵论和曲语论都是建立在语言学基础之上的，能指、所指、暗示、曲语（曲折表达，陌生化）等，是印度诗学的基本话题。西亚北非地区的阿拉伯诗学和波斯诗学，也是以语言学为基础。阿拉伯诗学主要关注词与义的关系，其奠基作贾希兹的《修辞与阐释》提出“技”是文学的灵魂。诗学家比较

---

① 郭绍虞等主编：《中国历代文论选》第二册，上海古籍出版社 1979 年版，第 201、196 页。

② 黄宝生：《印度古典诗学》，北京大学出版社 1993 年版，第 243 页。

关注的“贝蒂阿”，即“妙义修辞”，也是建立在语言学基础上的诗艺追求。文学是语言艺术，这样的语言学基础使东方诗学具有坚实的立足点，同时，由于其对诗的概念和界定主要从语言出发，也容易陷入形式主义。

第四，东方诗学有比较强的文体意识。中国古代文学理论著作基本上都是从具体的文类出发，比较关注文学的具体表现形式和表述方式问题。如《毛诗大序》主要就诗歌特别是《诗经》进行理论概括，总结出所谓诗六义：风、雅、颂、赋、比、兴。此后陆机的《文赋》和刘勰的《文心雕龙》都有对文体的研究。唐宋时期诗学领域有“诗格”、“诗式”、“诗法”等对诗歌文体的深入研究。富有中国特色的诗话著作和小说戏曲的序跋评点，也都具有文体学意义。日本诗学深受中国诗学影响，其第一部歌学著作藤原滨成的《歌经标式》着重于和歌体式的研究，提出“和歌七病”、“和歌十体”。空海编撰的《文镜秘府论》主要是关于诗歌的体制、声韵、对偶等方面的理论。后来壬生忠岑的《和歌体十种》、源道济的《和歌十体》等，都是诗歌体式的研究专著。印度诗学从《舞论》开始就有对戏剧类型、角色和表现程式的重视和规定，婆摩诃的《诗庄严论》和檀丁《诗镜》也注重对不同类型的“诗”进行分别研究。关于“诗德”和“诗病”的规定是各种诗学著作不可缺少的内容，基本上属于文体学研究的范畴。这样的文体意识关注不同文学文体的特征和程式，在诗学的文类学和文体学方面做出了巨大贡献。当然，过分关注文体和程式也容易陷入形式主义泥沼，17—19 世纪印度法式主义诗学便是如此。

第五，传统东方诗学主要面向文学的创作和鉴赏实践，较少纯粹的理论思辨。大部分东方诗学论著是为作家和读者提供的文学的创作和鉴赏的指南。金克木先生认为印度古代文论经典《舞论》是供艺人用的手册，《诗庄严论》和《诗镜》是供作诗人用的手册，因此特别关注具体的艺术表现方面的问题。① 印度古代有非常悠久非常丰富的哲学思辨传统，然而，印度古代诗学长期与哲学不相合，讲艺术的着重形式技巧，讲哲学的不论美。用宗教哲学诗学阐述文学问题的新护几乎是个例外。在新护之前，各种诗学思想体系都没有得到哲学的发挥；新护之后，印度哲学和诗学进入总结阶段，也没有人再对诗学进行哲学的发挥，因而，从总体上看，印度诗学缺乏思辨性，其根本原因就是印度诗学的实践性。这种现

① 金克木：《比较文化论集》，生活·读书·新知三联书店 1984 年版，第 132 页。

象在东方非常普遍，中国、日本、阿拉伯诗学实践性更强，哲学思辨更弱。“诗品”是东方诗学的重要特色，对诗歌进行品评鉴赏、分类分级，在中国、印度和阿拉伯诗学中都是不可缺少的内容。后来兴起的小说理论也是以文学实践为基础的，多以作者自述或评论家序跋评点的形式出现，往往都是针对具体的文本。作者自述如日本紫式部谈物语文学，中国曹雪芹谈《红楼梦》等。序跋评点如中国李贽评《水浒》、脂砚斋评《红楼梦》，日本本居宣长评《源氏物语》等。正是在这样的创作和鉴赏实践中，形成了独具特色的东方小说理论。

东方诗学的统一性是多元中的统一，必然具有相对性和复杂性。东方诗学的多元性与统一性是并存的，从东方各国不同的诗学体系看，东方诗学具有多元性；从与西方诗学比较的角度看，东方诗学有许多共同的特点，可以作为一个具有统一性的整体来看待。19 世纪以后，东方各国都经过了社会文化的转型而走向现代化，各国文学也出现了相近的文学思潮和流派。东方诗学带着更多的统一性，也带着更深的差异性走向世界诗学。

下　篇

现象阐释

第一章

古代东方文学的多元性与统一性

东方文学不同于西方文学的一脉相传而具有多元性，由此形成了丰富多彩的东方文学。丰富多样固然值得自豪，然而作为相对于西方（欧美）文学而言的一个文学体系，一门独立学科，东方文学的统一性更至关重要。因此我们既要充分认识东方文学的多元性特点，又要进一步探讨东方文学的内在统一性。多元的统一是古代东方文学的基本特征。

一　多元性的文化根源

东方文学多元性的基础是东方文化的多元性。上古东方四大文明的分别兴起和各自独立发展，奠定了东方文化多元性的基础。到中古时期，经过各地区不同民族文化的互动与整合，形成了东方三大文化圈。一般认为现存人类文化主要有四大文化圈，即以西欧为中心以古希腊罗马文化和基督教为传统的欧美文化圈、以中国为中心以儒道文化为传统的东亚文化圈、以印度为中心以印度教和佛教文化为传统的南亚文化圈、以阿拉伯为中心以伊斯兰教文化为传统的西亚北非文化圈。现代世界各民族文化，要么属于上述四大文化圈中的一个，要么属于几个大文化圈的边缘或交叉。① 上述四大文化圈的主体文化，都对人类

---

① “文化圈”是文化传播学派的重要理论范畴。我国最早引入“文化圈”概念并提出“世界四大文化圈和东方三大文化圈”观点的是季羡林先生，他在 1982 年为“全国高等学校东方文学教师讲习班”作报告时指出：“中古时期，东方形成三大文化圈：一是以中国为中心的文化圈；二是以印度为中心的文化圈；三是以阿拉伯为中心的文化圈。”（季羡林：《必须加强对东方文学的研究》，见陶德臻主编《东方文学简史》，北京出版社 1985 年版，第 4 页。）我们所说的“文化圈”与文化传播学派的“文化圈”含义不尽相同。我们认为，由于一个强大的文化中心的形成，对周围地区产生强大的辐射力，出现文化扩散现象，距离中心愈近，文化影响愈大，距离中心愈远，这种影响愈小，从而形成一个具有许多相似性的比较大的文化区域，这个文化区域便是我们所说的文化圈。

文明做出了巨大贡献，产生了深远的影响，至今仍是影响世界文化格局的重要因素。四大文化圈除欧美文化圈之外，其他三个都在东方，共同构成东方文化体系，与欧美文化形成人类文化的东西方分野。

东方三大文化圈中的东亚文化圈是以汉文化为中心，这种汉文化从民族构成方面看，是以汉族为主体，以华夏其他各民族为辅助的华夏文化；从文化哲学方面看，是以儒家文化为主体，以道家、法家、兵家、阴阳家、名家等诸子百家以及汉化佛教和民间通俗信仰为补充的，以天人合一和人本主义为特色的人文文化；从文化内容方面看，包括经学、诸子学、文学、史学、政治经济学、法律伦理学和自然科学各个领域，其中又以伦理、法律和政治相结合的伦理政治学为核心。这一经过上千年的积累发展而形成的强大文化中心，为东亚文化圈的形成奠定了基础。由汉文化与周边的日本文化、朝鲜文化、越南文化、蒙古文化和中国境内的边疆少数民族文化之间的互动而形成东亚文化圈。

南亚文化圈是以印度文化为中心，这种印度文化从民族构成来看，是以印度雅利安人为主体，以印度河和恒河流域的各土著和其他外来民族为辅助的一种多民族文化；从文化哲学方面看，是以婆罗门教为主体，以佛教、耆那教等宗教哲学为补充的，以多神崇拜和离欲出世追求解脱为特点的宗教文化；从文化内容方面看，包括宗教哲学、法律伦理学、文艺学、语言学、政治学和自然科学各个领域，其中又以宗教哲学和法律伦理学为核心。这一经过上千年的积累整合发展而形成的强大文化中心，为南亚文化圈的形成奠定了基础。印度与周边国家民族文化互动而形成南亚文化圈。

西亚北非文化圈情况比较复杂，具有多中心的特点，在上古四大文明时期，这里是古埃及和古巴比伦两大文明的所在地。其后的古典时代，这里又是古希伯来和古波斯两大文明的生长点。伊斯兰教创立和阿拉伯帝国建立后，一方面继承该地区闪含民族创造的传统文化，另一方面广泛吸纳包括波斯、印度、希腊、罗马等周边地区的先进文化，形成以阿拉伯为中心的西亚北非文化圈。西亚北非文化圈虽然具有多元性与复合性的特点，但也具有一般文化圈的共同特点。从民族构成来看，是以发源于阿拉伯半岛的闪含民族为主体，以伊朗雅利安人、突厥人、塞种人、蒙古人、非洲土著和其他外来民族为辅助的一种多民族文化；从文化哲学方面看，是以伊斯兰教为主体，以拜火教、犹太教、基督教等宗教哲学为补充的，以一神崇拜为特点的宗教文化；从文化内容方面看，包括宗教神学、经院哲学、教法学、文艺学和自然科学各个领域，其中又以宗教哲学和教法学为核心。

每个文化圈都有自己的历史渊源，社会构成和文化特质，具有鲜明而独特的个性。比如从文化人即知识分子群体的构成来看，东亚以“士人”为主，包括投身仕途的“仕人”和江湖中三教九流的“士人”，可以称为“士人文化”。士人以天下为己任，有宏伟远大的政治理想和强烈的政治参与意识；有强烈的道德责任感，推崇明径高行，注重义理人情；追求自我完善，重视修身养性，达则兼济天下，穷则独善其身。这一切构成了中国文化人的精神品格。南亚地区文化人以“仙人”为主，包括婆罗门修道士和各宗教的沙门僧侣，可以称为“仙人文化”。仙人和沙门最初都是出家人，是远离社会的修道者，但也有一些人被请为国师，聘为官吏，或以其他方式参与社会生活。他们的活动和他们之间的争鸣对话创造了印度文化的辉煌时代。他们热爱自然，珍惜生命，喜欢宁静，追求解脱，形成了印度文化人的独特精神品格。西亚北非文化人以“先知”为主，包括自称或尊为先知的宗教领袖和宣传先知思想的哲人，可以称为“先知文化”。先知既是宗教领袖，又是哲人思想家，还是忧国忧民并力图救国救民的仁人志士。他们目光敏锐，先知先觉；他们满怀激情，大声疾呼；他们富有才气，能诗善文；他们敢做敢为，具有不怕牺牲的殉道精神。这种先知精神不仅结晶出《圣经·旧约》，而且形成了西亚北非地区知识分子的传统精神品格。

从人生目的和生活方式的追求方面来看，东亚文化圈强调入世，以“修身、齐家、治国、平天下”为人生自我实现的目标。南亚文化强调出世，不仅佛教具有出世性质，其他印度民族宗教也有出世离欲的说教。印度教法典规定的人生四阶段和印度人普遍认同的人生四大目的，都把出世解脱作为最高目标。西亚北非文化强调来世，从拜火教、犹太教到基督教和伊斯兰教，有来世主义的人生观，认为现世人生是短暂的，来世的天堂和地狱是永恒的，从而把来世天堂作为人生追求的目标。

从价值取向方面看，中国文化的入世性决定了东亚地区社会道德的主导地位。儒家所宣扬的忠孝节义、三纲五常、仁义礼智信等，主要表现为伦理道德。这种伦理道德是建立在家国同构的社会结构和天人合一的世界观基础之上的，因而也具有社会道德、自然道德和宗教道德的因素。印度文化的出世性决定了南亚地区自然主义道德的主导倾向。印度教和佛教代表了印度文化传统的两条主流，一直互相斗争又互相影响。二者尽管存在深刻的矛盾，但却有一个共同的道德基础，即业报轮回。这种轮回基于宇宙生命的自然循环，遵循客观存在的自然法则，因而是一种自然道德。当然，这种自然道德是建立在宗教世界观和善恶报应思想基础之上的，因而也具有宗教道德和社会道德的因素。西亚北非文化的来世主义人生观决定了其宗教道德的核心地位。这种道德特别关注最高存在者与人的关系，拜火教、犹太教、基督教和伊斯兰教莫不如此。这种宗教道德是以信仰为基础的。“信”是最高的道德标准，信则上天堂，不信则下地狱；“信士”是对个人的最高的道德评价。神是正义的化身，全知全能，尽善尽美，人间善恶美丑都是以神为基准的。宗教道德中虽然也包含许多社会性的内容，但其正义、博爱等社会伦理道德也都是以神的意志为转移的。

从文化心理角度看，东亚文化比较务实，以孔子为代表的儒家“不语怪力乱神”，即使上古流传的神话也加以历史化；学术方面重考据、重史实等；以追求不朽作为超越有限生命的方式等，都具有强烈的务实性。南亚文化侧重想象，幻想力发达，不仅怪力乱神极多，而且常把历史神话化；印度古代思想家不是通过社会实践解决人生和社会问题，而是隐退山林去冥想；以轮回转生作为超越有限生命的方式等，都体现了想象型文化心理的特点。西亚北非文化倾向理想，善于创造永恒完美的理想境界，而且相信善最终战胜恶，善人终有善报；以复活作为超越有限生命的方式等，也体现了理想型文化心理的特点①。

由于三大文化圈在地缘、传承和文化思想方面的独立性，形成古代东方文化与文学鲜明的地区性，即不同地区的文学在内容形式和审美情趣方面都表现出很大差异。这种多元性使古代东方文学表现出丰富性和多样性。如由于东亚汉文化的务实性，因而在东亚文化圈中史传文学非常发达；由于南亚印度文化的想象性，所以在南亚文化圈中神话传说和基于神话传说的史诗、长篇叙事诗和故事文学非常发达；

---

① 关于东方三大文化圈的形成及不同特点，笔者在拙著《东方文化通论》（山东教育出版社 2002 年版）中有比较详细的论述。

由于西亚北非文化的来世主义和理想化，因此关于人的生死问题的终极性思考、关于神的伟大和正义的表现、关于天堂美好境界的描绘的宗教性文学非常发达。另外，文化圈内部各民族之间，在文学的观念、文学的内容、文学的形式和表现手法方面也各有特点，存在着深刻的差异。

二 统一性的社会基础

由于文化渊源不同，历史进程殊异，东方文学的多元性特点非常鲜明，毋庸置疑，而其内在统一性还有不少疑惑，有必要进行更多的关注和深入的探讨。古代东方文学的统一性可以从许多方面进行研究。从文学发展和交流方面看，上古时期，东方几个古老民族各自独立创造了自己的文学，经过相互交流，公元7世纪后形成以文化圈为基础的区域文学，进而在更广泛交流的基础上形成统一的东方文学。从文学体裁方面研究，东方的小说在10世纪前后普遍兴起，既是各国文学自身发展的结果，也有各民族之间相互交流的作用。比如从印度佛典到中国唐传奇再到日本物语文学，有一条清晰的影响和发展的脉络。东方的戏剧在程式化、综合性及和谐美等方面有鲜明的共同特征。还可以从文学原型母题方面进行研究，如基于业报轮回观念的“因缘”母题；基于季风气候的“伤时怀旧”母题等，在古代东方文学中都有普遍意义。然而上述各个方面都只是把握现象而不能探求根源，因而不能从根本上解决东方文学统一性问题。文学的统一性，应以共同的社会文化为基础。作为意识形态，文学是受社会的经济基础所制约的；作为文化现象，文学是在更为深厚的文化传统中孕育成长的。因此，东方文学的统一性的基础是东方社会和东方文化。

关于东方社会和东方文化的研究虽然经过了若干世纪、几代学者的努力，但其性质和特点至今仍是众说纷纭，莫衷一是。马克思和恩格斯在创立历史唯物主义和科学社会主义学说时，既深入研究西方的历史和现实，又广泛考察了东方社会的政治经济情况，提出了亚细亚生产方式理论。这是对东方社会的历史唯物主义的研究成果。亚细亚生产方式既不同于古希腊罗马的古代奴隶制，也不同于中世纪拉丁—日耳曼型的封建社会制度，它是对前资本主义的东方社会（包括原始社会、奴隶社会和封建社会）

经济基础一般特征的概括①。其内涵主要包括：一、土地公有制的普遍存在。“在亚细亚的（至少是占优势的）形式中，不存在私人所有，只有个人占有，公社是真正的实际的所有者；所以，财产只是作为公共的土地财产而存在。”②二、农村公社组织形式基础上的小农业和家庭手工业的紧密结合。马克思在《资本论》中指出：“在印度和中国，生产方式的广阔基础，是由小农业和家庭工业的统一形成。此外，在印度，又还有在土地共有制基础上建立的村社的形式要加进来；这种村社在中国也是原始的形式。”③ 在这样的形式下，生产是自给自足而不是为了交换，商品经济不发达，这是导致东方社会发展停滞的重要原因。三、以氏族血缘为基础的共同体，即“自然形成的共同体”的长期延续。马克思指出，奴隶制和农奴制必然改变部落体的一切形式，但“在亚细亚形式下，它们所能改变的最少。”④以亚细亚生产方式为标志的东方社会经济方面的一致性，是形成具有共同特点的东方文化的社会基础。文化可以包罗万象，但又无不以人为核心，其基本特征或表现在人的外部社会关系方面，或表现在人内在的世界观、人生观以及与之相应的生活方式方面。

人的社会关系主要表现为政治关系和伦理关系。第一，由于亚细亚生产方式的作用，古代东方社会政治特点是专制君主制与宗法家长制相结合，人的社会关系则表现为政治关系和伦理关系的紧密结合。以阶级为基础的政治关系蒙上了一层温情脉脉的伦理面纱，家国同构，建立在血缘基础上的伦理道德与国家法律融为一体。第二，古代东方人的社会关系的另一特点是个人对共同体的依附性，“一个单个的人，只有作为这个共同体的一个肢体，作为这个共同体的成员，才能把自己看成所有者或占有者。”⑤随着专制集权和宗法制度的强化，个人在经济上、政治上和思想意识上都没有独立性。第三，追求人际关系的和谐。和谐关系是共同体得以

① 关于“亚细亚生产方式”的性质，国内外有很大争议，主要有原始社会说，奴隶社会说，封建社会说，独立社会形态说，等等。笔者认为亚细亚生产方式的内涵应该是历时性和形态性的统一，是前资本主义的东方社会不同于前资本主义的西方社会特征的概括。关于这个问题，笔者在拙著《东方文化通论》（山东教育出版社 2002 年版）的绪论中有较为详细的论述。

② 《马克思恩格斯全集》第 46 卷（上），人民出版社 1979 年版，第 481 页。

③ 马克思：《资本论》第三卷，人民出版社 1966 年版，第 373—374 页。

④ 《马克思恩格斯全集》第 46 卷（上），第 492 页。

⑤ 同上书，第 472 页。

维持的前提，又是其长期延续的结果。在个体和群体的矛盾中，强调维护群体利益而牺牲个人利益。当然这种和谐关系不是平等基础上的和谐，而是与秩序、等级和规范相联系的和谐。

由于专制制度下的等级身份固定，个人在外部世界发展的机会不多，因而对外部世界相对淡漠，从而把认识更多地转向人自身，思考人的存在与本质，形成东方思想文化的内向性。这种内省精神与宗教观念以及宗教实践相结合，形成东方文化形而上的超越性。东方思想家们内省思考的结果具有惊人的一致性，即个体与本体，小宇宙与大宇宙的统一。证悟这种统一性，是宗教修行和人生实践的最高目标。这种人与自然、人与神、个体与宇宙本体的统一关系，是人的社会关系的延伸和折射。这样的天人合一观是人合于天而非天合于人，是承认本体的绝对价值而消融个体的主体性，正如黑格尔所指出："只有当个人与这个实体合而为一，它才有真正的价值。"① 为此要求舍弃自我，超越有限的个体和有限的现实，追求永恒和无限的本体，由此获得解脱或永生。由于在社会共同体和自然统一体中个人都没有独立性，自我的实现不在于对外部世界的征服，不在于历险和竞争的成功，而在于实现心灵的宁静与和谐。出于这样的人生目的，在生活方式上特别讲求个人的自我修养，要求个人内省以明心见性，要求克己节欲以顺乎天理，要求达到心物合一、空灵无我的境界。古代东方各国在人生观和生活方式方面虽不尽相同，但与西方相比，又表现出统一的特色，即无争，克制，安分守己。其中较少自我中心的、极端个人主义的内容，较少追求物质生活享受的倾向，较少适者生存式的竞争。因为生活方式是与一定的生产方式相联系的，亚细亚式的土地公有和自然形成的共同体的延续，小农业和家庭手工业相结合的自给自足的生产，决定了东方文化范围内生活方式的上述特点。

古代东方社会的亚细亚生产方式以及在此基础上形成的具有广泛深刻一致性的东方文化，使古代东方文学的统一性有了客观现实基础。

三　东方文学的"真"

文学的表现，千姿百态；文学的观念，千差万别。但文学的追求，概

---

① 黑格尔：《哲学史讲演录》第一卷，贺麟、王太庆译，商务印务馆1959年版，第117页。

括起来不过三个方面，即真、善、美。文学的统一性，也能从这样的追求中体现出来。由于有共同的社会文化基础，东方文学在真善美诸方面也必然会表现出基本一致的特点。

所谓“真”即合规律性，指的是人类对世界客观规律和人的本质的认识。古代东方文学大都不讲对客观现实规律的认识问题，亦即不把文学作为认识客观世界的手段。这与古代西方文学形成鲜明对比。古希腊柏拉图认为文学是影子的影子而主张废弃，亚里士多德则以其摹仿的真实性而为之辩护。由于前述东方文化的内向性，东方文学更重视人自身的内省和表现。再现和表现是文学求真的两种倾向，“再现的主题面对的是非自己内部的周围的事物，而表现的主题面对的是自己的内部”。① 在再现和表现这对矛盾中，古代东方文学是偏重于表现的，因此，古代东方文论对文学本质的概括就不同于西方。中国有“诗言志”和“诗缘情”之说；印度现存最早的文艺理论著作《舞论》认为“戏剧是三界的全部情况的表现”，“这种有苦有乐的人间的本性，有了形体等表演，就称为戏剧”，并且概括出 8 种情味作为戏剧（文学）表现的核心②。

从文学创作的实际情况看，古代东方文学的表现性有三个特点。其一，抒情写意的文学样式特别发达，几乎所有东方民族都以诗为文学正宗，在诗歌文类中又以抒情诗为正宗。所体现的文学真的追求，不在于对客观世界规律的揭示，而在于诗人真情实感的表现。其二，在叙事性文学作品中，表现成分占重要地位。印度两大史诗和其后出现的“大诗”都是叙事作品，但它们既不追求历史的真实，也不注重再现现实生活或揭示客观规律。据考证，《摩诃婆罗多》的核心故事反映了印度历史上的一场大战，《罗摩衍那》反映了雅利安人向印度南部发展的历史，但这些在作品中都无足轻重。构成作品中心的是民族精神的表现（当然这里的表现不同于抒情诗中自我情感的表现），包含了印度民族对人生、社会、政治、道德以及宗教问题的思考。日本紫式部的《源氏物语》作为一部长篇小说，对当时社会生活面貌的再现几乎是微不足道的，其中心是女作家个人

---

① 今道友信：《美的相位与艺术》，周浙平、王永丽译，中国文联出版公司 1988 年版，第 139 页。

② 婆罗多：《舞论》第一章、第六章，金克木译，见曹顺庆主编《东方文论选》，四川人民出版社 1996 年版，第 81—94 页。

生活体验的表现和对妇女命运的思考。其三，在叙事文学作品中，穿插大量的抒情篇什，追求情景交融的境界。

东方思想文化超越性的特点使东方文学在“真”的追求中也表现出超越性。这种超越性既肯定现实生活本身，又否定其永恒价值；既承认客观现实的存在，又能超越有限的现实去追求无限；既不否定实在的形象又能超然象外，得其永恒深远之境界。这种对真的超越性追求，基于对人生问题的思考，基于对生命短暂的人生现象的认识，基于在充满天灾人祸和各种束缚的现实生活中人的苦难意识和不自由的悲剧感。这种超越性的倾向或将现实人生看作虚幻不真，或把人生现实看作有限短暂，从而向往超凡脱俗的、解脱了各种羁绊的无限自由的境界。

印度文学自上古时期的吠陀开始，尤其自两大史诗以后，形成半宗教半世俗的文学传统。他们对现实生活既肯定又否定，肯定其存在，而否定其永恒性，因而超越现实，追求形而上的无限和永恒，即所谓梵我同一、人神结合的境界。直到近代，泰戈尔等人的一些作品中仍表现出既不脱离现实，又超越有限现实的倾向。《吉檀迦利》中渴望对人的本质的透彻认识，渴望与最高存在亲近合一的精神追求，即是这种超越性的表现。古代巴比伦史诗《吉尔伽美什》最初歌颂为民除害的英雄，后来主题转向探索人的生死问题，也表现出对现实的超越。伊斯兰世界中的苏非文学在西亚和南亚都产生了深远影响，他们所追求的最高目标是舍弃自我、舍弃现实的人神合一。他们也描写世俗的爱情生活，但意图是表现人神之爱。中国、日本等东亚民族宗教意识较弱，但并不妨碍文学家超越现实，追求无限，只是他们把宗教色彩的永恒和无限世俗化、审美化了，司空图将其概括为“象外之象”、“韵外之致”①，在中国诗论中形成了超象的境界论。日本文学从和歌、谣曲到俳句，追求的也是超以象外的余情、幽玄、闲寂。用从佛教中借来的概念表达所求的艺术境界，正体现了日本文学把宗教的超越性世俗化、审美化的特点。东亚文学把超越现实的永恒之真的追求，转化为轻实重虚、轻有重无、轻外在重心性的文学创作倾向。这种倾向与表现性特征联系在一起，共同体现了古代东方文学非现实性的真的追求。

---

① 郭绍虞等主编：《中国历代文论选》第二册，上海古籍出版社 1979 年版，第 201、196 页。

毫无疑问，东方古代文学这种内向的表现和形而上的超越具有很大局限性，它不是发挥人的主观能动性去认识和改造客观世界，而是沉溺内心或逃避世外，因而不利于推动社会的发展。但是，不可否认，这种表现和超越也触到了文艺审美的某些本质方面，至今仍有批判继承的价值。

四　东方文学的“善”

所谓“善”即合目的性，指的是人类主体实践活动的目的和意向对自身的功利性。这种善具有两重性，即人本主义的善和社会学的善，前者基于个人主体，后者基于社会群体。二者也有统一性，社会是由人组成的，社会的进步和人的价值的提高应是同步的，同等重要的。然而个人与社会、个体与群体又是一对矛盾。对个人来说，善是自我完善与自我实现，必然含有利己因素；对群体或社会来说，要处理好人与人之间关系，要有利于群体的存在和发展，必然含有利他因素。当二者对立时，是遵守社会行为准则还是为实现个人利益而破坏这个准则；是维护现存社会秩序还是为尊重人性而打破秩序，这就是善的不同表现。东西方文学都讲善，但其内涵有所不同。西方是以自我完善和自我实现作为善的主要内涵，在东方，由于个人缺乏独立性，依附于社会共同体和自然统一体，没有独立人格，自我完善和自我实现便无从谈起。另一方面由于东方古代宗法制伦理关系的强化，建立在氏族血缘关系基础上的伦理道德成为善的核心。比如希腊神话中不仅神是非道德的，而且那些传说中的英雄如赫拉克勒斯、伊阿宋、阿喀琉斯、奥德修斯等，也都是非道德化的。他们主要靠个人的英勇机智战胜敌人，战胜自然，其中或有为民除害的客观意义，但其主导方面无疑是个人的自我实现。中国神话传说中的尧、舜、禹都是完美道德的化身，其中大禹治水故事除体现了为民谋利的利他主义之外，更突出了大禹在治水过程中表现出的完美的道德品质。荷马史诗写的是由海伦被拐引起的大战，塑造了一批个人英雄。印度大史诗《罗摩衍那》写的是悉多被抢引起的大战，其中男主人公罗摩是道德君子；女主人公悉多是贤妻贞妇。西方中世纪以来的文学，由于基督教影响，善的概念有所变化，如由人的自豪变为原罪，但仍以个人为核心，需要通过个人的自我完善以获得拯救。歌德笔下的浮士德自强不息，不断追求，终获拯救，其中并无道德因素。而古代东方道德意识不断强化，直到近代的泰戈尔、夏目漱石等，虽然都受过西方教育影响，但作品中仍背着道德的重负。

古代东方文学都重视善，强调善美统一。伊斯兰世界视美为善的化身，表达“美”的范畴的词具有美善合一性①。中国孔子把尽善尽美看作最高境界，对美善统一的中国文学传统产生了深远影响。印度各派推崇的“正法”具有正义、法规、道德等含义，其实质亦为善。日本关于美的观念，据今道友信考证，是由“清白、纯洁、正直之心”发展而来②，揭示了美与善的统一关系。

这种美善统一观表现在文学理论和创造中，就是要求文学具有载道教化、劝善惩恶的功能。这在中国儒家正统文学中表现得最为突出，文道关系成为文学的核心问题，教化则被视为文学的首要目的。集秦汉儒家诗论之大成的《毛诗大序》开宗明义，强调诗的作用是“经夫妇，成孝敬，厚人伦，美教化，移风俗”③。受老庄和禅宗思想影响的文人虽反对儒家诗教，但只是反对其狭隘的功利主义，此外不仅不否定其善的追求，而且亦把文学看作完善人格的途径。印度《舞论》认为戏剧（泛指文学）目的是“导向正法，导向荣誉，导致长寿，有益于人，增长智慧，教训世人。”④ 两大史诗建立了宣扬正法的文学传统，成为印度教的基本经典，对印度各语言的文学产生了深远的影响。伊斯兰教创始人对早期的阿拉伯诗人有反感，主要因为他们缺乏善的追求，不利于教化。后来的阿拉伯正统文学大都以宣传宗教和教化人民为己任。民间文学如《一千零一夜》等，也不乏伦理道德的说教。古波斯琐罗亚斯德将世界分为善恶二元，教人背恶向善，提倡善言、善思、善行。中古波斯大诗人菲尔多西、萨迪等都被称为“谢赫”（导师），可见其在教化人民中的重要作用。苏非文学在宣传与神合一的宗教观的同时，也以诚实、友爱、克己等作为文学的重要内容。

古代东方文学善的追求中有压抑个性、忽视个体的不足，亦有狭隘的功利主义的缺陷，但其美善统一的思想及其丰富的理论和创作实践，在今天仍有积极的借鉴意义。

---

① 参阅牛枝慧编《东方艺术美学》，国际文化出版公司 1990 年版，第 46 页。

② 同上书，第 53 页。

③ 郭绍虞等主编：《中国历代文论选》第一册，上海古籍出版社 1979 年版，第 63 页。

④ 婆罗多：《舞论》第一章，金克木译，见曹顺庆主编《东方文论选》，四川人民出版社 1996 年版，第 82 页。

五 东方文学的“美”

文学是审美创作活动，在审美追求方面更能体现东方文学的统一性。古代东方文学在审美方面的统一性，在以下几个方面表现得比较突出。

1. 和谐美的追求。和谐是美学范畴之一，一般指事物结构合理、比例匀称、关系和睦、发展顺畅，由此给人以优美舒畅的感觉，谓之和谐。古代东西方都讲和谐美，作为审美范畴，它是由古希腊毕达哥拉斯学派首先提出的。在西方，和谐不过是美感之一种，而在古代东方，和谐被当作审美的核心。由于东方文化在人际关系，人与自然关系，甚至人神关系方面都注重和谐，因而形成了以和谐为美的审美理想。这种审美理想也必然在文学创作和欣赏的实践中表现出来。第一，在抒情性文学作品中，感情要温柔敦厚，要乐而不淫，哀而不伤。男女之情表现要适度，提倡含而不露。对统治者的不仁可以美刺讽谏，而不应金刚怒目地谴责。第二，在叙事类的故事和小说作品中，要求善有善报，恶有恶报，结局一般是大团圆。第三，在戏剧作品中，不追求强烈的悲喜效果，戏剧冲突比较内向化，结局一般也是大团圆，很少有悲剧结局。迦梨陀娑的《沙恭达罗》写沙恭达罗遭遗弃，是悲剧性题材，但作者的艺术处理体现了东方式的审美特点。一方面把遗弃归因于仙人诅咒，另一方面又把这遗弃化为抒写离情别绪的契机和手段，读者观众由此获得优美而和谐的美感，而非悲剧的心灵震颤。古代东方文学这种对和谐之美的追求，究其原因，就在于东方人由于特定的社会文化基础和文学传统，形成了崇尚和谐的审美心理，要求在审美过程中保持心理的平衡，要求作品中物归其类，人归其所，一切最终都由无序走向有序。

2. 自然美的侧重。由于东方特别的自然环境、社会生产方式和文化传统，古代东方文学在自然美的发现和艺术表现方面做出了独特的贡献，一个突出的表现就是自然山水诗的发达。在东方各国，自然诗都是源远流长的。古埃及有咏太阳和尼罗河的脍炙人口的诗篇，波斯古经《阿维斯塔》中有咏自然现象的诗，印度《梨俱吠陀》中的自然诗数量更多，咏的对象有朝霞、大地、森林、水、云等。这些诗不是将自然现象作为起兴或言志的手段，更不是作为背景来表现人的活动。它们大多从万物有灵或自然神论出发，赋予自然以灵性。这样的自然诗尽管不是纯自然的表现，但毕竟是把自然现象作为审美的对象了。这种发现和表现自然美的文学传统在印度古典文学中不断发展。古典诗人迦梨陀娑的《六季杂咏》、《云使》、《沙恭达罗》等作品中，自然美的表现更臻完美。中国上古的《诗经》和楚辞中已经有自然美的表现，魏晋时期随着佛教的传入和社会的动荡，文人进一步寄情山水，文学中自然山水情趣兴起，自此一发而不可收。日本民族性喜自然，日本文学又主要接受了中国齐梁和初、中唐文学的影响，在中国达到极盛时期的自然山水情趣也影响了日本文学。据今道友信研究，奈良时代形成的美的范畴的总称为："くはし"（音译库瓦希，意为美丽、细密），其"本来的形象在于植物自我生命的充实的美，即树叶郁郁葱葱、繁茂致密的颤动着的跳动感"。[①] 从《万叶集》、《古今和歌集》的诗歌到后世的谣曲和俳句，都将这种基于植物的宇宙观的自然美作为表现的中心。

为什么古代东方文学自然美的表现如此发达而且源远流长呢？究其原因，第一，在亚细亚方式基础上形成的东方文化中人与自然的统一观。原始的万物有灵观念，原始时代人与自然的统一关系，随原始的土地制度、村社结构和自然共同体的遗存而延续下来。在西方，远古时代人与自然也是统一的，但进入古代奴隶制社会后，这种统一关系被打破了，人与自然处于对立、分离状态。18 世纪卢梭提出"返回自然"，还被认为是惊世骇俗之论。而在东方，人与自然一体观念则根深蒂固。印度远古形成的"六道轮回"观为后来各派宗教所继承，直到近代仍以泛神论的形式流行。中国在天人合一之外，还有阴阳五行在世界万物和人自身中的同源同构。另外还接受了佛教众生平等、轮回转生等观念，更增强了人与自然的统一观。人类与自然的统一观，是诗人欣赏亲近自然的基础。第二，东方古代文明基本都是农业文明，自然景物与人的生活息息相关。自然的和顺带给人们好收成，同时也带来赏心悦目的快乐。农业社会居民很少迁徙，人们世世代代生活在一个地方，大大加强了人与自然不可分离的统一观念。第三，东方宗教的出世精神，造就了一批出家人，他们厌弃社会生活，到远离尘世的山水清幽之地结庐建寺，修身养性。这种倾向影响到一些文人学士，他们在仕途失意或生活受挫后，也常常寄情山水。这对自然山水诗的

---

① 今道友信：《东方的美学》，蒋寅等译，生活·读书·新知三联书店 1991 年版，第 191 页。

兴起和发展有直接的影响。

3. 表现性艺术美的创造和审美范畴的建立。由于前述表现性特点，古代东方文学在抒情写意类文学的艺术创造方面积累了丰富的经验。如中国诗论总结出了“神与物游”、“迁想妙得”、“澄怀味象”、“以形写神”等创作经验和方法。印度丰富的诗论也主要总结诗歌的创作方法和技巧，包括如何使诗歌甜蜜有味，如何通过暗示和领会而得“韵”等。日本文论在借鉴中国诗论的基础上，注意总结和歌、谣曲的创作经验和方法，如“感触”、“寓意”、“无形之态”、“以姿代形”等。阿拉伯古代诗歌评论很发达，其中有许多关于诗歌创作的经验和方法的总结。如贾希兹在其《修辞与阐释》中，除着重论述修辞以显义的“技”的重要性之外，还提出了“欲言者先审视自己”等创作思想①。以上所述都是适合于抒情写意类文学艺术的创作方法。这些在西方文论中是比较匮乏的。反之，西方文论对再现性文学艺术创作经验的总结，如典型环境，典型人物塑造等，在古代东方文论中则是比较薄弱的。古代东方文论还在总结表现性艺术创作经验和方法的基础上，建立了一套适于表情写意艺术的审美范畴，如韵味、情味、意境、神韵、物哀、幽玄等。如果没有古代东方表现性文学的发达，就不会有这样丰富而深刻的表现性艺术美的探讨和总结。

东方文学由多元多重走向统一，经历了漫长的历史过程。到 19 世纪，东方各国都经过了社会文化的变革而进入近代，各国文学也随着社会文化的转型而发生现代转型，出现了相近的文学思潮和流派。东方文学带着更多的统一性，也带着更深的差异性走向世界文学。东方文学的统一性是多元中的统一，必然具有相对性和复杂性。

---

① 贾希兹：《修辞与阐释》，见曹顺庆主编《东方文论选》，四川人民出版社 1996 年版，第 467—474 页。

第二章

中古东方文学及其文化底蕴

东方文化与文学的分期断代问题比较复杂，一般将古代分为上古和中古两个阶段，公元5世纪以前为上古，5—18世纪为中古。也有的将古代分为上古、中古和近古三个阶段，即将二分法的中古时期再分为中古和近古两个阶段。本书倾向于三分法，即将古代东方文学分为上古、中古、近古三个历史时期。主要依据一是世界文学史的分期。世界历史一般以社会历史进程为依据进行分期，由于西方历史一脉相承且有鲜明的时代性，比较容易划分：罗马帝国灭亡之前为上古，罗马帝国灭亡到文艺复兴之前为中古，文艺复兴到17世纪资产阶级革命和工业革命为近古。文学史一般是与历史发展同步的，所以一般欧洲文学史或欧美文学史著作和教材都根据这样的社会历史进程进行分期。东方历史文化具有多元性和特殊性，与西方并不同步，但也不可能完全脱离世界大势。二是比较研究的需要。东方文化与文学是相对于西方文化与文学而言的，东方文学史采用与西方大致相近的历史分期，不仅是从众，而且便于进行比较研究。三是尊重东方文化与文学发展的历史实际。古代东方文化与文学发展史，基本经历了勃兴、辉煌、演变三个历史阶段，这些阶段与世界历史发展不尽相同而又不无联系。

由于东方历史文化的多元性，断代问题更为复杂。我们认为东方文化与文学史断代应考虑以下因素：一是中国因素。东方文学是包括中国文学在内的大东方文学，而中国是一直没有中断的东方文明。中国文化文学虽然接受了一些外来影响，但没有受到大的冲击，其演进发展基本上是遵循自身规律，所以，断代应该重点考虑中国的历史情况。二是地区文化整合因素。东方三大文化圈主体文化先进行内部整合，再向周边扩散形成文化圈，前者主要发生在上古时期，后者完成在中古时期。三是社会历史进程，即奴隶社会、封建社会、资本主义萌芽等因素。四是文学现象和文学发展状况。根据以上因素，东方文化与文学上古和中古的分界基本确定为公元4世纪，此时中国的两晋，印度的笈多王朝，波斯的萨珊王朝都是社会相对稳定、经济发展、文化繁荣。特别是公元4世纪封建社会制度在东方基本确立，与西方历史相比，有所超前而又差距不是太大。中古和近古的分界基本确定为公元15世纪。一般认为，中国大约在明中叶出现了资本主义萌芽，社会出现了明显的转轨现象，文化方面也有明显的嬗变。稍后，日本进入町人时代。世界范围看，早期的西学东渐也开始于15世纪。从文学发展看，15世纪前后，许多东方民族文学的语言和文体发生了重要的变化。

基于以上分期和断代，本章主要讨论公元4世纪至公元14世纪期间的东方文学现象及其文化底蕴。

一　文化背景

由于东方文明的早熟和率先进入封建社会，中古东方成为世界文明的先进地区，创造了人类文明史上的光辉篇章。中古东方文化的发达以及其间各种文化因素的互动与融合，对中古东方文学的发展产生了直接的影响。

首先，中古东方文学是在中古东方文化的自我演进过程中产生和发展的。中古东方文化经历了漫长而复杂的发展演进过程。中古前期（4—9世纪）东方文化处于上升阶段，表现出巨大的创造力，形成东方文化的黄金时代。此时中国出现了辉煌的盛唐文化。日本经过7世纪的大化革新，全方位学习中国，社会文化出现跃进性发展。印度正值古典时期，印度教形成，各种经书、法典及“往世书”问世，同时大乘佛教活跃并大规模向外传播。阿拉伯地区伊斯兰教兴起，阿拉伯人在大规模开疆拓土的同时大规模吸收其他民族的文化成果，出现了8—9世纪的“百年翻译运动”，麦蒙哈里发时的“智慧宫”是当时世界上规模最大的综合性学术机构。中古后期（10—14世纪）东方文化进入繁荣和鼎盛阶段。各国都在民族文化深沉厚积的基础上出现了文化繁荣，众多的哲学派别和学术中心纷纷涌现，大量经典著作产生或定型，并且出现了思想文化集大成者和包罗万象的思想理论体系，如中国的程朱理学，印度的吠檀多哲学，西亚的阿维森纳哲学等。以此为核心，形成博大精深的文化体系，标志着东方文化的发达和恢宏。中古东方文学正是这样的东方文化发展演进的产物。

其次，中古东方文学是随着东方三大文化圈的形成而产生和发展的。东方封建社会初期，在几个发达强盛的古老文明带动之下，经过地区内各民族文化的交融互动，形成了三大文化圈。其中中国文化向周边的朝鲜、日本、越南和东南亚地区各国扩散，形成以中国文化为中心的东亚文化圈。东亚文化圈形成始于公元前后的汉代，其标志是朝鲜半岛和越南等周边国家开始接受汉文化。公元8世纪前后即中国盛唐时期，东亚文化圈基本形成，其标志是日本大规模吸收中国文化。日本在公元5世纪以前仍处于原始氏族社会，其最初的开化是通过朝鲜半岛接受了汉文化的影响。公元7世纪日本大化革新确定了全方位学习中国的政策，其后连续大规模派遣"遣隋使"、"遣唐使"和留学生，从物质方面的生产方式、建筑、服饰风格，到社会政治方面的典章制度，到精神领域的哲学文艺，进行全面的学习和模仿。这种学习使日本的社会和文化产生了跃进性发展，其在学习模仿基础上的变异和创造，也为东亚文化圈增添了新的活力。印度文化向周边的南亚和东南亚各国扩散，形成以印度文化为中心的南亚文化圈。南亚文化圈的形成开始于阿育王时期的孔雀王朝，据说在佛典第三次结集之后，阿育王曾派遣僧团分九路到周边国家传教。笈多王朝时期（公元4—6世纪），随着印度教的形成和发展以及佛教的对外传播，南亚文化圈基本形成，其标志是南亚和东南亚的许多国家都确立佛教或印度教作为自己的主流意识形态。西亚北非文化圈情况比较复杂，一是具有多中心的特点，上古时期，这里产生了古埃及、古巴比伦、古希伯来和古波斯四大文明。后起的阿拉伯伊斯兰文化，对四种文明都有所继承。二是东西方文化的交汇。这里是东西方文化的结合部，公元前2世纪开始的希腊化是东方人接受西方影响的第一次高潮，其后在罗马帝国强盛时期，整个中东和小亚细亚都在罗马帝国的统治之下，基督教在罗马帝国境内的中东形成。西罗马帝国于公元476年灭亡后，东罗马帝国（拜占庭）继续生存了一千年，参与了西亚北非文化的交流和互动。阿拉伯帝国强盛时期，版图扩大到欧洲，形成横跨欧亚非三大洲的大帝国，也是这一地区东西方文化交汇的一个重要条件。三是阿拉伯帝国的形成。公元7世纪伊斯兰教创立之前，阿拉伯半岛还是一盘散沙。伊斯兰教创立后，阿拉伯人有了统一的意识形态，很快建立起一个横跨欧亚非三大洲的大帝国。在文化方面，阿拉伯人一方面继承该地区闪含民族创造的传统文化，另一方面广泛吸纳包括波斯、印度、希腊、罗马等周边地区的先进文化，经过了一个多世纪的学习模仿融会整合，到公元10世纪前后出现文化繁荣局面，在人类文化发展史上起了承前启后、贯通东西的作用。西亚北非地区虽然很早就出现了不同文化的交流与融合，但作为一个具有文化一体化特点的文化圈，还是随着阿拉伯帝国的兴起，最终形成以阿拉伯为中心以伊斯兰教为标志的西亚北非文化圈。东方三大文化圈的形成使东方文化由古代时期民族性地方性的文化发展为中古时期具有国际性的地区文化。由于三大文化圈在地缘，传承和文化思想方面的独立性，形成中古东方文化与文学鲜明的地区性，即不同地区的文学在内容形式和审美情趣方面都表现出很大差异。

其三，中古东方文学又是东方各种文化交流与融合的产物。东方三大文化圈都不是在孤立封闭的状态中自我生长，而是在更广泛的文化交流中不断发展的。中古时期东方有过数次大规模的地区间文化交流。一是佛教的东传，使南亚和东亚两大文化圈相贯通；二是阿拉伯文化圈的形成本身，融汇了巴比伦、希伯来、古埃及、古希腊、古罗马、波斯和印度诸大文明，起到了承前启后，贯通东西的文化交流作用；三是伊斯兰教的南传和东传，使西亚和南亚两大文化圈相贯通。另外，三大文化圈的互动也形成了一些边缘交叉地带，主要有东南亚、西域中亚、小亚细亚和黑非洲。由于上述各种文化的交流与融合，加之东方社会共同的生产方式的制约，使中古东方文化具有统一性，在此基础上，中古东方文学也具有深刻的一致性。

其四，中古东方文学是在东方文化多元互补，多重并存，多层互动的格局中产生和发展的。中古东方文化不仅有三大文化圈之别，而且在文化圈内部亦有多种文化的矛盾对立和互动互补。这种对立统一表现在许多方面。第一是文化主体的独尊一统与多元互补。东亚地区以儒家文化为主体，同时儒家、道家、佛家、法家、兵家等多元互补；南亚地区以印度教文化为主体，同时印度教、佛教、耆那教、伊斯兰教等多元互补；西亚北非地区以伊斯兰文化为主体，同时伊斯兰教、拜火教、犹太教、基督教等多元互补。第二是文化形态的多重并存。中古东方各国文化都具有多重性，一般是既有本土文化，又有外来文化；既有传统文化，又有新兴文化；既有贵族文化，又有平民文化；既有官方文化，又有民间文化；既有宗教文化，又有世俗文化；既有高雅文化，又有通俗文化。各种文化形态、文化群体和文化现象既纷然杂陈又互相交融，表现了中古东方文化的丰富多彩。第三是文化思想方面的矛盾和互动。这种矛盾互动也表现在不同层面。一是中古东方三大文化之间的交流碰撞。二是东方各国多重文化之间也都存在着矛盾对立关系，彼此既斗争又融合。比如宗教文化与世俗文化之间有互相依存的一面，封建统治阶级要利用宗教作为精神支柱，宗教僧侣又要依靠封建统治阶级的扶持，但王权与教权，世俗地主与僧侣地主之间也有利益之争。三是某一主体文化内部，也存在着复杂的矛盾方面。每一宗教内部都有主流派和非主流派、正统派和非正统派之间的斗争。四是在主流和正统文化之外，存在着各种异端文化现象。比如在宗教思想的严密控制之下，仍出现了许多具有怀疑主义精神的思想家和文学家；在封建道学占统治地位的文化氛围中，也有一些离经叛道的学者和思想家。这种否定和叛逆精神在中古东方文化中虽然比较薄弱，不占主流，但却是其思想精华之所在。正是这种多元文化的并存互补和矛盾互动，推动东方文化不断发展，使中古东方文化与文学丰富多彩、博大精深而又生生不息。

二 思想蕴含

尽管中古东方文学多元多重，各地区各国家各民族文学千差万别，但由于东方社会文化的统一性，使中古东方文学形成了许多具有普遍意义的文学现象。

第一是宗教文学与反宗教文学的斗争。东方自古宗教发达，世界诸大宗教都源于东方。经过不断发展演化，到中古时期，宗教成为东方各国占统治地位的意识形态，也是各民族文化思想的核心，因此，东方各国的宗教文学也比较发达。与中世纪欧洲不同的是，东方各国大都是多种宗教并存，因而其宗教文学也显得丰富多彩。一方面，各宗教教派的经典本身都是文学作品，而且往往是各民族文学的奠基之作。当然，这些宗教经典都不是纯文学，而属于文史哲神统一的大文学范畴。另一方面，在宗教思想支配下产生了大量的以宣传宗教思想为宗旨的宗教文学。其中成就较高影响较大的有佛教文学、印度教文学和伊斯兰教苏非文学。然而就是在这样的宗教思想占统治地位，宗教文学发达流行的情况下，也出现了许多反宗教的文学现象。一是大量的世俗文学的存在，包括宫廷贵族文学、非宗教的文人创作和世俗的民间文学；二是在宗教思想统治的地方出现了一些对宗教持怀疑和否定态度的诗人，如阿拉伯的艾布·努瓦斯和麦阿里，波斯的海亚姆，印度的格比尔达斯等。艾布·努瓦斯追求个性解放和个人自由，反对宗教禁欲主义，主张尽情享乐。他写过各类题材的诗，但以饮酒诗最为人称道。麦阿里是一位哲学诗人，他通过理性思考对天堂地狱等宗教观念提出怀疑，从而在诗歌中把讽刺的矛头直指宗教。欧玛尔·海亚姆是一位享誉世界的大诗人，他基于科学探索精神和哲理思考，对于已有宗教定论的宇宙形成、人类的存在以及人生的意义等问题重新思考。在他的鲁拜诗集中，他对宗教教义、教长甚至真主都大胆予以讽刺，同时与宗教禁欲主义针锋相对，主张及时行乐的享乐主义。格比尔达斯虽然被其追随者奉为教主，但其思想的基本精神是反宗教的。宗教文学和非宗教文学在思想内容和艺术表现方面都有显著不同。其一是在对待现实世界的态度方面，各种宗教文学虽然具体教义和思想有别，但都表现出否定和超越现实，追求无限和永恒的思想倾向。将现实世界或视为虚幻不真，或看作有限短暂，从而向往和追求无限自由的永恒境界。非宗教文学具体思想虽千差万别，但大都肯定现实世界的真实性，从而否定虚无缥缈的天堂佛国。虽然二者都有否定和不满现实的批判倾向，但宗教文学对现实的否定出于笼统而抽象的人类悲剧意识，而不是出于对社会阶级关系的分析，从而消解了社会批判意义；其对理想世界的超越和追求带有虚幻性，不是引导人们积极改造世界干预生活，而是耽于幻想，逃避现实。反宗教文学对现实的批判不仅更彻底更深刻，而且大都立足于改造现实，因而更有积极意义。其二是人生观方面，各种宗教文学的共同特点是禁欲主义和来世主义。这是与对现实世界的否定相联系的，即认为短暂有限的现世人生是为永恒无限的来世做准备的，因而在现世生活中应该克己禁欲，与世无争。反宗教文学则针锋相对，主张现世主义和享乐主义。他们不相信什么来世天堂，认为既然人生苦短，应该及时行乐。这种享乐主义虽然也有消极意义，但对占统治地位的宗教意识形态是一个有力冲击。其三是在表现方式上，宗教文学基于幻想，强调感悟，往往表现出神秘主义色彩。反宗教文学基于理性，强调思考，往往表现出哲理情调。

第二是正统封建文学与非正统的民主文学的对立。正统封建文学包括封建帝王控制和扶持的宫廷文学，对封建思想观念认同而自觉维护封建社会秩序的文人创作以及一些与封建社会相适应的宗教文学。在中古东方，封建王朝都重视利用文学歌功颂德粉饰太平，王室是文学的重要支持者、赞助者和参与者。许多著名作家曾是宫廷诗人，如迦梨陀娑是印度笈多王朝超日王的宫廷九宝之一，紫式部是皇后藤原彰子的宫廷女官，其他如泰国的昭披耶帕康、顺吞蒲，印尼的恩蒲·甘瓦，缅甸的吴邦雅，朝鲜的李奎报、李齐贤等，都是经常出入宫廷的著名诗人。当然，许多出入宫廷的作家也写出了同情人民不幸、揭露贵族丑恶的具有民主性的作品，但总体上看，他们是封建正统文学的代表。他们身在庙堂，有些作家即使批判现实，也是意在补天，有利于维护封建秩序。他们和那些虽身居江湖而不忘君忧的封建文人，以及那些宣扬君权神授、善恶报应、祸福前定、忍耐顺从的宗教文学，共同构成封建社会文学的正统派。非正统的民主文学包括封建营垒内部的叛逆者和异端分子，具有民主思想敢于冒犯神圣权威的文人作家，以及新兴的市民文学等。阿拉伯民间故事集《一千零一夜》中，也有许多表现商人市民生活和思想情趣的作品。封建正统文学和民主文学的对立表现在许多方面。一是在文学观念上，封建正统文学突出文学载道教化劝善惩恶的功能。民主文学突出文学的干预生活和言志抒情功能，强调富有个性的真情实感的表现。二是在具体文学创作中，正统封建文学大都充满了伦理道德的说教，有的以善有善报恶有恶报的故事内容来劝善惩恶，有的鼓吹安分守己乐天知命无欲无争的人生态度，有的通过对道德君子、贞妇烈女等正面形象的赞扬和对不忠不孝背信弃义的反面人物的谴责来表现道德理想。民主文学的思想倾向主要是揭露现实生活中的不平等，激发反抗精神，以及市民文学所表现的对现世幸福的追求、发财致富的欲望、对冒险精神的赞赏，以及对大神国王等僧俗权威的否定，等等。三是在处理个体与群体、个人与社会的关系方面。个体与群体、个人与社会无论在现实生活中还是在文学创作中都具有对立统一关系，而伦理道德往往是群体意志和社会秩序的体现。在处理二者矛盾时，封建正统文学比较强调群体利益和社会秩序而表现出对自我与个性的压抑。民主文学则能反映社会对个人的压抑，表现个人对社会的反抗。许多作家以描写青年男女对爱情自由的追求来表现对封建伦理道德的反叛和对封建社会秩序的冲击。当然，有的作品结局往往是或者压抑得到缓解，或者反抗者受招安，或者出现开明的救助者，总之是通过调整使个人与社会复归统一。这是中古东方民主文学的时代局限。

第三是文人文学与民间文学的互动。中古是东方文学的古典时期，古典时代是以文学的自觉为前提，而文学的自觉往往以文人个人创作的成熟为标志。从总体上说，中古东方文学是以文人创作为主体和主导的，但同时东方各国民间文学也很发达。许多国家以民间文学作品代表本民族文学的最高成就，如阿拉伯的民间故事集《一千零一夜》和《昂泰拉传奇》，朝鲜的传奇小说《春香传》，泰国的长篇叙事诗《昆昌与昆平》，印尼的传奇小说《杭·杜亚传》，土耳其民族史诗《乌古斯》，亚美尼亚民族史诗《萨逊的大卫》，等等。非洲中古文学更是以有典无册的民间口头文学为主体。由此形成了中古东方文学中民间文学与文人文学平分秋色的局面。文人文学与民间文学在思想内容和艺术表现方面都有很大不同。在思想方面，虽然文人作家中不乏民主人士和封建叛逆者，民间文学中也有对封建正统思想的接受和认同，但从总体上看，文人文学较多代表统治阶级的意志，民间文学更能表现民众的思想。在艺术表现方面差异更为明显，前者高雅后者通俗，前者精致后者粗糙，前者华丽后者质朴，前者格式严整后者自由活泼。文人文学和民间文学虽然差异明显，但却不是那么泾渭分明截然对立，而是表现为一种互动互补和互相依存的关系。一方面，许多文人创作善于从民间文学中取材并汲取艺术营养；另一方面，许多民间文学作品是经文人之手加工整理而定型，如《一千零一夜》即是10世纪中叶由阿拉伯作家海哲雅尔召集许多民间艺人，将他们所说的优美故事记录整理初步成型。[①] 泰国的几部大型民间文学作品，包括长篇叙事诗《昆昌与昆平》、诗剧《拉玛坚》和《伊瑙》等，都是由国王召集宫廷诗人集体整理编定的。此外，一些新的题材内容和新的艺术形式和表述方式，往往先在民间文学中萌芽和成长，然后被文人作家汲取采用，加以改造加工，使之成熟完善，同时也使之定型和凝固，然后再出现新的一轮循环，从而推动文学不断发展更新。

三 艺术表现

由于共同的社会文化基础的作用和普遍的文学现象的存在，中古东方文学在艺术表现和审美追求方面也必然有许多一致和相似的特点。这既是

① 参阅刘守华《〈一千零一夜〉与中国民间故事》，见张隆溪、温儒敏编选《比较文学论文集》，北京大学出版社1984年版。

东方文学统一性的体现，也是中古东方文学区别于中世纪欧洲文学的独特个性的表现。

第一，在思维和表现方式方面，中古东方文学以非理性为主导。理性和非理性是人类文化思想中一组具有永恒性的二元对立。每个民族每一时代的文化哲学中都存在着理性与非理性的对立统一。二者在各自充分发展基础上的平衡，是人类文化健康发展的标志。然而理性与非理性的矛盾运动使其大多处于不平衡状态，而且在不同时代和不同民族那里有着不同的表现。在中古东方，虽然各国情况不尽相同，但基本上都以非理性为主导。主要表现为宗教这种以非理性为基础的意识形态的发达，在此基础上，东方哲学思维方式突出直观感悟和模糊综合；认识方式较多经验主义和传统主义，较少理智的思考，客观的分析和逻辑的思辨。文学批评也以感受式点评和经验主义的体悟为主。在文学的审美追求中，这种非理性主要表现是主观内省精神较强。东方作家大都不把文学作为认识和把握外部客观世界的手段，而表现出内向化特点。这种内向化主要是以自我表现、自我观照、自我认知为基本内含的内省精神。在具体创作中表现为，不注重对客观事物的真实再现和事物客观规律的深刻揭示，而以真情实感的抒发体现文学对真的追求，从而更关注个人的内在体验。在创作方法方面，这种非理性一是表现为魔幻色彩和神秘主义。在叙事性文学中常以神仙魔怪为主要角色。他们神通广大，变幻无穷，超越时空。加之环境虚无缥缈，情节离奇怪诞，从而形成魔幻色彩。其诗歌类作品一般多用象征寓言式的表现手法，或追求对神秘境界的直觉感悟，或将世俗的男女之爱升华为人神关系的表现，从而形成局外人难以理解的神秘主义。二是表现为传奇色彩和浪漫主义。这种浪漫传奇色彩主要在非宗教性文学中有所表现。在民间故事和传奇小说中，角色大都是非同寻常的人物，包括帝王将相、才子佳人、绿林好汉、传奇英雄等，他们往往具有非同寻常的性格和力量，也同样具有非同寻常的经历和遭遇，从而形成浪漫传奇色彩。在诗歌类抒情性作品中，这种浪漫主义主要表现为想象的丰富奇特、思想的超然洒脱、情感的豪迈激越等。三是表现为象征主义。这在诗歌和戏剧作品中比较常见。中古东方诗歌中短小凝练的作品尤其丰富，创作中大都追求情景交融的象征意象，由此在短小的形式中容纳比较丰富的意义内涵。中古东方戏剧也具有象征性，其程式、脸谱以及舞台动作等都具有一定的象征意义。在印度还有一种将思想概念人物化的标准的象征剧。①

第二，在人物形象塑造方面，中古东方文学中形成了一些特定类型。男性形象主要是道德君子和忠勇之士，如波斯诗人菲尔多西的《王书》中塑造的以鲁斯坦姆为代表的一批忠勇之士，以及民间长篇传奇小说《义士萨马克》中的主人公，都是伊朗千古流传的英雄形象。另外阿拉伯的《昂泰拉传奇》中的昂泰拉，豪侠英勇，仗义疏财，忠于爱情，其英雄事迹历代传诵。女性形象中有忍辱负重和富有自我牺牲精神的贤妻良母，如悉多、沙恭达罗、紫姬等；有大胆追求爱情自由，敢于反抗社会压迫的叛逆女性，如蕾丽、春香等；有深受压迫和欺凌，遭受不幸命运的弱女子，如夕颜、空蝉等。这些妇女形象既揭示了父系文化传统下女性的被压迫地位和不幸命运，也体现了东方传统女性美的理想。以上各类形象都体现了东方文化以伦理为中心的道德观，其中有必须批判的封建道德因素，也有值得继承的东方传统美德。

第三，在文学体式方面，中古东方文学表现得多姿多彩。各民族都有自己独特的文学样式，其中许多形式又体现了东方文学的普遍性和统一性。从诗歌一类文体来看，各民族文学都有一个从民歌形式到文人诗歌的发展过程，同时各民族诗歌都根据本民族语言特点创造出自己独特的诗体，如日本的和歌、俳谐，印度的大诗、偈颂，泰国的格仑诗，波斯的鲁拜诗，印尼的板顿和沙依尔，朝鲜的时调和歌辞，越南的六八诗体，等等。这些诗体都与一定的韵律格式相联系，基本都是韵律严谨的格律诗。从戏剧文体方面看，各国都有自己的民族戏剧形式和传统。东方戏剧文学虽然起源很早，但成型大都在中古时期。如中国戏剧起源于先秦时代的俳优，成型于唐宋（以唐参军戏和宋南戏为标志），发达于元代。印度戏剧起源于公元前4世纪波你尼时代的戏笑伎人，成型于公元前后（现存最早的作品是佛教剧），发达于公元5世纪前后的古典时代。与欧洲古希腊戏剧不同，东方戏剧不是来自严肃的宗教祭奠活动，而是来自娱乐性的表演活动，因此不同于古希腊的以悲剧为主，东方戏剧是以喜剧和正剧（悲喜剧）为主。中古东方戏剧文学主要在东亚和南亚地区发达，各成体系并互相影响，因而也表现出一些共同特点，包括表演程式化，角色定型，唱白

① 参阅金克木《概念的人物化——介绍古代印度的一种戏剧类型》，见金克木《印度文化论集》，中国社会科学出版社1983年版。

相间，以及结局大团圆等。从散文体叙事性文学（包括民间故事和传奇小说）方面看，中古东方各国也表现出一些共同特点。第一，各国都是由简单质朴的民间故事逐渐发展出复杂的长篇传奇小说，其间的大转折基本在10世纪前后。第二，东方长篇传奇的出现有许多因素的影响。一是城市的兴起和经济的发达，不仅使长篇小说的产生有了物质基础，而且具有了更广大的受众阶层，从而促进了传奇小说的产生和发展。二是民间说唱艺术的繁荣。一方面，说唱艺术的铺排和渲染使故事叙述和人物描写向细致和精密发展，为小说的发展奠定了基础；另一方面，说唱艺人经过不断积累和创造而形成的脚本本身即是传奇小说的经典作品。三是文学交流的作用。比如从印度佛典故事到中国的志怪传奇再到日本的物语文学，其间有明显的影响轨迹可循，而且表现出后来居上不断发展的趋势。另外从印度到波斯再到阿拉伯的故事集，也有明显的流传过程，其间也有不断发展的趋势。如著名的阿拉伯民间故事集《一千零一夜》的雏形《一千个故事》源于印度，公元6世纪由梵文译成波斯文，公元8世纪译成阿拉伯文。另一个著名故事集《卡里来与笛木乃》是印度故事集《五卷书》的翻译改写，也是先由梵文译成波斯文，再由伊本·穆格法改写为阿拉伯文。第三，在文体形式和表述方式上，东方散文叙事文学也形成了一些共同特点。一是故事中套故事的结构形式。这种框架式结构首先在古代印度形成，印度故事集《五卷书》、《故事海》、《佛本生经》以及大史诗《摩诃婆罗多》，都是采用框架式结构。中古时期，通过佛经翻译和民间故事流传分别向东亚和西亚传播，并辗转影响欧洲文学。二是韵散结合的叙述方式。这种方式一方面是说唱文学影响的结果，另一方面也有各国文学互相影响的因素。

另外，与东方古代文学一脉相承，中古东方文学还有强烈的道德意识，和谐的审美追求，自然山水情趣以及表现型文学的发达等特点。[①] 这些特点上文已有较多论述，此处从略。

---

① 参见本书下篇第一章《古代东方文学的多元性与统一性》。

第三章

文化演进与近古东方文学嬗变

15—18 世纪，是东方社会从中世纪到近代的过渡时期，可以称为近古时期。本时期东方社会文化发生了明显的变化。在生产方式和社会形态方面，工商业城市发展和市民阶层出现，资本主义的萌芽比较明显。在文化思想领域也发生了深刻的演变，这种演变有几种情况：一是正统文化的衰落。一方面，经过千百年的自然发展，东方文化出现模式化和定型化。文化模式的形成虽然标志着文化的成熟和发达，但同时也容易形成定式，出现僵化和停滞。15 世纪以后，东方各国程度不同地出现了文化僵化现象，创造力明显减退。另一方面，由于社会动乱，特别是一些生产方式和社会进程落后的游牧民族进攻并入主发达地区，造成生产力破坏和社会发展进程倒退。在这种情况下，文化也相应遭受破坏，从而出现衰落和停滞。一些老的文化中心的衰落主要是这种人为破坏的结果。二是异端文化的上升。一些相对稳定的地区，出现了以宗教改革和市民文化为标志的思想反叛浪潮，在文学领域出现了大量反映市民生活和思想情趣的作家作品。这是东方文化本身的自然演进，是一种文化转型现象。三是西方文化的进入。随着西方国家的逐渐强盛，传教士和商人纷纷东来，带来西方的思想文化和科学技术，形成早期的西学东渐。同时欧洲列强开始了对东方的殖民入侵，一些东方国家先后沦为殖民地半殖民地，文化也逐渐殖民化。总之，15—18 世纪的近古时期，东方主要国家都在进行走出中世纪的尝试，悄然发生着不同寻常的变化。对于这种变化的程度和性质学术界有不同的看法。我们认为，这是东方文化自身不断演进的结果，是东方文化走出中世纪走向近代化的准备，是东方文化第二次大转折的开始。这种转折的初始阶段是非常缓慢的，但却是弥足珍贵的。

一　思想反叛浪潮

文化演进以反叛旧思想为基本特征。在印度，14—16 世纪发生了全国性的宗教改革运动，主要是印度教的虔诚运动。这是印度历史上又一次重要的思想反叛浪潮。10 世纪前后，随着穆斯林王朝的建立，伊斯兰教在印度大规模传播，对印度教形成冲击和挑战。面对外部的强大压力和内部的深刻危机，一些有识之士开始发起印度教改革运动。15 世纪初罗摩难陀和瓦勒帕相继成为虔诚运动强有力的领导者和推动者，他们分别倡导虔诚膜拜大神毗湿奴的化身罗摩和黑天。他们继承和发挥了罗摩奴阇的宗教哲学思想和虔诚方法，认为个体灵魂通过虔诚或爱可以与神结合，从而实现解脱的目的；主张各宗教和教派之间平等，提倡同一宗教内部一视同仁，消除种姓歧视，不可接触者也有膜拜大神的权利，但并不主张取消种姓制度。虔诚运动很快又向印度东部孟加拉等地区发展，出现了阇多尼耶等宗教改革运动领袖。阇多尼耶以歌唱孟加拉语虔诚诗人钱迪达斯和维德亚伯迪创作的关于黑天的情诗和颂诗的方式，巡游各地，宣传不分种姓虔诚拜神的思想。在西北印度的旁遮普地区，那纳克等宗教改革大师接受伊斯兰教苏非派的影响，主张虔诚崇拜无形的神明，成为锡克教的开山祖师。于是，虔诚运动逐渐发展成为全印度范围的印度教改革运动。虔诚运动顺应了印度教内部改革的时代要求，深受下层印度教徒的欢迎，很快形成一股强大的全国性的社会文化思潮。虔诚运动是一场针对传统印度教思想统治的一种思想反叛浪潮。

中国明朝于 14 世纪中叶建立，随着社会的稳定、经济的发展，到明中叶以后出现了社会转轨现象。如果将儒家看作是中国的传统宗教，那么明代的陆王心学便是中国儒教的改革运动。心学是对程朱理学的反拨。理学认为理是宇宙本体，具有先验性和绝对性，现实的伦理纲常和封建秩序都是理的具体表现，个人对这种理性本体只有无条件认同和服从，进而提出“存天理，灭人欲”的主张。程朱理学代表儒学的第二次复兴，是汲取释、道二家思想基础上的儒家思想集大成，成为儒教的思想核心，从南宋到明初，一直处于儒家正宗和学术正统地位。陆王心学的开创者是宋代的陆九渊（1139—1193），他与理学大师朱熹同时，曾与朱熹论辩。他反对程朱理学的道器二分及“天理”与“人欲”的对立，在与朱熹的论辩中建立起心理同一的“心本论”思想。明中叶王阳明（1472—1528）倡导心学，至明末风行于世，压倒了程朱理学。心学以“心”为本体，充分肯定人的主体性和能动性，进而提出“心即理”、“心外无理”、“致良知”等命题，强调以心，即内在的良知，作为判断是非善恶的标准，即使儒家圣贤和经典亦须经受心的权衡和评判，认为“求之于心而非也，虽其言之出于孔子，不敢以为是也，而况未及孔子者乎？求之于心而是，虽其言之出于庸常，不敢以为非也，而况其出于孔子者乎？”① 陆王心学由王阳明的弟子王畿和王艮的传播而发扬光大，尤其是王艮创立的泰州学派，进一步发挥了王学中的异端因子，大倡自然之心和纯真之性，并提出“百姓日用即道”的命题，从而肯定了人欲的合理性。泰州学派的传人李贽走得更远，他的“童心”说将天理和人欲颠倒过来，终于成为儒家思想的叛逆者和近代启蒙思想的先驱者。到明代后期，袁宗道、袁宏道和袁中道发挥心学又结合佛学，提出“性灵说”。这一切构成了中国明中叶到晚明的思想反叛浪潮。

在中国思想界，与儒家心学相呼应的是佛教禅宗的流行。禅宗创立于唐代，但作为中国最大的佛教宗派主要流行于宋元以后，明代佛教各宗派中禅宗最盛，其中尤以临济为最，出现了梵琦、来复、绍琦、慧经、圆澄等著名禅僧。禅宗属于佛教中的改革派，反对传统佛教的烦琐思辨和仪规，主张直指人心、见性成佛。临济派尤其反对传统佛教的出世主义，主张禅耕一致，一日不作，一日不食。禅宗的“人人都有佛性”、“见性成佛”等思想，不仅构成了佛教本身的改革运动，而且直接影响了陆王心学。李贽、袁宏道等具有民主精神的思想家和文人都好禅学，是著名的佛教居士。中国明代佛教禅学与陆王心学的流行及李贽三袁思想的出现，标志着中国文化史上又一次思想反叛浪潮的兴起。

日本于14世纪建立室町幕府，出现了许多“下克上”的社会现象，主要表现为：名义上地位最高的天皇受制于幕府将军，将军又受制于地方武士集团，武士则受制于有钱的大商人。经过一段时间的分裂割据之后，德川家康于17世纪初建立德川幕府，吸取以往地方诸侯在本土坐大，形成割据的教训，将地方豪强都召集到首都江户，使他们脱离自己的封地。为了供应这些武士贵族生活消费，就出现了城下町，即商业区，由此出现

① 王阳明：《传习录》中。

了町人阶层。町人（即市民）不仅具有一定的经济实力，而且在人生观和思想情趣方面也不同于封建武士，成为最活跃的社会力量，由此在思想文化领域也出现了一些新气象。本时期日本佛教以禅宗和净土真宗为主。美国学者贝拉在其《德川宗教：现代日本的文化渊源》一书中将净土真宗看作类似于欧洲基督新教的宗教派别，认为其伦理与新教伦理最为相近，因为真宗将劳动职业提高到一种神圣义务的程度，强调勤奋、节制，主张士农工商均要先关注其家职；真宗还把利润列为利他所得，将义务与所得调和起来，从而提高工商业者的地位；主张利他心即菩萨心，故工商业即菩萨行，因为工商旨在利他，即自利利他的圆满功德。[①] 这可以说是日本佛教适应町人阶级的兴起而进行的宗教改革。在儒教方面，程朱理学是德川幕府初期的正统思想，封建统治的精神支柱，倡导者和代表人物是林罗山（1583—1657）。其后，先有荻生徂徕（1666—1728）从人的“作为”即能动性方面批判林罗山的朱子学，后有石田梅岩（1658—1748）提倡心学。石田的心学不同于王阳明的心学，而是受易经、孟子等的天人合一和养气思想影响，倡导通过静坐的方法，以及献身于义务与职业，达到消除利己之心而获得本心，因此石田的心学运动更具有宗教改革的性质。石田反对遁世冥想，只要求余暇时在堂后静坐，而真正重要的是每天献身工作，实行勤俭节约。石田还倡导“四民一理”，认为士农工商皆为帝国之臣，从而提高商人的地位。其后继者大多出身町人阶层，如手岛堵庵、胁坂义堂等，前者著有《町人的身体改造》，后者著有《赚钱的传授》、《致福的神的传授》等，心学因此成为町人之学。[②]

中国、印度和日本的思想反叛浪潮具有基本相同的社会基础和时代背景，因此也具有基本相同的性质特点。第一，这样的宗教改革或思想反叛是东方文化自发性的自我演变。这种演变是东方传统文化和近代文化之间的过渡，其方式和方向体现了东方文化自身的运动规律，也决定了东方文化未来发展的方向和模式。这一方向不是别的，就是理性化、人性化和现实化。第二，这种思想反叛虽然还不具备近代启蒙运动的性质，但为东方近代启蒙运动作了思想文化方面的准备。第三，宗教改革和思想反叛具有

① 贝拉：《德川宗教：现代日本的文化渊源》，王晓山、戴茸译，生活·读书·新知三联书店1998年版，第147页。

② 参阅永田广志《日本哲学思想史》，陈应年等译，商务印书馆1983年版，第169页。

开放性，不管是出于主动还是被迫，东方各宗教改革派都有对异质文化的吸收，如印度教虔诚运动对伊斯兰教思想的吸收，中国陆王心学对佛教思想的吸收。这样的东方文化范围内不同文化的交流与融合，培养了自身的开放性，有利于新思想的传播，而且为更大规模、更深层次的东西方文化交流作了准备。

就在亚洲发生思想反叛浪潮的同时，在欧洲发生了更深刻、更大规模的思想反叛运动，这就是欧洲的文艺复兴和宗教改革。文艺复兴是欧洲新兴资产阶级反封建、反教会的一场思想文化运动，是对中世纪近千年基督教正统思想的反叛。如果说文艺复兴是发生在宗教外部世俗领域的思想反叛浪潮，那么，宗教改革就是在文艺复兴的刺激之下，发生于基督教内部的思想反叛浪潮。东西方的思想反叛浪潮有许多相似之处，也有一些根本性的差异。其相似之处主要表现在以下几个方面：其一，相似的社会和文化背景，包括作为社会基础的市民阶层的形成和作为文化动力的异质文化的冲击与挑战。欧洲文艺复兴和宗教改革发生时期，资本主义已有长足的发展，市民阶层的力量已逐渐强大，要求改革传统宗教以适应本阶级的需要。文艺复兴是古希腊文化的重新发现，具有人文主义性质的古希腊文化与统治欧洲近千年的基督教文化具有明显的异质性。东方宗教改革也具备这两方面的因素。随着社会的稳定、经济的发展，东方各国都出现了一些工商业比较发达的城市，市民阶层逐渐形成，成为推动宗教改革的社会力量。在东方，异质文化的冲击主要表现为东方三大文化圈之间的互动。其二，改革的内容的相似。欧洲宗教改革的一个核心命题是“信仰得救”，其中包含几个方面的内容。一是平等观念，即在上帝面前人人平等，只要信仰上帝，没有高低贵贱之分。印度教虔诚运动也强调在大神面前人人平等。二是人的自我本体的确立。信仰得救是强调个人的主体性和宗教的内在性。东方宗教改革或者强调通过虔诚和爱实现与神合一，或者强调自性是佛、见性成佛，或者强调心即理、心外无理，都是对个人的自我本体性和主观能动性的张扬。三是摆脱繁琐的教义教规，取消大量的中介，个人直接和最高存在者对话交流。伊斯兰教苏非派、印度教虔诚派、佛教禅宗和儒家心学走的都是简化仪式，减少中介，直接面对最高存在、体悟终极真理之路。其三，世俗化倾向方面的一致性。欧洲宗教改革的世俗化主要表现为对发财致富行为和勤奋节俭道德的肯定。东方的思想反叛浪潮也有世俗化倾向。佛教原本是一个出世离欲的宗教，经过改革，佛教禅宗临济派提倡一日不作一日不食，日本净土真宗将工商业视为自利利他的菩萨行，表现出较强的入世性和世俗化。此外，中国泰州学派对人欲的肯定，日本的石田心学对勤俭节约和献身工作的倡导等，也都是东方思想反叛浪潮世俗化的表现。

当然，由于历史机遇、时代发展进程和文化传统的不同，东西方的思想反叛浪潮也存在深刻的差异。第一，阶级基础不同。欧洲文艺复兴和宗教改革是适应新兴资产阶级的需要而兴起的，阶级力量强大，社会基础雄厚。而在东方各国，当时只有资本主义萌芽，还没有新兴的资产阶级，只有前资产阶级的市民阶层作为宗教改革的社会基础。阶级基础的薄弱决定了16世纪前后的东方思想反叛浪潮还不具备近代化转折的意义，这是东西方思想反叛浪潮在性质上的根本区别。第二，东西方宗教改革有内向和外向的深刻差异。虽然二者都有对个人的主体性和能动性的确立，但东西方宗教改革走的却是相反的路径。印度教的虔诚、伊斯兰教的泛爱、佛教禅宗的明心见性、儒家心学的致良知等，都强调内心，强调知而忽视行。而且其中的知不是对外部世界的认识，不是对客观真理的知识追求，而是道德伦理的所谓良知。西方基督新教也有信仰得救等注重个人心性的一面，但更重视人的外部行为，包括对世界的认识、探求和开拓，对随之而来的海外扩展和殖民的鼓励等。道德伦理方面强调日常生活工作中的敬业精神，而不是单纯的心性良知。与此相应的是出世与入世的差别。欧洲宗教改革具有从来世主义向现世主义的转折，主要表现为对发财致富和追求现实幸福的肯定，发财致富不但不是罪孽，而且成为“上帝选民”的标志。东方宗教改革虽然也有从出世到入世的进步，但并没有根本性的转变，尤其西亚和南亚，新的教派仍具有很强的出世性，仍追求离世解脱。东方宗教改革始终没有发展到对追求现世幸福的肯定。第三，东西方思想反叛浪潮的不同还表现在结果方面。与欧洲文艺复兴和宗教改革相比，东方宗教改革没有建立起与传统决裂的强大持久的新教派，没有形成能为全民所接受的新的道德规范，在改革的深度和运动的规模方面都相差甚远。它没有像西方那样建立起适应资本主义发展的新的思想体系和宗教体系，从而推动社会的现代化进程。其结果或者只是昙花一现，不久便沉寂下去；或者是在有限范围的小圈子中自然发展，没有太大的社会影响。因此，东方的宗教改革和思想反叛，总体上说只是一种文化演变，而不是一场文化革命。

二　文学语言嬗变

东方文化的演进带动了文学的嬗变。东方文学的嬗变首先在文学语言层面表现出来。文学是语言的艺术，语言和文字是文学的主要载体，在文学发展的过程中，二者的关系非常微妙。二者本质上应该是统一的，但在现实中常常发生口语和文言分离的现象。一定程度的言文分离标志着文学从朴素走向典雅，是文学发展的结果，是文学发达的标志；但言文分离过分，书面语言脱离了生动活泼的口语，又会使文学走向僵化，从而失去生命力。世界各国文学在长期的发展过程中，都曾经出现言文分离的现象，结果使文学脱离了广大群众，正统的诗文成了知识分子的专有物。这种现象发展到极端，严重影响了文学的发展，到一定的历史阶段，必然产生言文一致的要求。东方文学的前近代时期，就发生了文学语言的嬗变现象。这种现象既是文化演进的结果，也是文化演进在文学领域的表现。

地方语言取代梵语是印度文学语言的重大嬗变。梵语作为文学语言在印度流行了近两千年，孕育产生了许多伟大的作家作品，但由于梵文作为文言长期脱离人民群众的口头语言，逐渐走向僵化，到12世纪以后梵语文学衰落，各地方语言文学兴起。本时期梵语文学虽然还继续存在，但已经没有多大影响，也不可能产生伟大作品了。相反，各地区的方言文学却非常兴盛，产生了许多杰出的作品。其中印地语文学兴起于10世纪前后，11—14世纪产生了一些歌颂抵抗外来入侵的王公的长篇叙事诗，可以称为英雄史诗时期，其中具有代表性的是金德伯勒达伊创作于13世纪的《地王颂》。14—16世纪一般称为虔诚文学时期，出现了大量表现虔诚思想的叙事诗和抒情诗，代表诗人有维德亚伯迪、格比尔达斯、加耶西、苏尔达斯和杜勒西达斯等。与印地语具有相同文化传统和文化背景的孟加拉语、马拉提语、阿萨姆语、古吉拉特语和奥里萨语都是印度北方中部和东部地区的方言。这些语言的文学一般兴起于12世纪前后，14世纪前后进入虔诚文学时期，出现文学繁荣。乌尔都语与印地语属于同一方言，所不同的是，乌尔都语更多地接受了波斯和阿拉伯伊斯兰文化的影响。采用乌尔都语创作的大部分是穆斯林，著名波斯语诗人阿密尔·霍斯陆（1253—1325）用乌尔都语创作了许多抒情诗、叙事诗等作品，被誉为“乌尔都语文学之父”。与乌尔都语一样受到伊斯兰教文化深刻影响的还有信德语、克什米尔语和旁遮普语，这些语言的文学兴起相对较晚，一般开始于13世纪。早期出现了许多表现伊斯兰教苏非思想的作品，虔诚文学时期也出现了文学的繁荣，但这些语言中的虔诚文学不同于印度教的虔诚诗。他们崇拜的不是大神的化身，而是无形的神灵。到15世纪，印度方言文学基本上取代了梵语文学的地位。

印度文学语言发生重大嬗变的原因是多方面的。第一，梵语自身的原因。梵语与口头语言的距离越来越远，其文学作品亦长期脱离广大人民群众，很难具有持久的生命力。第二，公元10世纪以后，一些信奉伊斯兰教的民族先后入侵并统治印度，阿拉伯语、波斯语随着伊斯兰教进入印度。从早期的穆斯林王朝到16世纪建立的莫卧尔帝国，都将波斯语作为宫廷语言和官方语言。这不仅加速了梵语的衰亡过程，而且对印度各地方语言的发展产生了很大的影响。第三，具有全国性全民性的印度教改革运动蓬勃开展，宗教改革家们都面向广大人民群众宣传自己的思想，必须使用人民群众所熟悉的方言俗语，而不是只有文人才能掌握和理解的梵语。他们或者自己创作通俗易懂的文学作品，或者以吟诵俗语诗人作品的方式传播新的宗教思想，从而促进了地方语言文学的发展，相应地加速了梵语文学的衰落。

中国文学的文言与白话之争由来已久。秦汉时期已经出现了言文分离的趋势，其后千余年言文分离愈演愈烈，结果使文学脱离了广大群众，正统的诗文成了知识分子的专有物。最早打破中国文学文言文一统天下的是佛教翻译文学。佛教为适应传教需要而用白话，为文坛增添了活力，因为言文一致是文学发展，特别是长篇叙事文学发展的重要条件。唐代以前虽然也有来自民间的民歌和故事体的白话文学，但一般不成规模。唐代变文是中国白话文学的第一次繁荣。变文是说唱形式的文学，讲唱者面对的都是普通群众，不能不使用白话。宋代以后变文消失，但由变文开创的说唱文学却愈加兴旺，并且由庙宇走出进入市井“瓦子”，从而演化出许多新的文学体裁：以唱为主的有诸宫调、大曲、宝卷、鼓子词等，以说为主的文体当时称为“说话”，包括小说、讲史等。另外宋代兴盛的禅宗语录、元代的杂剧散曲，也都属于白话文学的范围。然而，白话文学在明代以前大多处于民间文学的地位，不能登大雅之堂，正统正宗的文人对其不屑一顾。15世纪前后，中国出现了白话文学蓬勃发展的局面。本时期文言文学继续存在，主要集中在诗歌和散文等传统文学领域。明代出现了为数不少的古文家和诗人，形成了一些文学流派，如台阁体、茶陵派、前七子、后七子、唐宋派、竟陵派等，都有很大影响。但他们在思想上和创作上都比较保守，或模仿秦汉，或师法唐宋，缺乏生机和活力，标志着文言文学已经走向末路。相比而言，白话文学却异军突起，盛况空前。首先是白话小说的兴盛。当时既有白话短篇小说的活跃，产生了冯梦龙的《喻世明言》、《警世通言》、《醒世恒言》，凌濛初的《初刻拍案惊奇》、《二刻拍案惊奇》等传世之作；又有长篇小说的辉煌，其中有《三国演义》这样的历史演义小说，有《水浒传》这样的侠义小说，有《西游记》这样的神魔小说，有《金瓶梅》这样的言情小说。这些作品标志白话小说达到一个新的高峰，代表了明代文学的最高成就。明代戏剧文学也有新的发展，汤显祖的《牡丹亭》是这一时期戏剧文学的代表。在文学理论方面，与文学创作相呼应在明代，小说理论和戏剧理论兴起，开辟了中国古代文论的新领域。因此，有明一代，虽然古文仍取得了一定的成就，占有一定地位，且被尊为正宗，但真正代表这一时期文学成就的是白话文学。

明代白话文学大盛的原因很多。一是长期的言文分离，使古文失去了生命力。中国文学中的古文从汉代开始脱离口语，作为书面语言长期使用。虽然经过历代文人的加工打磨，显得典雅优美，期间也不断有活语言流入，创造出了许多杰出的优美的作品，但其总的趋势是越来越脱离人民群众的现实生活基础，成为僵化的、死的语言，必然要被更接近口语的白话文学所取代。二是随着社会的稳定、经济的发展、城市的发达，市民阶层兴起。市民不仅成为重要的社会力量，而且成为文学的主要接受者。作为文学的接受者，市民一般文化水平不高，没有受过专门的古文训练，一方面他们不能欣赏文言文学，另一方面其文学兴趣也与封建文人大不相同。因此，明白畅晓、与生活紧密联系的白话小说、戏剧，成为市民文学的主体。三是中国白话文学本身的发展成熟。如前所述，中国历代文学中都有与文言文相对的白话文学存在，且不断发展壮大。胡适称唐代以后的“一千多年中国文学史是古文文学的末路史，是白话文学的发达史”①。诚如斯言，经过白话文学数百年的发展，经过文言文与白话文此消彼长的矛盾运动，才有明代白话文学的大盛。

东方其他国家的文学语言问题比较复杂。在西亚北非地区，阿拉伯作

① 胡适：《白话文学史·引子》，百花文艺出版社 2002 年版。

为新兴文明体于公元 8 世纪崛起，建立起横跨欧亚非三大洲的大帝国，直到 13 世纪，阿拉伯语一直是该地区的官方语言和流行语言。随着阿拉伯帝国的解体，波斯语和土耳其语地位上升，与阿拉伯语三足鼎立。阿拉伯语文学和土耳其语文学都处于新兴阶段，还没有出现言文分离的问题，即文学语言还没有严重脱离人民群众日常生活的口头语言。波斯则在 10 世纪前后完成了文学语言的嬗变，新兴的达里波斯语取代了古波斯语成为主要的文学语言。9 世纪诗人鲁达吉被称为“波斯文学之父”，便是就达里波斯语文学而言的。其后波斯文学产生了菲尔多西、内扎米、海亚姆、哈菲兹、萨迪等伟大诗人。东亚地区的朝鲜、越南、日本都属于汉文化圈，古代很长一段时间都是以汉语为文学语言。越南于公元 13 世纪发明民族文字“字喃”，15 世纪黎朝时期统治者大力提倡字喃文学，其后，越南文学开始走上言文一致之路。朝鲜 15 世纪以前以汉语为正统的书面文学语言，国语文学则长期处于民间地位。1444 年“训民正音”的创制，为朝鲜国语文学的发展开辟了广阔的道路。其后，国语文学在与汉语文学并行发展的同时，渐渐上升到主流地位。日本古代文学长期以汉文汉诗为正宗，或者用汉字标注和音，都是言文分离。平安时期假名文字的发明为日本文学言文一致创造了条件。10 世纪以后假名文字普遍使用，促进了日本文学特别是叙事文学即物语文学的发展，产生了《源氏物语》这样杰出的长篇小说。随着时代的发展，平安贵族的文学语言也出现了脱离口语、追求典雅的现象。13 世纪以后，典雅的贵族和歌、王朝物语被更口语化的、以说唱为基础的军记物语和来自民间的俳谐连歌、御伽草子等文学体式所取代，文学语言也更加向着言文一致的方向发展。

在欧洲文学史上也有类似的文言与白话或者雅语与俗语的矛盾，这就是拉丁语与欧洲各民族语言的关系问题。从古罗马时期到中世纪，罗马帝国的语言拉丁语一直是官方语言、学术语言和文学语言。在罗马帝国时期，拉丁语已经有文言拉丁语和通俗拉丁语、书面拉丁语和口头拉丁语的不同，罗马境内各民族之间交际使用更多的是通俗拉丁语。公元 6 世纪以后，通俗拉丁语在西欧各民族国家逐渐演变为各自不同的独立语言。中世纪的文言拉丁语主要在教会中使用。基督教是中世纪欧洲正统的，甚至是唯一的意识形态，僧侣是掌握文化的知识阶层，因此在中世纪，拉丁语仍然保持着官方语言和文学语言的地位。欧洲各民族语言文学的形成大约在公元 10 世纪前后，其中意大利语文学和法语文学最有代表性。

意大利语由意大利地区流行的通俗拉丁语演化而成。尽管拉丁语在意大利的根基很深，但是，由于它与人民群众生活中所使用的语言差距越来越大，逐步变成仅供少数文人使用的、只有文字没有声音的死语言，最终只能被新生的、充满活力的“俗语”所取代。中世纪后期，意大利各地区的“俗语”有了很大的发展。各地区、各城市之间交往频繁，民族统一和语言统一的趋势逐步增强。另外随着城市的发展，市民阶层兴起，产生了新的文化需求，市民阶层所使用的俗语地位也随之上升。由于这样的时代要求，13 世纪上半叶出现了最初的“俗语”作家，其中西西里诗派是意大利第一个抒情诗派，对意大利文学语言的形成起了重要作用，但由于西西里诗派局限于宫廷，语言矫揉造作，与人民群众生动活泼的口语还有很大距离。其后，在佛罗伦萨诞生的“温柔的新体诗派”产生了更广泛的影响，在此基础上，以佛罗伦萨地区的托斯卡纳方言为基础的意大利文学语言开始形成。伟大诗人但丁早期属于“温柔的新体诗派”，他不仅用意大利语创作了文学作品，还撰写了重要的理论著作《论俗语》，强调俗语——普通民众所使用的语言——作为文学语言的重要性，因而，但丁被认为是意大利语之父。但丁“是中世纪的最后一位诗人，同时又是新时代的最初一位诗人”①，他的创作和理论已开文艺复兴之先河。14 世纪开始，以彼特拉克、薄伽丘为代表的人文主义作家，更自觉地用俗语即意大利语进行创作，使意大利语言和文学都有了进一步的发展。

法国文学也经历了类似的发展过程。罗马帝国强盛时期占领了高卢（古法国），罗马文化连同拉丁语也就逐渐进入了高卢人的生活。在很长一段时间内，拉丁语成为官方语言和文学语言。进入中世纪后，已经成为文言的拉丁语只有教会的神职人员能够掌握，而在法国地区流行的罗曼语即通俗拉丁语的基础上形成了古法语。16 世纪初以龙沙为代表的法国青年作家决心捍卫法语，用法语创作自己的文学，组成了以龙沙为首的“七星诗社”。诗社成员杜贝雷于 1549 年执笔写下了题为《保卫和发扬法兰西语言》的宣言，阐述了七星诗社的基本任务，就是捍卫法兰西语言，使之不受任何人的中伤；发扬光大法兰西语言，以意大利人为榜样，借鉴古

① 恩格斯：《〈共产党宣言〉1893 年意大利文版序言》，见《马克思恩格斯选集》第 1 卷，人民出版社 1972 年版，第 249 页。

人，创作自己的文学[①]。具有民主倾向和民间背景的拉伯雷，不仅广泛吸收了法国的民间传说，而且运用了人民群众生动活泼的语言，创作了长篇小说《巨人传》，进一步推动了法语文学的发展。

中国、印度和欧洲都曾经长期言文分离，文言文一统天下，这在文明的彰显、文明圈的形成和拓展、维护文化的统一性等方面都发挥了重要作用。然而这三大古文明又几乎是在同一时代出现文言文学僵化，白话或地方语言文学兴起，打破文言文一统天下的局面。然后经过此消彼长，最终白话文取代文言文。当然，由于不同文明圈有不同的历史渊源、文化构成和文化特质，中国、印度和欧洲文学在文言与白话关系方面也存在深刻的差异，主要表现为以下两点。

其一，欧洲和印度自 14 世纪方言或民族语言文学大盛之后，再也没有了统一的或占主流地位的语言文学。欧洲众多国家各自独立的局面自然很难形成统一的欧洲语言文学，然而印度作为统一国家，也是多语种文学并存，基本上没有正统与非正统，主流与非主流之别。印度向来不是作为一个国家，而是作为一个文化区域为世人所关注，其民族、语言、宗教和文化成分都非常复杂，号称世界人种、语言和宗教的博物馆。文学是以语言为媒介、以文化为基础的，就语言来说，印度宪法认可的官方语言有 16 种[②]，每种语言都有自己的文学，同时也都有自己的群体背景和文化渊源。甚至印度人自己也为印度文学是单数还是复数、印度各语言文学是否具有统一性等问题而大伤脑筋。因此，在印度，至今没有一部全面系统的印度古代文学史或现代文学史（有的只是某一语言的文学史或不同语言文学的汇编）。中国文学则不然，不仅在文言文学时代是全国统一的文学，其白话文学也是全国统一的；白话文学取代文言文学以后，中国文学仍然是统一的、以汉语为正统和主流的文学，不仅中国大陆文学具有这种统一性，曾经在政治上长期分裂的港台，在文学语言方面也与大陆保持着统一性。这是中华民族的统一精神的表现，是中华文化大一统的表现。

其二，拉丁文与梵文作为文学语言基本上于 14 世纪“作古”了，其作为语言和文字只是对于少数专门领域的学者有用，对于作家和一般读者来说，那已经是死去的东西了。然而在中国，明代虽然白话文学大盛，但

---

① 参阅张彤编著《法国文学简史》，上海外语教育出版社 2000 年版，第 38 页。

② 在前述 14 种地方语言之外，还有梵语和英语。

文言文学仍有一定地位，而且还持续存在了数百年，直到五四时期的文学革命，发起白话文运动，才彻底结束了古文作为文学语言的使命。原因当然是多方面的。第一，科举制度的实行，巩固了文言文的统治地位。中国的科举制度在隋唐兴起，经过宋代的发展，到明代基本定型，成为中国教育的导向。无论是私塾、书院还是官学，都要为科举服务。文人以科举为正途，科举以古文为正宗，遂使古文在中国得以长期延续。正如胡适所言："科举的政策把古文保存了二千年。"[①] 第二，中国政治的大一统，也需要文化的统一来维护。由于各方言差异很大，在古代，缺乏更有力的传媒工具，只有古文才能将各地的文化统一起来。第三，归根结底还是封建专制制度在起作用，承载封建思想的古文有利于封建专制统治，只有封建制度崩溃，古文才会寿终正寝。

语言是人的存在之家，因此语言对文学来说不仅是一个形式和工具问题，而且是文学的运思和表达的统一体。因此，摆脱传统的僵化的文言，是文学总体的解放，包括作家精神的解放，思维的解放，也包括文体的解放。同时，语言的变革必然伴随着文学观念的变革。是文人自娱还是面向大众，是因袭传统还是开拓创新，不同的观念影响了作家的语言选择，也决定了一个时代文学语言的方向。因此，14—16 世纪中国、印度和欧洲文学语言的大转换，标志着一个文学新时代的来临。

三　文学内容与体式嬗变

15—18 世纪是东方文学发展的重要阶段，许多国家出现了文学繁荣局面，产生了代表本民族文学最高水平的文学杰作。在中国，虽然传统的诗词曲文赋衰落，但一度被认为不登大雅之堂的小说、戏曲适应市民阶层的需要而大放异彩，出现了曹雪芹的《红楼梦》、罗贯中的《三国演义》、施耐庵的《水浒传》、吴承恩的《西游记》、吴敬梓的《儒林外史》、汤显祖的《牡丹亭》、洪升的《长生殿》、孔尚任的《桃花扇》等一大批杰出的文学作品。在印度，轰轰烈烈的虔诚运动期间产生了影响深远的虔诚文学，出现了格比尔达斯、加耶西、苏尔达斯、杜勒西达斯和钱迪达斯等重要诗人。日本民族戏剧形式艺能于 14 世纪兴起，15 世纪前后达到高峰，

① 胡适：《白话文学史》，百花文艺出版社 2002 年版，第 12 页。

出现了天才的艺能创作者观阿弥、世阿弥父子，留下了《熊野》、《松风》等杰出的谣曲和一些艺能理论著作。17世纪又出现了小说家井原西鹤、戏剧家近松门左卫门和俳句诗人松尾芭蕉。在朝鲜，本时期国语文学和汉语文学都有所发展。山水时调、“歌辞”等国语诗歌形式成熟。国语小说的代表作家金万重著有长篇小说《谢氏南征记》和《九云梦》。另外在民间说唱文学脚本的基础上形成了一批传奇小说，其中《春香传》、《沈清传》和《兴夫传》被称为朝鲜三大传奇。汉语文学方面出现了金时习等小说家和丁若镛等重要诗人。越南的黎朝时期汉语文学和字喃文学并行发展。诗人邓陈琨创作了长篇乐府诗《征妇吟曲》，谴责不义战争给人民带来的灾难。黎贵惇以学者作家著称，著有30多部学术著作，并有《桂堂诗集》等文学作品传世。18世纪字喃在越南全面推广，字喃文学也逐渐成熟，出现了一批称为“喃传”的长篇叙事诗，其中以阮攸的《金云翘传》最为著名。印度尼西亚和马来西亚的马来文学16世纪前后也有较大发展，出现了名为“希卡雅特”的传奇小说，代表作《杭·杜亚传》，描写14—16世纪马来民族英雄杭·杜亚的一生。13世纪中叶泰国建立了自己独立的统一王朝并创造了民族文字，使民族文学获得较大发展。源于民间的长篇叙事诗《昆昌与昆平》、诗人西巴拉的《西巴拉悲歌》、顺吞蒲的长篇叙事诗《帕阿派玛尼》等，代表了泰国古典文学的最高成就。阿拉伯文学奇葩《一千零一夜》于16世纪定型，其中有大量故事创作于13—16世纪阿拉伯麦马立克王朝时期的埃及。当然，本时期东方各国文学发展很不平衡。南亚和西亚北非地区由于长期战乱和异族统治，社会发展出现了明显的停滞甚至倒退现象，文学在14—16世纪出现了短暂的繁荣之后，便随着社会文化的停滞而走向沉寂。

15—18世纪，西方文学随着文艺复兴的启动开始了近代化的步伐，相比之下，东方文学还处于前近代或者称为近古时期。虽然东方文学还没有开始近代化，但以思想反叛运动为背景，以文学语言的嬗变为基础，东方文学在思想内容和文学体式方面都出现了新的气象。

从文学的思想内容方面看，思想反叛运动的发生，为新的文学思潮的产生和发展提供了文化动力；新兴市民阶层的出现，为文学内容的嬗变提供了社会生活的基础。印度虔诚运动时期，大师们利用文学作为表现和传播宗教改革思想的手段，许多宗教改革家本人就是诗人，如格比尔达斯，以诗歌形式表现自己的宗教思想，成为一个教派的领袖，又是印地语文学史上重要的诗人。有的宗教改革家虽然自己不作诗，但以吟诵虔诚诗歌的方式传播虔诚思想。在宗教改革的虔诚运动中，人们竞相创作和传播以表现对神的虔诚和爱为主题的诗歌，形成了全国性的持续数百年的虔诚文学思潮。东亚和东南亚地区由于社会比较稳定，生产力发展，资本主义的萌芽比较明显，工商业城市的发展带动了市民阶层的兴起，出现了大量反映市民生活和思想情趣的文学艺术作品。中国明中叶以后，伴随思想反叛浪潮的兴起和发展，出现了大量以表现市民生活和思想情趣见长的小说和戏曲，同时产生了以李贽、三袁为代表的，以张扬个性、抒发真情为特点的诗文创作和理论，形成了颇有声势的晚明文学思潮。市民文学现象在西亚北非地区的《一千零一夜》等作品中也有所表现，如《巴索拉银匠哈桑的故事》表现了手工业者的生活和志趣，《辛伯达航海旅行的故事》塑造了富有冒险精神的商人形象，但由于社会发展的停滞，具有平民精神和市民意识的文学没有得到充分的发展。

市民文学现象在日本文学发展中表现得更为明显和持续。日本14—16世纪已经出现了文学嬗变，除了表现武士阶层生活和情趣的军记物语继续发展之外，来自民间的俳谐连歌、御伽草子和艺能、狂言等戏剧艺术，都是为平民大众所喜爱的新的文学形式。御伽草子大多是具有滑稽色彩的传奇小说，一般配有插图，属于大众读物，内容广泛，有恋爱故事、神佛故事、志怪故事、武士故事、庶民故事等，著名作品有《懒太郎》、《一寸法师》、《文正草子》等。有些作品已经表现出新的时代气息，如《文正草子》写主人公文正靠熬盐致富，贵族公子为了向他女儿求婚，只好装扮成身份低贱的商贩。御伽草子是继物语、说话之后，日本散文叙事文学发展的一个新阶段，为其后的“浮世草子”的出现和繁荣奠定了基础。日本戏剧艺能和狂言都兴起于14世纪。艺能或称能乐，是一种融音乐、舞蹈、念唱、服饰、面具及舞台装饰为一体的综合性表演艺术，其念唱部分的辞章称为“谣曲”，主要由诗歌组成，内容大多取材于《伊势物语》、《源氏物语》、《平家物语》等古典作品。14世纪后期到15世纪，出现了重要戏剧家观阿弥、世阿弥父子，使艺能在创作、表演和理论方面都趋于成熟并达到高峰，成为一种追求幽玄之境的高雅艺术。稍后兴起的具有谐谑和讽刺性的科白笑剧“狂言”，取材于现实生活，以谐谑的态度对封建统治者和各种压迫者进行讽刺，表现了16世纪前后日本“下克上”的时代特点。其中有《两个大名》那样的讽刺上层武士的大名狂言，有《附子》那样的讽刺吝啬主人的小名狂言，另外还有讽刺封建家长的婿女类狂言，有讽刺僧侣的出家座头狂言等。17 世纪以后，随着町人文化的兴起，日本出现了町人文学的繁荣。町人是指城市中的商人和手工业者，就是一般所谓的市民。町人作为一个新的阶级登上历史舞台，取代武士阶级成为日本社会最活跃、最有生气的社会力量。反映町人生活、表现町人思想情趣的町人文学也成为时代的主流。出身大阪富商的井原西鹤，晚年创作了大量的“浮世草子”即现实主义小说，是本时期町人文学的代表。井原西鹤的“浮世草子”分为“好色物”和“町人物”两类。“好色物”表现町人的好色生活，其中《好色一代男》写一个好色的町人的放荡生活，《好色一代女》写一个妓女的人生经历，《好色五人女》则由五个短篇小说组成，分别描写了五个追求爱情的女性人物。这些“好色物”有一定的现实生活基础，表现了町人享乐主义的人生观，与封建的禁欲主义相对抗，具有一定的积极意义。“町人物”主要表现町人的经济生活，其中《日本永代藏》写了大町人的发家史，《世间胸算用》写的是下层町人的艰辛生活，反映了日本江户时期前资本主义的时代风貌。本时期戏剧家近松门左卫门创作了许多表现现实生活的戏剧，其中以表现青年男女爱情悲剧的“情死剧”最有时代特色。这些作品与中国以《红楼梦》、《牡丹亭》为代表的明清小说戏曲，与文艺复兴时期以《十日谈》、《罗密欧与朱丽叶》为代表的西方小说戏剧表现了同样的时代特征，那就是在封建社会向资本主义社会过渡时期，在封建统治的铁幕之下，先觉者对个性解放和个人自由的追求。

从文学体式方面看，东方近古时期主要是小说和戏曲的繁荣，这种现象具有一定的时代意义。第一，如上所述，言文一致是散文叙事文学特别是小说发展的重要条件。作为散文叙事文学，在言文分离的情况下很难自如地叙事，没有自如的叙事很难创作出洋洋洒洒的长篇小说。同样，戏剧作品也要求言文一致，戏剧的对白和演唱，如果脱离口语，难以为广大群众所接受。正是近古时期东方文学语言的嬗变，推动了东方小说戏剧文体的发展，为近代东方新文学的产生和发展打下了一定的基础。第二，从文学接受的角度看，受众阶层决定了文学体式的兴衰。小说和戏曲的受众是人民大众，主要是城市市民。其社会基础是经济的发展，商品交换使人们的交往频繁，促进了城市的形成和发展，产生了市民阶层。市民阶层大都受过一定的教育，但在思想情趣方面不同于贵族和知识分子，而且人数众多，他们将通俗的小说戏曲作为主要的精神消费品，从而促进小说和戏曲的繁荣发展。没有大众的接受，小说和戏曲可以在一定条件下产生和存在，但却不可能蓬勃发展。第三，从传播的角度看，印刷是小说传播的重要条件。印刷术的发明可以在经济不发达的条件下实现，但印刷业的发展，必须在工商业发达的城市实现。有了印刷业的发展，才能使文学文本广泛传播，促进小说文体的繁荣。戏剧的发展也需要一定的社会条件，具有大众娱乐性质的戏剧演出活动一般是在工商业发达的城市进行，一定规模的剧场和具有装饰效果的舞台设备，是戏剧演出的必要条件，这些都与社会经济的发展息息相关。总之，中国和日本15—18世纪出现的小说和戏曲的繁荣发展，是东方文学体式方面适应时代要求的嬗变。

第四章

父系文化中的妇女形象

人类由男女两性构成，男女两性问题是人类社会的永恒问题，也是文学的永恒主题，其中女性问题尤为突出。作为人类审美活动的文学，往往通过塑造女性形象来反映女性问题。远古时期的母系时代，人类创造了大量的女神和女性始祖的神话，可以说，人类的文化活动是从塑造女性形象开始的。随着母系文化衰落，父系文化产生并发展。在父系文化体系中，女性作为男性社会的对立项而存在。妇女的地位、遭遇以及她们的心态活动，构成了所谓的妇女问题。妇女问题常常是一个时代社会问题的集中表现，因此，杰出的文学家对妇女问题都非常关注，常常通过塑造具有典型意义的妇女形象来反映复杂的社会生活，表现自己的审美理想。古代东方文学中，具有审美价值的妇女形象灿若群星，难以计数，这是古代东方文学的一大成就。本文试图对这些妇女形象从总体上进行梳理，通过比较分析，研究其社会意义和审美特点。

一　妇女形象

印度文学在上古诗歌总集《梨俱吠陀》中就有一些描写妇女或歌颂女神的作品，但还不能说有了完整的妇女形象。两大史诗开始有了个性鲜明而又具有典型意义的妇女形象。《摩诃婆罗多》的女主人公黑公主是一个性格刚烈的妇女。难敌兄弟侮辱了她，她坚决要求丈夫为她复仇，与难敌兄弟进行战争。她发誓，如不报仇，就不把被抓乱的头发结起来。黑公主是般度五兄弟共同的妻子，这种一妻多夫现象带有原始社会婚姻制度的影子，说明《摩诃婆罗多》的主干故事产生是很早的。甘陀利是《摩诃婆罗多》主干故事中又一个重要的妇女形象。她是持国王的妻子，因为丈夫双目失明，她自己也把眼睛蒙上，以示对丈夫忠贞，是个标准的贤德妇人。此外，《摩诃婆罗多》中许多插话也塑造了重要的妇女形象，包括莎维德丽、达摩衍蒂、沙恭达罗等，其中莎维德丽用贤德和机智从死神手里救回丈夫，是一个贤德妇人形象。《罗摩衍那》的女主人公悉多是一个忠贞妻子的典型。她是罗摩的妻子，罗摩遭流放，她可以继续留在王宫享受荣华富贵，但她坚决要求跟丈夫一起去森林。她被十首魔王罗波那劫到楞伽岛，魔王千方百计威胁利诱，都不能动摇她的节操。这种忠贞既是新兴封建伦理道德的要求，也是爱情专一的美德的体现。后来，悉多被怀疑不贞节而遭丈夫遗弃，反映了妇女的不幸命运。同时，这一形象也表现出了刚烈的性格和反抗精神。悉多不是委屈地被动接受不幸的命运和不公正的待遇，而是大胆喊出自己的不满，表达自己的抗议和反抗。蚁垤的《罗摩衍那》之后，出现了很多改编本，其中以 16 世纪印地语诗人杜勒西达斯的《罗摩功行录》最著名。这部作品删节了悉多被遗弃的情节，消除了悉多的不幸，同时也消解了她的反抗性格。两大史诗在印度被当作宗教经典来尊崇，因而史诗中的许多妇女形象也被当作妇女的典范，对印度妇女道德产生了深远的影响。两大史诗之后的文人创作中，妇女形象发生了重要变化。内容以写爱情生活为主，作家主要通过这些妇女形象表现自己的爱情理想和反封建倾向，其中最有代表性的是迦梨陀娑的名剧《沙恭达罗》中的主人公。剧本取材于史诗《摩诃婆罗多》，净修林中的少女沙恭达罗与国王豆扇陀一见钟情，以干达婆方式即自由自主的方式结了婚。豆扇陀回王宫，沙恭达罗由于思念丈夫而怠慢了来访的大仙人，受到诅咒，使豆扇陀忘记了她，沙恭达罗去王宫寻夫也遭拒绝。后来经过一番波折，最后破镜重圆。迦梨陀娑将沙恭达罗形象进行了再创造，把她塑造成一个温柔多情的女性。薄婆菩提的戏剧《茉莉与青春》中的茉莉，也是一个温柔多情的女性形象。她是宰相的女儿，与青春相爱。国王强迫她嫁给一个大臣，最后在教母的帮助下与青春结婚。此外，首陀罗迦的名剧《小泥车》着重塑造了春军这一妇女形象。她是一个妓女，但忠于爱情，轻财仗义，宽厚仁爱，又敢于反抗强暴。12 世纪胜天的长篇抒情诗《牧童歌》中塑造了一个妇女形象罗陀，她是黑天的情人。这个形象在《薄伽梵往世书》中已经出现，但不够突出。胜天之后有许多以黑天生活故事为题材进行创作的诗人，著名的有苏尔达斯、维德亚伯迪、钱迪达斯等。在他们的作品中，罗陀这一形象一直沿袭下来，并不断得到丰富和发展，成为印度文学中影响最大的女性形象之一。这一形象的特点就是对黑天的大胆炽烈的爱情，由于黑天被当作大神的化身，她的爱也被看作对神的膜拜的一种方式。中世纪印度文学中著名的妇女形象还有加耶西的长诗《伯德马沃德》中的主人公莲花公主，她忠于爱情，不畏强暴，最后自焚殉夫。

日本文学在《古事记》、《日本书纪》和《万叶集》等早期作品中已经有一些对妇女的描写，但还算不上成功的妇女形象。以塑造成功的妇女形象显示其特色的是物语文学。最早的《竹取物语》就塑造了辉映姬这个妇女形象。她本是月宫天女下凡，五个贵族向她求婚，都被她捉弄得很狼狈。最后她拒绝了天皇的求婚，回到月宫去了。这一形象还有浓厚的神话传奇色彩。《落洼物语》的主人公落洼姑娘，对后母的虐待采取隐忍的态度，后来与有势力的贵族结婚，又以孝行感化了后母，表现出了日本妇女的性格特色和伦理要求，更富有现实性。平安时期日本出现了一批杰出的女作家，她们以深刻的内省精神来描写贵族妇女的生活和命运，其中成就最高的是紫式部。她的长篇小说《源氏物语》塑造了许多个性鲜明、血肉丰满而又具有典型意义的妇女形象，其中最有代表性的是夕颜、空蝉和紫姬。夕颜是一个性格柔弱的妇女，她先与头中将交往，受头中将正妻迫害不得不躲藏起来，后结识源氏，结果被源氏的一个情人六条妃子的生魂恐吓而死。空蝉是一个既有细腻温柔的女性味，同时又稳重自持，有自尊心的妇女。她嫁给一年老的地方官作后妻，对于源氏的纠缠，她坚决拒绝，同时对美貌风流的源氏公子也不能不动情，又有“恨不相逢未嫁时”的心理。她的出身经历和性格品质中有作者自己的影子。紫姬是全书着力塑造的一个理想的妇女形象。她是源氏按照自己的理想从小培养起来的。作为一个理想的妻子，除了天生丽质和高贵仪态，她还具备许多优点，一是性格温顺依人；二是风雅聪慧，富有才气；三是对丈夫情深意笃；四是待人接物周到大方，和蔼心细。她虽然身份高贵，但一生也是在痛苦中度过的，正当盛年就在忧伤中死去。中世纪日本文学着力塑造妇女形象的是戏剧，代表作品是《熊野》和《松风》。《熊野》的主人公熊野是个歌妓，母亲病重，主人不许她回家探望，却要她在赏花宴前歌舞助兴。她作了一首哀怨动人的短歌献给主人，主人感动，准她回家。她的柔顺和哀怨被认为是女性的美，这种观念与《源氏物语》是一脉相承的。《松风》塑造了两个渔家女松风和雨村的形象，她们与流放贵族在原行平相爱，后来行平回京，二女相思而死。江户时代产生了町人文学。町人是随着工商业的发展而产生的一个城市市民阶层，他们以享乐为人生目的，因而这时期文学中的妇女形象就有了新的特色。井原西鹤的小说《好色一代女》主人公是一个追求放荡生活的女性，她原是宫廷侍女，后成为国守之妾，又被卖给妓院当高级艺妓，后来不断沦落，先后做过私娼、澡堂侍女、旅店女人和街头拉客的野妓。这一形象既表现了町人式放荡女人的悲剧，也反映了妇女的不幸命运。近松门左卫门的戏剧《曾根崎情死》中的阿初和《天网岛情死》中的小春也都是艺妓，她们不能摆脱义理与人情的矛盾，只好去“情死”。

古代阿拉伯视诗歌为正统的纯文学，但这些诗歌主要是颂诗和抒情诗，难以塑造出完整的妇女形象。《古兰经》中提到一些妇女但还算不上成功的妇女形象。真正塑造出完整的具有典型意义的妇女形象的是民间的散文叙事文学。阿拔斯王朝时期，大型民间传奇故事《昂泰拉传奇》和大型故事集《一千零一夜》已基本成型，以后又不断发展，直到16世纪以后才定型。古代阿拉伯文学中重要的妇女形象是《昂泰拉传奇》中的阿卜莱，她是阿拉伯妇女的典型。她与堂兄昂泰拉相爱，遭到父兄的反对。父亲几次将她许嫁别人，她坚决不从。她几次被别的部族的骑士劫掠，都被昂泰拉救出，最后有情人终成眷属。《一千零一夜》中塑造了众多的妇女形象，尽管由于民间文学的局限性，这些形象显得简单粗糙，但是她们仍然反映了阿拉伯妇女的生活和命运。这些妇女形象可以分成三种基本类型。第一类是诡计多端，欺骗丈夫的淫妇。这类形象中，有的是对妇女的丑化，如《国王太子和将相妃嫔的故事》中的王妃，勾引太子遭到拒绝，反到国王面前诬告太子。也有的是对妇女大胆追求自由爱情生活的肯定，如《麦斯鲁尔和载玉妮·穆娃绥福的故事》中的载玉妮，与情人相好被丈夫发觉，受到惩罚，她用计谋杀死丈夫，与情人结婚。第二类是自强不息的女性。她们有自信心，敢于斗争，靠自己的智慧和才能去争取自由和幸福。这类形象是《一千零一夜》中妇女形象的主体和精华，《阿里·沙琳和祖曼绿蒂的故事》中的祖曼绿蒂是其中的代表。她是个女奴，看上了阿里·沙琳，便拿自己的钱让他买下自己。她每天绣制门帘让丈夫拿去卖，以此过日子。后来她被歹徒抢去，又设计逃脱，并且用计谋杀了仇人找到丈夫。《艾奈斯和王丽都的故事》中的王丽都、《一千零一夜》故事的总讲述者山鲁佐德等，都属于这一类形象。第三类是受欺凌的不幸妇女。《叔尔康·臧吾·马康和鲁谟宗·孔马康叔侄的故事》中的伊彼丽欝和阿济欝都是这类形象。伊彼丽欝是一个具有独立人格的女性，她拒绝国王的求婚，但国王却用阴谋手段奸污了她，最后因抗拒黑奴的强奸而被杀死。

伊斯兰征服前的古波斯文学流传下来的作品不多，更没有突出的妇女形象。直到 11 世纪菲尔多西的《王书》中，才有了一些性格鲜明的妇女形象，如苏达贝、法兰吉斯、玛尼日等。但《王书》是一部英雄史诗，这些妇女形象在作品中并不突出。12—13 世纪诗人内扎米创作了两部爱情叙事诗《霍斯鲁与西琳》和《蕾丽与马杰农》，被誉为伊朗文学史上的双璧。《霍斯鲁与西琳》取材于《王书》，主要塑造了西琳这位杰出的妇女形象。她通过画像爱上了霍斯鲁，便主动去找他，但又坚决维护自己的贞操和尊严，拒绝霍斯鲁求欢的要求，非要他明媒正娶不可。霍斯鲁娶了别的女人，她仍然始终不渝地爱他，但她具有反抗性，她的反抗是作为女性为维护自己的人格尊严对男性专制主义的反抗。《蕾丽与马杰农》本是在阿拉伯流传很广的一个民间故事，内扎米第一个把它写成长篇叙事诗。女主人公蕾丽是一个为爱情而牺牲的妇女。她与葛斯相爱，却被迫嫁给萨拉姆。她忠于对葛斯的爱情，不让丈夫碰她。丈夫死后她渴望与因爱她而疯狂的葛斯结合，但又不能冲破封建伦理道德的束缚，最后在爱情的痛苦中死去。内扎米之后，有不少诗人作家仿作或改编这部作品，使蕾丽这一形象产生了广泛而深远的影响。15 世纪贾米的叙事诗《尤素福与佐列哈》，取材于《古兰经》中的尤素福故事，作品中的女主人公佐列哈是一个追求爱情不择手段而又至死不悔的妇女。阿塔尔的《贝克塔什与拉贝埃》中的女主人公拉贝埃，也是一个为爱情而牺牲的妇女形象。

我国文学很早就注重妇女形象的描写刻画，《诗经》、《楚辞》中有很多关于妇女的作品，但形象比较模糊。到乐府民歌就有了一些具有个性特色的妇女形象，如《孔雀东南飞》中的刘兰芝、《木兰辞》中的花木兰等。唐传奇开创了妇女形象塑造的新局面，出现了崔莺莺、霍小玉、杨玉环等著名人物形象。元杂剧在唐传奇的基础上丰富发展了妇女形象，例如崔莺莺最早出现于元稹的传奇《莺莺传》，其后历代都有改编，其中影响最大的是元代王实甫的杂剧《西厢记》。明清小说戏曲大发展，妇女形象塑造更有了新天地。从种类上说，烈女节妇、多情佳人、饱学才女、巾帼英雄、风尘女子、淫女荡妇，真是应有尽有。从质量上说，具有典型意义和审美价值的妇女形象很多。文学通过这些妇女形象，广泛反映了社会生活，特别是妇女的生活和命运，具有深刻的社会意义。其中汤显祖《牡丹亭》中的杜丽娘是一个多情佳人，冯梦龙《杜十娘怒沉百宝箱》中的杜十娘是一个风尘女子，《金瓶梅》中的潘金莲是一个淫欲无度的荡妇，孔尚任《桃花扇》中的李香君是一个烈女节妇。这些都是明清文学中比较有代表性的妇女形象。蒲松龄的《聊斋志异》用浪漫主义手法塑造了许多妇女形象，她们大都是花妖狐魅，其基本特征是大胆追求爱情，并且始终不渝，表现了作者的爱情理想，其中聂小倩、红玉和婴宁都很有代表性。曹雪芹的《红楼梦》堪称是中国古代文学妇女形象塑造的集大成者，全书塑造了几十个性格鲜明的妇女形象，其中林黛玉、薛宝钗、王熙凤等，都具有深刻的典型意义。此外，为一般群众所喜爱的穆桂英等巾帼英雄和祝英台等民间文学中的妇女形象，虽然在文学史上的地位不高，但在人民群众中很有影响，不容忽视。

与我国文学有着深刻渊源关系的越南和朝鲜古代文学中也有许多著名的妇女形象，这里只能提出两个作为代表。越南阮攸的长诗《金云翘传》是根据我国明末清初青心才人的同名小说改编的，作品着力塑造了王翠翘这一妇女形象，这一形象是多情佳人与孝女贤妇的结合，其特征是情义两全。《春香传》是朝鲜古代流传的一部民间文学作品，有多种形式的版本，主人公春香是艺妓生的女儿，与贵族公子李梦龙相爱结婚。李公子回京后，新上任的卞学道要春香给他做妾。春香坚决不从，誓死守节，被打入死牢。最后由做了钦差御史的李梦龙将她救出，得到团圆。春香是典型的烈女节妇形象。

二　父系文化

在人类社会的最初阶段，生产力低下和群婚制决定了女性的地位高于男性，从而形成了以女性为中心的母系文化。随着生产力的发展，男子在生产中发挥了更大的作用，使男子在经济、政治、宗教、文化等领域占据了中心位置。婚姻制度由母系亲缘的群婚、对偶婚、招婿婚过渡到父系亲缘的嫁娶婚，期间伴随着一妻多夫、一夫一妻或一夫多妻等现象的转换更迭。男性的地位逐渐高于女性，母系文化体系逐渐为父系文化体系所代替，并且随着人类文化的发展，父系文化体系逐渐得到强化，妇女的地位不断下降，逐渐依附于男子，成为男子的附庸。我们所论述的古代东方文学中的妇女形象，正是这种父系文化体系中的妇女形象，因而，她们最基本的共同特征就是处在受压迫的地位，这种地位决定了她们不幸的命运。悉多和沙恭达罗的被遗弃，紫姬和熊野的痛苦，伊彼丽簪和阿济簪的不幸，西琳和蕾丽的牺牲，林黛玉和祝英台的殉情等，东方各国文学的妇女形象都表现了她们受压迫的地位和不幸的命运。在世界范围内，除了极个别的部落和集团外，父系文化是一种普遍的文化模式。也就是说妇女处在受压迫的地位，这在东方和西方是相同的，因此文学中的妇女形象的这一基本特征也是基本一致的。古希腊欧里庇得斯的悲剧《美狄亚》的主人公美狄亚，是古代西方文学中妇女形象的代表。她钟情于伊阿宋，帮助他取得金羊毛，并为此与自己的父兄决裂，但后来她却被伊阿宋抛弃，使她不得不以杀死亲生儿子作为对负情的丈夫的报复。

女性地位的低落有一个演变的过程。随着父系文化的不断强化，妇女越来越丧失自己独立的人格，成为男子的附庸，又随着父系文化体系的逐渐松动解体，妇女反抗的呼声不断增强，妇女的人格也逐渐获得独立。古代文学妇女形象反映了这个过程，这在东西方文学中也基本上是一致的。古希腊荷马史诗中的妇女已经处于被支配的地位，但还没有完全沦落。海伦引起一场大战，她本人没有受到直接惩罚。奥德修斯只杀死向他妻子求婚的人，但没有处罚妻子。埃斯库罗斯的悲剧《俄瑞斯忒斯》取材于荷马史诗，作品中阿伽门农的妻子克吕泰墨涅斯特拉是一个很有独立个性的妇女，由于丈夫出征时杀女儿祭神而怀恨，丈夫出征期间与人私通，丈夫回来后又设计将他杀死。古罗马到中世纪，由于父系文化的强化。妇女地位更低，而且逐渐丧失了独立人格。维吉尔的史诗《伊尼德》中的狄多被抛弃后不是像美狄亚那样寻求报复，而是自杀殉情。中世纪骑士文学中妇女形象比较多，表面上她们受到骑士的尊敬和保护，实际在与骑士的爱情中大都是被动的，而且这种爱情也常常受到统治者的迫害，结局大都非常不幸。文艺复兴以后，虽然父系文化仍占统治地位，但是已经受到人文主义的冲击，开始逐渐松动解体。《十日谈》中的妇女形象独立性和反抗性已经比较突出，而莎士比亚笔下的鲍西娅，以机智善辩救了丈夫，则显示出新的光辉。

妇女形象的这种曲折变化在东方文学中也有同样的表现。从印度文学来看，《吠陀》诗产生在母系文化和父系文化交替时期，诗中的妇女与男子是平等的。许多爱情诗是由女性主动表达爱情，如《阎摩阎密对话诗》写妹妹阎密向哥哥阎摩求爱，被阎摩以不合伦理道德为由拒绝。两大史诗形成在父系文化体系不断强化的时期，妇女的依附地位已经很明显了，但史诗中的妇女形象也有差别。两个女主角就有所不同，黑公主一妻多夫，悉多从一而终；黑公主对丈夫的软弱非常不满，极力主张进行血腥的复仇战争；悉多对丈夫也有不满，但不那么强烈，而且最终被遗弃。可以看出，《摩诃婆罗多》中的妇女个性更强，人格更独立，更多地保留了母系文化向父系文化过渡时期的特征。《罗摩衍那》中的妇女形象则表现了父系文化强化时期的特征。如果把史诗和后来改编的作品中的妇女形象进行比较，问题就更清楚了。史诗中的沙恭达罗具有较强的独立性。国王向她求婚，她提出以自己生的儿子继承王位为条件。后来她领着儿子去王宫，国王矢口否认，沙恭达罗对他进行一番斥责说教之后，就要领着儿子离去。迦梨陀娑改编的戏剧中的沙恭达罗则变得温柔多情，丈夫成了她依附的对象，一旦被遗弃就痛不欲生。可以看出，两大史诗尽管在漫长的成书过程中受到父系文化强化的影响，但其中妇女形象仍然表现了母系文化向父系文化过渡时期的特征。她们个性比较强，人格比较独立，地位还没有后来印度社会妇女那样低下。中古文学中的妇女形象大都依附性较强，如茉莉、罗陀、莲花公主等。父系文化体系的松动在印度直到19世纪末才出现，泰戈尔笔下的一些妇女，才恢复了坚强的个性和独立的人格，如莫哈玛娅、罗丽达等，开始为维护自己的尊严、争取爱情婚姻自由而斗争。

日本文学中的妇女形象也有类似的发展变化。辉映姬虽然带有传奇性，但她表现出的人格独立，反映了妇女在当时还有很高的地位。日本社会的发展具有跳跃性，日本妇女地位的下降也具有跳跃性。公元4世纪前日本还处于母系氏族社会晚期。我国史料最早记述日本历史情况的《三国志·魏书》记述倭国有女王“名曰卑弥呼，事鬼道，能惑众，年已长大，无夫婿，有男弟佐治国”。卑弥呼死后，更立男王，国人不服，出现动乱，“复立卑弥呼宗女壹与，年十三为王，国中遂定”[①]。可见，当时日本是妇女掌握宗教、政治和文化大权。日本的本土宗教神道教的主神天照大

---

① 陈寿：《三国志·魏书》第30卷，中华书局1982年版，第856、858页。

神是女性，[①]宗教领袖是女人，早期国王或天皇也多是女性。[②] 这些都是典型的母系氏族社会现象。后来由于接受了中国文化的影响，日本差不多是从母系氏族社会后期一下子进入父系文化的奴隶制社会。《源氏物语》反映的是公元10世纪末11世纪初的日本社会现实，其中的妇女虽然还保持着表面的婚姻自由，但在爱情婚姻上完全处于被动地位，成为男贵族玩弄的对象，具有明显的父系文化特征。日本中世纪文学中的妇女形象连表面上较高的地位也没有了，同时丧失了独立的人格。熊野的忍从和哀怨，松风、雨村的相思痴情，都表现出父系文化强化时期妇女的地位和心态。这种状况到江户时期文学有所改变，正是由于父系文化体系松动而产生的。但这种松动也只是在町人阶层和冶游场这样特定的场所，对于广大的妇女来说，父系文化观念的束缚压抑还是很严重的，因而这时期文学中的妇女形象多数是艺妓。

中国文学妇女形象的发展也有这样一个过程。《诗经》中的妇女与男子已出现不平等现象，但妇女人格还是独立的。《卫风·氓》中那个离了婚的妇女，只是谴责丈夫的背信弃义，而没有痛不欲生或者没脸见人的感觉。春秋战国时期父系文化开始强化，到唐宋达到高峰，形成严密完整的父系文化体系。唐传奇中的妇女遭遇很悲惨，人格也失去了独立性。元杂剧中妇女形象稍有反抗性，但人格也没独立，还有很强的依附性。明中叶以后，一方面父系文化观念进一步强化，另一方面资本主义萌芽和民主思想的发展，对封建基础形成强大的冲击力量，文学中具有较强个性和独立人格的妇女形象开始出现。杜十娘很有代表性，她有独立自由的要求，她爱上并信任李甲之后就与鸨母展开斗争，终于争得了自由。但没想到所托非人，李甲中途又将她卖给孙富，她没有服从命运的安排去依附孙富，而是表现出对他们的鄙视，宁愿一死而不愿受辱，维护了自己的尊严。《红楼梦》中的一些妇女有较强的个性，无论在才智上还是人格上都高于男子。当时在父系文化的强大压力下，那些有独立人格的妇女不是被毁灭就是被扭曲，所以明清文学中个性比较强、人格比较独立的妇女形象大多是

---

① 有日本学者认为天照大神是卑弥呼等人间女帝王的象征。参阅梅原猛《诸神流窜——论日本〈古事记〉》，卞立强、赵琼译，经济日报出版社1999年版，第364—365页。

② 日本早期历史阶段部落首领一般称“王”，“天皇”一词源于中国道教，作为政治首脑的称号应该在公元6世纪以后。

悲剧形象或反面形象。阿拉伯和波斯文学情况比较特殊，其著名的妇女形象都出现在同一时期的作品中，因而这个发展过程不太明显。

三 东方现象

以上谈了东西方同处于父系文化体系中，因而东西方文学中的妇女形象具有一致性。但是，东西方父系文化体系的强化程度并不一样，父系文化强化是与封建专制制度相联系的。在西方，古希腊科学民主精神经过中世纪的一段泯灭，到文艺复兴即发扬光大，父系文化体系的强化不过几百年，也没有形成思想理论体系和法律条文。妇女有财产权和继承权，一夫一妻制度法律化，而且有女士优先、尊重妇女的社会公德。东方几个文明古国封建社会都有一个超稳定系统，使得封建社会延续的时间很长，父系文化强化期达一两千年，形成一个严密完整的父系文化体系，其理论核心就是男尊女卑。在意识形态方面，东方几大宗教都歧视妇女，儒家思想男尊女卑理论更完备。在伦理道德方面，都为妇女规定了一套以服从男子为基础的伦理规范。在法律方面，妇女大都被剥夺了财产权，从而使她们失去了一切政治经济权利，变成男人的奴隶。在婚姻制度上，大都盛行一夫多妻制，而且根本没有婚姻自由，只能听命于父母之命，媒妁之言。以上种种，使东方妇女受着更加沉重的压迫。东西方妇女这种现实生活中的地位差别，必然使东西方文学中的妇女形象具有深刻的差异。

与西方相比，古代东方文学妇女形象特点之一是遭遇更悲惨，命运更不幸。悉多尽管无比忠贞，还是因为被怀疑不贞而遭丈夫遗弃。由于男性文化对妇女的性禁锢而形成的片面的贞节观，不知害了多少妇女。因为妇女一旦被怀疑不贞节，就再也洗刷不清了，结果不是死亡就是被遗弃。紫姬一生痛苦的根源是一夫多妻制，一夫多妻制在东方各国盛行，紫姬的不幸是东方妇女，特别是上层阶级妇女所共有的。伊彼丽簪那样杰出的女子也轻而易举地被强奸被杀死，男性统治者根本不把妇女当人看，只把她们当作享乐的工具。婚姻不自由，戕害了无数妇女的心灵和生命，蕾丽、林黛玉等都是典型代表。

古代东方文学妇女形象的第二个特点是为争取婚姻自由而斗争的妇女比较多。婚姻自主与父母之命、媒妁之言的婚姻制度发生了尖锐的矛盾。这些妇女大都表现出了一定的反抗性，但是她们都把择偶作为最高的奋斗目标，是为了寻找一个可靠的依托，还没有超出父系文化体系的规范。崔莺莺看上了才子张生，母亲却要把她嫁给郑桓。莺莺在红娘的帮助下与张生偷偷结合。后来张生中了状元，说明莺莺的眼光是正确的，找到一个可托终身的人，于是皆大欢喜。茉莉与青春相爱，国王强迫她嫁给另一个大臣，最后在教母的帮助下与青春结婚。阿拉伯文学中这类妇女形象也不少，阿卜莱、王丽都等，都是经过斗争后有情人终成眷属。以上是斗争取得胜利的例子，另外还有一些斗争失败以身殉情的妇女形象。蕾丽和马杰农的爱情与封建婚姻制度发生了尖锐的冲突，最后斗争失败，蕾丽在痛苦中死去。祝英台深爱梁山伯，却被强迫嫁给别人，她只好死在情人墓前，与他化蝶飞向自由世界。择偶在东方文学妇女形象中之所以占有如此重要的地位，一方面是因为东方妇女都有从一而终的女教之训，并且没有离婚的权利，只能嫁鸡随鸡，嫁狗随狗，一旦所托非人，就注定了一生的不幸。另一方面是因为婚姻不自主是套在妇女身上的第一道枷锁，如果不冲破它，根本谈不上自立自强等自身解放。然而，就是择偶这一条小道，封建统治者和封建家长也严密把守，唯恐妇女有越轨行为，许多少女由此被压抑得心理变态甚至抑郁而死。杜丽娘就是这样一个形象。她连自己家的后花园都不许去，不过偷游一次便牵动了无限情思，为此卧病不起，一命呜呼。她对爱情，对男女欢会的向往，被压抑在潜意识中，只是在梦中或者在死后化为鬼魂时才比较强烈地表现出来，而在她的意识中则充满了封建女教思想。当然，她的理想是“得傍蟾宫客”，也就是要寻找一个可供依附的男人。

由于父系文化观念的强化而产生的妇女对自我文化角色的认同，这是古代东方文学妇女形象的又一特点。父系文化的核心是男子中心意识，是男尊女卑观念，是女性必须服从依附男性的思想，由此出发为女性制定了一套行为道德规范，如“三从四德”等。前面我们谈了妇女对封建婚姻制度的某些反抗，但是这种反抗是与对自我文化角色的认同紧密结合的。她们可以突破封建婚姻制度的限制，但是她们观念中不能摆脱依附男性的心理。还有许多妇女形象表现了对社会邪恶势力的反抗，但是这些反抗与父系文化观念并不矛盾，而是自觉地符合。莎维德丽为救丈夫与死神周旋，算得上勇敢无畏，但是她的言行又都是符合“正法”——父系文化的道德规范的。她正是用对父系文化观念的忠诚这样的贤德，战胜了代表自然命运的死神。春香抗拒卞学道，表现了强烈的反抗性，但她又自觉认同父系文化观念，被打时昂然诉道："三从古训世所重，三纲与五常，家家女儿终身诵，就叫死个十万回，我这百载真情永不化。"[①] 古代东方文学中自觉认同父系文化传统、力图做"贤妻"的妇女形象是很多的，悉多、紫姬、薛宝钗等都是典型代表。甚至像王翠翘这样受欺凌的女子，也以自己特有的方式表现了对父系文化观念的忠诚，她为救父亲而牺牲爱情，又因自己失贞而不愿再与情郎结合。即使有个别杰出的妇女形象，对男权社会表现了一些反抗性，也不能与父系文化决裂。西琳为维护尊严拒绝霍斯鲁的无礼要求，又对他不忠于爱情进行谴责，然而还是要把幸福寄托在与他的结合上，为此苦苦等待。林黛玉对父系文化规定的妇女角色有叛逆的表现，但她也不能不将自己的终身寄托在宝玉的身上。有的女权主义批评家埋怨男作家从男性心理出发，对妇女做了歪曲的描写[②]，这实在是对男作家的误解。因为强化了的父系文化观念作为占统治地位的意识形态，支配着每个人的思想和行动，妇女的头脑也被男性文化意识所充满，因而她们大都安于自己的文化角色。女作家和男作家一样，也要按照父系文化的原则要求来塑造妇女形象。另外从文学的客观性来说，文学中妇女形象不过是社会现实中妇女生活的如实反映。以上我们主要从女权主义的角度对古代东方文学妇女形象作了分析研究。女权主义批评与社会历史批评并不矛盾，男女不平等是随着私有制的产生而产生的，特别是封建社会，男女之间的社会差别达到顶峰，成为封建等级制度的一个重要组成部分。多妻制、性禁锢、对女性的玩弄态度等男性对女性的压迫，是封建社会制度和伦理道德所肯定和支持的，因而女权主义批评也是一种社会历史批评。从女权主义的角度看，古代东方文学男性意识强化，女权主义意识淡薄，这是一个很大的缺陷，但是古代东方文学深刻地暴露了妇女被压迫的社会现实，对妇女的不幸命运寄予同情，表现了伟大的现实主义和人道主义精神。另外古代东方文学也塑造了许多具有叛逆精神和反抗性格的妇女形象，这些形象具有深刻的社会批判意义，表现了古代东方文学的民主精神。

① 《春香传》，冰蔚、张友鸾译，作家出版社 1956 年版。

② 参阅富士谷笃子主编《女性学入门》，张萍译，中国妇女出版社 1986 年版，第 90—92 页。

四 民族差异

父系文化强化是东方各国的一个共同特征，但是这种强化在东方几个文化圈中又有不同的表现，而呈现出各自的历史文化特点，因而东方各国古代文学中的妇女形象也有不同的特色。

印度古代的法典对妇女的言行都有严格而又苛刻的规定，妇女没有财产权，没有婚姻自由，必须服从丈夫，无论丈夫多么无能，也要把他当作神来崇拜①。以至于在后来的文学理论中形成这样的女主角分类：丈夫的品德不好但仍然忠于丈夫者，为上等女人；根据丈夫的品德好坏采取相应的态度者，为中等女人；丈夫品德好也不忠于丈夫者，为下等女人。② 妇女必须保持贞节，寡妇被鼓励甚至被强迫自焚殉夫。现实生活中印度妇女受的压迫是很重的，但是印度文学中的妇女地位却比较高，而且很受尊崇，爱情婚姻也比较自由。黑公主、悉多、莎维德丽、达摩衍蒂等都是自己选婿，沙恭达罗、罗陀、莲花公主等都是自由恋爱。她们都是千百年来受到印度人民尊崇赞美的妇女形象。印度古代文学妇女形象的这种特点有其社会文化方面的原因，第一，虽然一般妇女在社会生活中的实际地位很低，但是那些符合社会伦理规范的妇女又被抬得很高，被尊称为“女神”。古代印度文学中的著名妇女形象，大都是作为理想的妇女形象来塑造的，因而倾向于后一种情况，即她们的言行符合社会伦理规范，所以被尊崇被赞美。对印度妇女悲惨命运的反映则是曲折的、隐晦的。我们只能从悉多的被遗弃、沙恭达罗的被拒绝以及莲花公主的自焚中隐约看到印度妇女的不幸命运。第二，印度文化继承性很强。吠陀、史诗和往世书作为宗教经典一直传承下来。受其影响，文学形象也具有较强的继承性，文学中的妇女形象大都源于两大史诗，后代作家尽管都结合时代特点赋予形象以新的内涵，但早期妇女较受尊敬的特点仍然保持下来。第三，印度文化宗教性强，对妇女形象塑造有很大的影响，一方面，印度教有的教派崇拜难近母和时母，这种女神崇拜影响到文学中妇女的地位；另一方面，印度古代作家大都是虔诚的教徒，以宣扬宗教思想，维护宗教道德为己任，因

① 参阅萨拉夫《印度社会》，商务印书馆 1977 年版，第 376—377。

② 参阅刘安武《印度印地语文学史》，人民文学出版社 1987 年版，第 153 页。

而特别推崇那些符合宗教伦理道德的妇女形象，并把她们作为宗教伦理思想的传声筒。

前伊斯兰的阿拉伯社会还有大量母系文化的残余，表现为家族关系从母居，婚姻形式访妻制和宗教信仰的女性神崇拜。伊斯兰教创立前后形成了父系文化体系，但伊斯兰文化初期父系文化还没有强化，因而对妇女的压迫相对轻一些。妇女在宗教上受的歧视比较少，经济上她们有财产权，《伊斯兰法纲》规定妇女继承财产的份额是男子的1/2。在伦理道德上也没有那样多的教条束缚。[①] 因此，阿拉伯古代文学中的妇女形象大都表现得自主自强，并且有较强的反抗性。阿卜莱、山鲁佐德、伊彼丽譬、祖曼绿蒂、王丽都、载玉妮等妇女形象，都具有豪放刚强、有胆有识、自强不息的特点。正是一种比较宽松的社会文化环境，使她们可以比较自由地发展自己的个性。当然，她们毕竟也是处在父系文化体系之中，已经表现出了受压迫的地位和不幸的命运。随着封建社会的发展，父系文化强化，伊斯兰妇女受的压迫和束缚越来越严重，信教的妇女都严格遵守《古兰经》对信女们的规定，“用面纱遮住胸膛，莫露出首饰”，[②] 决不同外人接触，逐渐失去了个性和独立人格。波斯属于伊斯兰文化圈，伊斯兰教思想占统治地位，因此古代波斯文学妇女形象与阿拉伯基本一致，具有较强的自主性和反抗性，并且有些形象本身就来源于阿拉伯，如蕾丽和佐列哈。但是波斯有自己悠久的文明历史和文化传统，因此文学中妇女形象也有自己的特点。由于父系文化更加强化，妇女的反抗都以失败告终，命运更为不幸。西琳、蕾丽、拉贝埃、佐列哈等，无一不是父系文化的牺牲品。

东亚的汉文化圈中儒家思想占主导地位，妇女地位很低，而且受的精神压迫很重。首先，男尊女卑观念根深蒂固，有完整的思想理论体系，妇女处于受压迫的地位成为天经地义。其次，汉文化中“女教”特别发达，汉代就有刘向的《列女传》和班昭的《女诫》问世，以后，历代都有“女教”书出现，这些女教为妇女制定了一套严格的道德和行为规范，是妇女的沉重的精神枷锁[③]。因此汉文化圈中妇女形象一方面地位很低，受

① 参阅富士谷笃子主编《女性学入门》，张萍译，中国妇女出版社1986年版，第141—144页。

② 《古兰经》第二四章，马坚译，中国社会科学出版社1996年版，第285页。

③ 参阅陈东原《中国妇女生活史》，上海书店1984年版，第45—50页。

的压迫很重；另一方面又自觉地与父系文化观念认同。她们大都缺少独立的人格，表现出对丈夫的依靠心理。三从四德作为封建女教的基本内容，通过灌输和潜移默化，成为妇女的自觉行动。即使有个别妇女形象表示反抗，等待她们的都是悲剧结局。除了这个基本特征之外，中国古代文学妇女形象还表现出比较多的叛逆性，这种叛逆是相对于正统思想的严重束缚而言的。中国古代婚姻制度是父母之命，媒妁之言，孟子说："不待父母之命，媒妁之言，钻穴隙相窥，踰墙相从，则父母国人皆贱之。"① 然而文学中的妇女形象却大都积极争取自由自主的婚姻，为此与封建家长产生尖锐的矛盾。正统的妇道观念是"女子无才便是德"，然而文学中的妇女形象大都才华横溢，不让须眉。这些形象显然具有叛逆的精神和民主的色彩。这种现象的原因很多，其中最主要的一点是中国文学有民主的传统，杰出的文学家大都耻于歌功颂德，宣传道统。特别是后期的戏曲小说等文学形式，被正统的封建文人所不齿，其作者往往是仕途失意的文人或封建社会的叛逆者，因而他们笔下的人物就有较多的反抗性和叛逆色彩。

日本文化既受汉文化影响，又有鲜明的民族特性，因而其古代文学中的妇女形象也表现出自己的特点。首先日本文学妇女形象反抗性比较差，面对沉重的压迫和不幸的命运，她们往往只是隐忍，悲叹或者出家，从宗教中寻求安慰，最多也只是情死。这与日本民族"各守本分"的文化心理模式有关。② 这种心理模式是与严格的等级制度紧密联系的，男尊女卑的等级观念一旦形成，妇女被压迫的地位一旦被固定，日本妇女就只好恪守这种卑贱的本分而不思反抗。日本文学妇女形象的第二个特点是具有强烈的自我悲剧意识，这是日本古代"女房文学"发达的结果。从 10 世纪到 12 世纪，日本出现了一批杰出的女作家，她们都是中下层贵族妇女，对妇女的生活和命运有切身的体验和细致的观察，同时又有深刻的内省精神，认识到男性统治的社会中妇女悲剧命运的必然性，因而她们笔下的妇女形象，就有强烈深沉的自我悲剧意识。紫式部的《源氏物语》中众多的妇女形象，个个都是在心灵痛苦和精神折磨中度岁月，其中夕颜的夭折，空蝉的出家，紫姬对自身命运的悲叹，都给人以浓重深沉的悲剧感。

---

① 《孟子·滕文公》，见《十三经注疏》，浙江古籍出版社 1998 年版，第 2711 页。

② 参阅本尼迪克特《菊花与刀》，孙志民等译，浙江人民出版社 1988 年版。

五　性格之美

古代东方文学中著名的妇女形象，大都是本民族理想的妇女，体现了本民族女性美的理想，因此，把这些形象加以综合比较，可以看出东方女性的审美特征。我们这儿谈的女性美不是体型、皮肤、五官、姿态等外部特征，而是女性形象所表现出的性格美、人性美和品格美。

在女性性格美方面，刚与柔是一对审美范畴，由此可以分出柔弱与刚强两种基本性格。刚与柔常常和“阴阳”搭配，构成所谓阴柔之美与阳刚之美。“阴阳”本是中国古代哲学的一对基本范畴，原是解释宇宙生成与演化规律的，后来被比附为男女两性，成为男尊女卑理论的哲学基础，于是阳刚成了男性的所有物，而把阴柔赋予女性。[①] 实质上，作为审美范畴，刚美不仅适用于男性，也适用于女性，柔美亦然。性格的刚烈、坚强、豪放等，都属于刚美范畴，而性格的温和、柔顺等，则属于柔美范畴。黑公主遭到侮辱后大闹王宫，发誓不报仇就不结起被撕乱的头发。她谴责般度兄弟的软弱，大战前极力主战。战后坚战等人非常悔恨这场残酷的战争，黑公主虽然失去了所有的儿子，却毫不后悔，认为杀死难敌一伙是应该的。这种刚烈之气正是刚美的一种表现。夕颜温顺依人，对于头中将正妻的欺负和头中将的冷淡怨而不怒，对于不幸的命运哀而不伤，对先后交往的两个男人都表现出柔顺依恋的态度，这种温柔可爱则是柔美的一种表现。东方文学妇女形象的性格是多种多样的，这种开放式的审美态度，表现了东方思想的宽容宥和精神。但是东方思想在兼容并包的前提下，又有中道和中庸的特点。在文艺美学上，特别推崇和提倡中和之美。和谐是古代东方文学最高的审美理想。这种中和之美的理想也表现在妇女形象的性格美上，下面我们通过对东方各国文学妇女形象性格美特点的分析来说明这个问题。

印度古代文学妇女形象继承性比较强，上古文学妇女形象的一些性格特点被后来的文学作品继承下来，因而性格刚烈的妇女形象比较多，但总的特点是刚柔并济。沙恭达罗形象很有代表性，席勒曾称赞她的“美妙的女性温柔”，指出：“在古代希腊，竟没有一部书能够在美妙的女性温柔

---

① 参阅陈东原《中国妇女生活史》，上海书店 1984 年版，第 1 页。

方面，或者在美妙的爱情方面与《沙恭达罗》相比于万一。”[①] 然而，她在爱情方面的大胆主动，被国王拒绝时对他的斥责怒骂，又表现出许多刚美之气。春军也是一个很有代表性的形象。她反抗国舅的强暴，表现出刚强的气质，而对待情人善施和他的孩子，则表现得既温柔又细腻。其他形象如悉多、茉莉、罗陀、莲花公主等，性格特点都是刚柔并济。

日本古代文学中性格柔弱的妇女形象较多，并常常把这种柔弱作为女性美来表现，但同时也认为过于柔弱是一种美中不足，应该再加一些刚强之气。空蝉就是一个具有这种理想性格的妇女。作者称赞说：“原来空蝉这个人的性情，温柔中含有刚强，好似一枝细竹，看似欲折，却终于不断。”其他形象如紫姬、熊野、松风等，她们以顽强的态度担负起人生的不幸，都有一种“看似欲折，却终于不断”的外柔内刚特点。可以说，日本古代文学妇女形象性格美的理想是外柔内刚。

阿拉伯妇女由于社会环境的宽松和精神束缚较少，性格大都豪放、泼辣、刚强，但内心充满柔情，总的特点可以说是外刚内柔。祖曼绿蒂在歹徒面前表现得刚强机智，对丈夫则是柔情似水。其他如王丽都、伊彼丽簪等都是这种外刚内柔的妇女形象。波斯属于伊斯兰文化圈，妇女形象在基本特征上与阿拉伯一致，但在性格上没有阿拉伯妇女形象那样大胆泼辣，而更表现出稳重自持的特点，这种稳重自持，正是刚与柔的结合。西琳既“志坚似铁”，为维护自己的尊严不屈从国王，又“心软如蜡”，对国王始终怀着温柔情义，尽管受到冷淡和侮辱，她也不与他一刀两断，而是坚持等他悔悟。这种坚韧而又稳重自持的性格特点，在蕾丽、拉贝埃等妇女形象身上都有鲜明的表现。

我国文化受儒家中庸之道影响，有中庸合度的特点，亦有中和之美的追求。表现在文学上，妇女形象性格美讲究温柔敦厚，实际也是刚与柔的二重组合。

从以上分析可以看出，古代东方各国文学妇女形象性格美的一个共同特点，就是刚与柔的组合，尽管这种组合表现出不同的形式和特点，但是都表现了中和之美这样的审美原则。这种多重组合丰富了妇女形象性格美的审美内涵，增强了艺术魅力。

---

① 转引自季羡林《〈沙恭达罗〉译本序》，见迦梨陀娑《沙恭达罗》，季羡林译，人民文学出版社 1980 年版，第 19 页。

六 人性之美

爱情是人性的升华，古代东方文学妇女形象的人性美，在爱情中得到了充分的表现。对纯真爱情的大胆追求，是古代东方文学妇女形象的一个重要特征。沙恭达罗、王丽都、蕾丽、拉贝埃、林黛玉、聂小倩等，无不以追求纯真爱情开始自己的人生旅途。多情是东方妇女人性美的表现，痴情更是东方女性人性美的基本特征。古代东方文学中理想的妇女形象，对爱情都有坚贞不渝、始终如一的特点。阿卜莱对昂泰拉一往情深，父亲几次将她许嫁别人，她都坚决拒绝。几次被外族骑士抢去，逼迫成婚，她都誓死不从，表现了对爱情坚贞不渝的特点。松风、雨村将在原行平遗下的乌帽狩衣作为爱情的纪念，并唱出“遗物抚览情难却，世间此物最相思”的心声。两人痴心地等待行平归来，直到化为鬼魂。拉贝埃因爱一个侍卫被当国王的哥哥挑断脉搏关进水牢，她用手指蘸着自己的鲜血写下了赞美爱情、诅咒世界的诗篇，为爱情而死而又至死不悔。这类痴情女子还有很多，西琳、蕾丽、沙恭达罗、王丽都等，都表现了对爱情坚贞不渝的特点，这些妇女形象奏出的爱情之曲，打动了古今多少读者的心弦，这就是爱情中表现出的人性美的魅力。

爱情的最高境界是灵肉的相通，是身心的结合。与爱情相关的性爱，是人性的一个重要方面，因而也是重要的审美对象，如果表现得好，会在人性美方面增强形象的美感，反之，也会破坏形象的美。古代东方文学中的妇女形象在这方面也提供了很好的借鉴。一些以暴露为目的的作品中大量露骨粗俗的性表现，只能破坏形象的美，如《金瓶梅》中的潘金莲和《好色一代女》的主人公，就是单纯的性欲发泄，根本没有女性美可言。而一些具有审美价值的妇女形象，在性爱方面都表现得比较含蓄，如沙恭达罗、崔莺莺等妇女形象，都有含蓄适度的性爱表现。即使一些性爱表现比较大胆的女性形象，如《牧童歌》和《苏尔诗海》中的罗陀，《尤素福与佐列哈》中的佐列哈等，她们的性爱都是与纯真热烈的爱情结合在一起的，而且也都表现得比较适度，因而不仅没有损害这些形象的美，而且丰富了人性美的审美内涵。

妇女形象人性美的表现，东方各国妇女形象也有不同的特点。印度古代文学妇女形象在爱情上都比较大胆主动，就连以性格温柔著称的沙恭达罗都是主动表达爱情。与其他国家妇女形象比较，印度妇女形象在性爱方面也更大胆更露骨，这当然是由于作家大胆描写，但作家为什么这样写，却有深层的文化背景。印度传统人生观认为人生有四大目的，即法、利、欲、解脱，其中的“欲”就是指性爱的享受，在这方面还有经典《欲经》（又译《爱经》）传世。与之相联系，男女爱情并不是抽象的精神恋爱，而是以身相许，大胆的性爱是强烈爱情的表现。中国文学妇女形象则不同，以儒家思想为中心的汉文化视恋爱为大逆不道，对妇女的恋爱不但在行为上防范，而且利用大量的女教，从思想上加以束缚，因而中国文学妇女形象在恋爱表现上多数是被动的。崔莺莺、杜丽娘、林黛玉等都是如此，她们不但在行动上小心谨慎，而且在思想上都经过一番激烈斗争之后，爱情战胜正统伦理道德，才能走出恋爱的第一步。聂小倩等《聊斋志异》中的妇女追求爱情是比较大胆主动，但不得不披上花妖狐魅的外衣，以区别于一般的良家妇女。性爱在汉文化中更是讳莫如深的问题，除了个别暴露和宣扬色情的作品之外，文学中的妇女形象在性爱方面都非常谨慎，作家的描写也非常含蓄，尽管这样，正统的封建统治者也视之为洪水猛兽，禁止唯恐不及。阿拉伯妇女受的束缚压抑较轻，在恋爱上都比较大胆主动，如王丽都、祖曼绿蒂都是主动表示爱情，而载玉妮等形象在爱情表现上则显得泼辣勇敢。波斯妇女在这方面与阿拉伯基本一致，西琳、拉贝埃，佐列哈等妇女形象在恋爱上都表现得大胆主动。日本妇女形象同中国妇女形象一样，在恋爱上表现得比较谨慎、矜持、被动，但比中国妇女自由。

七　品格之美

品格美是女性美的又一重要方面。第一，古代东方文学妇女形象品格美的首要表现是忠贞。这里的忠贞是指对丈夫保持贞节，与前面所谈的对爱情的坚贞既有联系，又有区别。对丈夫的忠贞是一种义务，是对妇女品德的要求，而爱情的坚贞不渝是感情问题，是人性美的内容。许多情况下两者是结合在一起的。悉多作为贤德妇人的主要表现就是对丈夫的忠贞不渝。十首王的威逼利诱不能动摇她的节操，即使被怀疑不贞遭放逐以后，她对罗摩仍然保持忠贞。悉多对自己的贞节要求很严，哈奴曼要背她逃出楞伽岛，她因为不愿接触罗摩以外的男人而拒绝。悉多千百年来被歌颂被尊崇，皆因为她是忠贞的化身。紫姬作为理想的妻子，也具有忠贞的美德，她的贞节严格到不能被别的男人看见。《一千零一夜》中有许多对丈夫不忠的妇女形象，大都是被否定的，而作为理想的正面妇女形象，则都具有忠贞的特点，如祖曼绿蒂等。中国文学中贞女形象塑造形成了模式，如男女自幼订婚，后来夫家家庭败落，父母嫌贫爱富，逼女儿另嫁，女儿坚决不从，甚至以死守节，等等。这种忠贞的美德甚至推广到妓女，李香君被侯方域梳拢为妾，侯方域避祸远走，音信皆无，权贵马士英逼香君改嫁田仰，她誓死不从，要为侯公子守节，以致血染定情扇。

第二，贤淑是东方女性品格美的又一重要表现。贤淑包括的内容很广，对长辈的孝敬，对丈夫的顺从，对子女的爱护等，即所谓“贤妻良母”所具备的条件的总和。中国很早就提出“三从四德”作为妇女的伦理道德和行为规范，就是一种贤淑的标准。薛宝钗被认为是不同于林黛玉的另一种美的类型，就是因为她符合传统伦理道德所提倡的“三从四德”。东亚地区受儒家文化影响，对妇女贤淑品格的要求基本上是一致的。紫姬就是一个理想的贤淑女子，作者紫式部和书中的人物对她的贤淑品德常常发出由衷的赞叹。印度两大史诗塑造了许多贤德妇人形象，悉多、甘陀利、莎维德丽等，都具备贤淑的品质。甘陀利由于丈夫双目失明，自己也把眼睛蒙上，不愿有比丈夫更多的享受。莎维德丽以她的贤德不但从死神阎摩手里救出了丈夫，而且使双目失明的公公复明，恢复王位，使父亲有儿子传宗接代，因而受到赞美歌颂。

第三，痴情与贤德作为女性美的要素在文学史上是最早出现而又反复出现的意象，是两种原型。东方古代文学妇女形象的理想美是情义两全，也就是痴情与贤德的结合。值得注意的是古代东方文学对理想妇女形象的塑造，在情义两全的前提下更推崇义，更注重贤德，也就是更讲究品格美。为争取爱情不择手段，或者在情义冲突面前保情舍义，在古代东方文学妇女形象中是很少的，也是被否定的。相反，东方女性品格美要求妇女要有忍辱负重、自我牺牲的精神。山鲁佐德、阿济簪、王翠翘等妇女形象，都表现了这种自我牺牲的精神。东方文化的伦理色彩很浓，在这种文化的支配和影响之下，东方文学的伦理色彩也非常浓厚，妇女形象对品格美的重视，正是这种伦理色彩的重要表现。古代东方十分重视文学的风俗教化作用，寓教育于审美之中，文学中的妇女形象在这方面起着重要作用。

在女性的品格美方面，东方各国文学妇女形象也表现出一些不同特点。印度妇女形象的特点是贤德和痴情两类形象的鲜明对比，史诗中的贤德妇人和后来的爱情诗中的痴情女子是两种完全不同的典型，前者以悉多为代表，主要表现了忠贞和贤淑，基本不谈爱情。后者以罗陀为代表，主要表现了强烈的情欲，基本没有贤德的内容。痴情与贤德这两种原型是可以分离的，但只有在印度文学中被这样截然分开。这与印度宗教文化的两极对立特点有关，马克思曾指出印度教“既是纵欲享乐的宗教，又是自我折磨的禁欲主义的宗教”。[①] 这虽然是就印度教中的湿婆教派而言，实际也概括了整个印度文化的特点。比如在毗湿奴教派中，罗摩派主张念诵罗摩的名字就可以死后生天，黑天派则认为对大神要有虔诚的爱，这种爱不仅指精神的爱，而且指肉体的爱，因而罗陀对黑天的那种强烈的献身的爱就成了表达宗教感情的最好方式。文学中的妇女形象的鲜明对比，正是宗教文化两极对立特点的一种表现。

日本妇女形象的特点是对贞节不太讲究，这与日本古代实行招婿婚制有关。招婿婚形式之一是访妻婚，互相爱慕的男女夜晚在女方家里幽会而结成婚姻关系，这种婚姻非常自由，易结也易离，并伴随着一夫多妻和一妻多夫现象。在这种婚姻形式下，妇女和男子一样享有性自由，没有贞节的要求，妇女过于严谨则被视为死板。但是随着男权统治的建立和儒家思想的输入，访妻婚的性自由也成了男子的特权，如《源氏物语》中的妇女，成为正式妻子之后就受到性禁锢。即使那些享有性自由的女性，也是处于被动的地位，只是被玩弄的对象，是为男贵族寻花问柳的腐朽生活服务的。这种畸形的性自由，反而给她们带来了更多的精神痛苦和心灵折磨。

伊斯兰妇女有贤淑贞节的要求，但总体不是太严格，原因是当时伊斯兰文化刚刚创立，还没有形成一套严格的妇道体系。中国则不然，妇道体系汉代已经很完备，而妇道的基本内容不外乎贞节和贤淑，因而中国文学妇女形象在这方面要求特别严格。但是尽管有这样一致的严格要求，却没有出现一个全民公认的理想的妇女形象作为妇女的典范，而是在妇女理想上表现出层次性。第一层是为封建统治者所赏识的节妇烈女，这类形象主

---

① 马克思：《不列颠在印度的统治》，见《马克思恩格斯选集》第 2 卷，人民出版社 1977 年版，第 62—63 页。

要特征是尽忠尽孝，守节保贞；第二层是文人墨客所赞美的佳人形象，这类形象特点是很有才学而且赏识才子。第三层是一般群众所喜爱的巾帼英雄，她们大都具有大胆粗犷的性格和反抗精神。这三类形象在不违背贤良贞淑品格美的前提下，表现出不同的特色。这是因为中国文化博大精深，形成许多文化层或文化群体。这些文化群体在基本精神一致的前提下，有着不同的审美观念。

八 女性美问题

文学作品中妇女形象女性美，是一个颇有争议的问题。女权主义者认为，以往文学所表现的女性观和对妇女形象的描写都是脱离女性实际的，女性形象是按照男性的期望塑造出来的，因而提出对女性美的观念要重新审视。他们认为女性美应该摆脱男性意识的控制，有的主张与父系文化传统彻底决裂，寻求具有独立意义的女性意识，从语言、思维、审美诸方面建立一个女性文化体系；有的主张女性向男性看齐，进入男人的一切领域，从而使女性男性化；有的则认为必须克服男女的二元对立，建立“双性人格”，从而取消相对于男性而言的女性美。[①] 女权主义批评的这些观点，对我们评价古代东方文学妇女形象所表现出来的女性美有一定的启发作用。女性美不是先天就有的，而是后天培养成的，是社会文化所赋予的。在父系文化体系中，女性美的观念是受男性话语支配的，必然要打上男子中心主义的印记。在女性性格美上，对柔弱的欣赏和对柔美的提倡，就是从男强女弱的固有观念出发的。班昭《女诫》中说：“阴阳殊性，男女异行。阳以刚为德，阴以柔为用。男以强为贵，女以弱为美。”[②]《源氏物语》也一再称赞女子的柔美，认为“柔弱，就女子而言是可爱的”。东方文学妇女形象所表现出的性格上的柔美，与这些思想是相符合的。在人性美方面，多情与痴情常常隐含着女性对男性的依附心理，把全部生命寄托在爱情上，往往是为了寻找一个依靠的对象，因此不能自立自强。在品格美方面，贞节是对女性的片面要求，男子可以三妻四妾，甚至可以寻花问柳，女子却只能从一而终，因而形成对妇女的禁锢。此外贤淑美德也往

① 参阅孙绍先《女性主义文学》，辽宁大学出版社 1987 年版，第 115—131 页。

② 参阅陈东原《中国妇女生活史》，上海书店 1984 年版，第 47—49 页。

往成为对妇女的束缚。古代东方文学妇女形象，作为父系文化体系中的妇女，在审美特征上，也要符合父系文化观念，不可能突破父系文化这个大框子。

但是，我们不能因为这种女性美是父系文化的产物而将其完全否定。第一，人类社会中男女的二元对立是客观存在的，既不能夸大它，又不可能消除它。承认这种二元性，就必须承认存在女性美，承认女性美就必然有关于女性美的观念。第二，古代东方文学妇女形象表现出的审美理想，不仅是封建统治阶级的理想，而且有广大人民群众和具有民主进步思想的文学家的理想。因而这种审美理想中就有合理进步的成分，值得批判继承，发扬光大。第三，对这些妇女形象的女性美要具体分析，她们有的与父系文化传统的伦理道德认同，与自己被指定的文化角色认同，对社会秩序起着肯定和规范作用，其中女性美中更多地表现了民族文化传统。有的对父系文化传统起了某种否定和破坏作用，其女性美更多地表现了进步的时代精神。这两种审美特征就有不同的批判继承的价值。另外，对女性美的分析，不仅有助于我们认识这些形象本身的审美特征，而且在女性美问题上给我们提供了有益的启示。第一，以往女性美观念主要局限在于受父系文化观念的支配，这种审美观念需要进行根本变革，关键在于突破父系文化的男子中心意识。第二，女性美不是单一的、封闭的，而是开放的、丰富多彩的。

本章主要从社会意义和审美特点等方面对古代东方文学中的妇女形象进行了分析讨论。东方文学是一条长河，上下几千年源远流长；又像一个大海，包容数十个国家民族，浩繁深广。对它作总体论述无疑是一个冒险。本文虽然涉及了不少国家，但还有更多东方国家没有述及；虽然提到了不少作品，但只是东方文学中的一小部分。限于资料和篇幅，本文所论的仅是一些在各国有较大影响和在文学史上占有一定地位的妇女形象，也难免挂一漏万。这样的浅探能否成立，有待于方家指正。

第五章

《高丽藏》与中韩文化交流

佛经不仅是佛教的经典，而且是东方文化的宝库。现存佛经有三大体系，即汉文大藏经、巴利文大藏经和藏文大藏经。其中汉文大藏经是汉文佛教典籍的总汇，在三大系统中规模最大、内容最为丰富。卷帙浩繁的汉文大藏经是中印文化交流的成果，其中有印度佛经的汉译，也有中国高僧大德的著述。作为汉传佛教或汉化佛教的经典，汉文大藏经不仅是中国境内汉民族的创造，而且凝聚了东亚地区许多国家和民族的智慧。在汉文大藏经中有一部是韩国古代高丽王朝时期刻印的，称为《高丽大藏经》，一般简称为《高丽藏》。该藏是中韩两国古代文化交流的成果，在佛教汉文大藏经的发展史上占有重要地位，在中韩文化交流史上也传为佳话。

一　《高丽藏》的形成

佛教汉文大藏经的形成和发展有非常曲折复杂的历史。虽然佛教早在东汉时期已传入中国，佛经翻译在魏晋南北朝已出现高潮，但在宋朝以前一直没有一部系统完整的大藏经。魏晋以后许多佛学高僧曾以佛经编目的形式试图汇集佛经，组织大藏，但由于印刷技术等方面的原因，直到宋朝初年才出现了第一部雕版印刷的汉文大藏经。由于该藏开雕于宋太祖开宝四年（公元971年），故称为《开宝藏》。《开宝藏》完成于宋太宗太平兴国八年（983年），共收经1076部，5048卷，分480帙。卷轴装，每版正文23行，每行14字。共雕版13万块。《开宝藏》在宋代的咸平、天禧、熙宁年间曾多次修订，规模增至653帙，6620卷左右。

《开宝藏》雕造完成后，除颁赐国内各地的佛寺外，还赠送周边的许多国家，高丽王朝便是其中之一。

高丽王朝时期曾经两次刻印大藏经，一般称为初刻《高丽藏》与再刻《高丽藏》。两次刻经都是适逢国难，为了借佛力御敌护国，由国王下令，组织专门的机构即大藏都监，雕刻大藏经。两刻中间还曾经刻印《续藏经》，所以又有高丽三刻大藏经之说。

高丽显宗元年（1010 年），契丹退兵后，显宗认为还会有外敌入侵，为祈愿佛法，打退敌人，决定雕刻大藏经。显宗二年（1011 年）初刻《高丽藏》开雕，经过德宗、靖宗，到文宗时期完成，历时 60 余年。[①] 该藏共收经 1106 部，5048 卷。版式仿《开宝藏》，系卷轴装，每版 23 行，每行 14 字。初刻《高丽藏》是以《开宝藏》初刻本为底本覆刻的，但也收入若干民间的流通本，因此与《开宝藏》不尽相同。

《高丽续藏经》是在名僧义天的倡导和主持下雕刻的。义天是文宗的四子，11 岁时遵父王之命出家，学有所成后，向父王要求入宋求法，父王不许。其兄宣宗即位后，他又要求入宋，仍不许。于是义天于宣宗二年（1085 年）携弟子二人偷渡出国赴宋，在中国游历 14 个月，遍访名刹高僧。后在宣宗和母后的恳求下乘使船回国，带回经书一千余卷。义天被任命为兴王寺主持，他奏请宣宗，在兴王寺设教藏都监，从宋、辽、日本等地购进佛书，并在国内搜集佛典。他自著《新编诸宗教藏总录》，在兴王寺雕版刻成《高丽续藏经》，共 1010 部，4740 卷。于宣宗七年（1090 年）完成。

高宗时期，高丽多次遭受蒙古入侵，高宗十九年（1232 年），藏在符仁寺的初刻《高丽藏》及《高丽续藏经》的版片被入侵的蒙古兵烧毁。为避蒙古势力，高丽迁都江华岛，并根据显宗刻经退契丹的历史经验，发愿再刻大藏经，以佛力阻止敌人的入侵。高宗二十三年（1236 年）在江华岛设大藏都监本司，于晋州设分司，动员全国的学者和技术人员，竭尽国力，用 16 年时间，于高宗三十八年（1251 年）完成了新版大藏经，即再刻《高丽藏》。该藏共收经 1522 部，6558 卷，[②] 分作 639 帙。共有经版

① 初刻《高丽藏》完成时间有争议，有显宗时期、文宗时期，历 40 年、60 年、70 年等说。参阅金煐泰《韩国佛教史概说》，柳雪峰译，社会科学文献出版社 1993 年版，第 119 页；金得榥《韩国宗教史》，柳雪峰译，社会科学文献出版社 1992 年版，第 120 页；方广锠《佛教典籍百问》，今日中国出版社 1989 年版，第 177 页。

② 关于再刻《高丽藏》的部数和卷数各家说法不一，金煐泰《韩国佛教史概说》为 1512 部，6791 卷；方广锠《佛教典籍百问》为 1521 部，6589 卷。本文依据《中国大百科全书·宗教卷》，中国大百科全书出版社 1988 年版，第 156 页。

八万一千余块，[①] 故又称“八万大藏经”。每版两面刻字，每面23行，每行14字。

初刻《高丽藏》及《高丽续藏经》的版片于高宗十九年毁于蒙古战火。现传世印本比较珍稀。再刻《高丽藏》版片保存至今，现珍藏于韩国庆尚南道海印寺。一般所谓《高丽藏》即指本藏。

二 《高丽藏》的特点和影响

作为一部汇集汉文佛教经典的大藏经，《高丽藏》在佛教文化史上具有重要意义。佛教源于印度，北传中国，再东传韩国和日本，随着汉化佛教的完成，形成了新的佛教中心。特别是公元10世纪以后，随着佛教在其发源地印度的衰颓至近乎消亡，佛教中心正式由南亚转移到东亚，其标志一是具有中国特点的佛教宗派的出现和发展，如禅宗、净土宗、天台宗、华严宗等；二是汉文大藏经的编订和刻印。从隋代费长房的《历代三宝记》，到中唐时期智升的《开元释教录》，汉文大藏经的结构体系已经成熟。到北宋时期，《开宝藏》、《契丹藏》、《毗卢藏》、《崇宁藏》、《高丽藏》等刻本大藏经相继问世，系统完整的汉文大藏经最终形成。[②]

《高丽藏》既是早期汉文大藏经中的一部，又是韩国佛教极盛时期的产物。佛教在韩国的三国时期由中国传入，经过数百年的传播和发展，到高丽王朝出现了韩国佛教的黄金时代。其标志一是具有韩国特点的佛教各宗派的形成，出现了显、密、禅、教并弘共进的局面；二是名僧辈出，出现了坦文、义天、知讷等著名大德；三是大藏经的雕造。雕刻印刷大藏经是一项浩大的宗教文化工程，不仅需要国家的人力物力的支持，而且需要一大批有佛学修养的高僧参与校勘、订正。因此大藏经的雕造，不仅其本身是佛教繁荣的标志，而且对佛教的发展有直接的推动作用。

从编辑刻印的质量方面看，《高丽藏》自身经历了三个阶段而趋于完善。初刻本吸收并保留了《开宝藏》、《契丹藏》诸藏的优点；《续藏经》

---

① 关于经版数目各家说法不一，金得榥《韩国宗教史》为81137块；金煐泰《韩国佛教史概说》为81258块；杨渭生《宋丽关系史研究》（杭州大学出版社1997年版，第350—351页。）为81218块。

② 参阅方广锠《佛教大藏经史》（八—十世纪），中国社会科学出版社1991年版。

据《开宝藏》的天禧、熙守两个修订本和《契丹藏》以及义天大师的搜集和创编，补充了以前各藏的不足；再刻本又以《开宝藏》、《契丹藏》和初刻《高丽藏》及《续藏》诸本互校，因此更为完善。中国近代佛学家丁福保称赞该藏“校合同异，实为善本”[①]。韩国学者金煐泰称赞其“在各国版本的大藏经中，它是最优秀的汉译大藏经，是极为珍贵的文化宝物”[②]。中国当代佛教文献学家方广锠则称赞其“有较大的校勘、研究与史料价值”[③]。

从时间方面看，《高丽藏》之前的官刻大藏经，即宋版《开宝藏》和辽版《契丹藏》，均已散佚，只有零星残卷传世。私刻《毗卢藏》、《崇宁藏》、《圆觉藏》等或者散佚，或者残缺不全。私刻《金藏》于1933年在山西省赵城霍山广胜寺被发现，刻印时间早于《高丽藏》。赵城《金藏》虽然极为珍贵，但由于以往未见著录，所以历史上影响不大，另外也有部分残缺，虽经历代补抄，亦不十分完整。可以说《高丽藏》是现存最完整的早期汉文大藏经。其在佛教文化史上的价值的确不容低估。

从影响和流传情况看，《高丽藏》更是其他版本汉文大藏经所不及。在古代，高丽忠宣王三年（1311年）曾向元朝赠送大藏经，[④] 此事发生在再刻《高丽藏》完成后不久，所送大藏经当然就是这部《高丽藏》。今北京国家图书馆所藏高丽高宗二十九年（1242年）刻《大乘三聚忏悔经》一卷，高丽高宗三十四年（1247年）刻《大唐保大乙巳岁续贞元释教录》一卷，[⑤] 便是这部《高丽藏》的零本。另外，该藏经版1399年迁至海印寺后曾印50部，其中有四部先后传入日本。[⑥] 近代以来，该藏又先后多次重版或改版印刷。韩国于20世纪60年代和70年代两次印刷，其中后一次为影印书册式装帧。1957年日本曾将该藏缩印为书册式精装本发行。中国台湾也出过该藏的影印本。以《高丽藏》为底本或主要参考本新编的汉文大藏经也不少。学术界比较通行的日本《大正新修大藏经》

① 丁福保编：《佛学大辞典》，上海书店1991年版，第1723页。

② 金煐泰：《韩国佛教史概说》，柳雪峰译，社会科学文献出版社1993年版，第120页。

③ 方广锠：《佛教典籍百问》，今日中国出版社1989年版，第177页。

④ 金得榥：《韩国宗教史》，柳雪峰译，社会科学文献出版社1992年版，第392页。

⑤ 黄建国、金初升主编：《中国所藏高丽古籍综录》，汉语大词典出版社1998年版，第110、114页。

⑥ 《中国大百科全书·宗教卷》，中国大百科全书出版社1988年版，第156页。

即以《高丽藏》为主要底本。由于《大正藏》有专门的索引，使用方便，印数多，容易查找，所以一般学者乐于参考引用。但对于文献学家和文献校勘工作者来说，还是直接参考《高丽藏》而不假借《大正藏》。如方广锠《佛教大藏经史》（八—十世纪）附录三《〈开元录·入藏录〉复原拟目》便以《高丽藏》为主要依据。① 我国20世纪80年代开始出版的《中华大藏经》（汉文部分）也以《高丽藏》为重要的校勘参考本。

三 《高丽藏》的文化交流意义

宗教经典本身已经具有文化载体的意义，其所承载的精神文化包括许多方面，如关于世界观、认识论和思维方式的哲学内涵，关于人生观、生活方式和人际关系的道德内涵，关于情感和审美的文学内涵等。作为韩国古代出版的一部汉文大藏经，《高丽藏》更具有特殊的文化内涵。就其在中韩两国古代文化交流史上的意义而言，《高丽藏》所承载的语言文字、交往关系、出版印刷等方面的文化信息尤其值得探讨。

从语言文字方面看，《高丽藏》是一部汉文大藏经。在高丽出版这样一部大藏经，说明不仅有文化的高僧有汉文修养，而且一般学佛者也识汉字、通汉文。进一步说，一般的接受者即广大民众，对汉字汉文也不能一窍不通。高丽有自己的语言，并且早已发明了“乡扎标记法”，即用汉字标记民族语言。但大部分文化人仍然习惯使用汉文。这部《高丽藏》不但收集了用汉文翻译的印度佛经，收集了中国高僧撰写的佛经章疏和论著，而且收集了许多本国僧人的佛教撰述。这种对汉文的普遍接受和广泛使用，就是汉文化圈形成的标志。有学者认为汉文化圈是以汉字为载体的，甚至直接称为“汉字文化圈”。② 文化圈是文化传播学派的重要理论范畴，由德国学者格雷布纳于1905年在《大洋洲的文化圈和文化层》一书中首先提出，在文化学界产生了深远的影响。我们所说的“文化圈”与格雷布纳的“文化圈”含义不尽相同。我们认为，由于一个强大的文

① 方广锠：《佛教大藏经史》（八—十世纪），中国社会科学出版社1991年版，第415—510页。

② 参阅陈玉龙等《汉文化论纲——兼述中朝中日中越文化交流》，北京大学出版社1993年版，第2—5页。

化中心的形成，对周围地区产生强大的辐射力，出现文化扩散现象，距离中心愈近，文化影响愈大，距离中心愈远，这种影响愈小，从而形成一个具有许多相似性的比较大的文化区域，这个文化区域便是我们所说的文化圈。汉文化圈亦称东亚文化圈，是东方三大文化圈、世界四大文化圈之一，是以汉文化为中心，由汉民族与周边的韩国、日本、越南、蒙古以及中国境内的边疆少数民族文化之间的互动而形成的。当然，汉文化圈或东亚文化圈不是简单的“汉字”文化圈，而是有更深广的文化内涵。以《高丽藏》为代表的汉文大藏经的出现及其在东亚地区的广泛传播，说明汉化佛教成为东亚地区的主要意识形态之一，因此可以看作东亚文化圈最终形成的一个标志。

从交往关系方面看，可以说《高丽藏》是中韩两国古代文化交流的产物，因为韩国的《高丽藏》直接脱胎于中国的《开宝藏》和《契丹藏》。据史料记载，宋《开宝藏》刻成后，曾于端拱二年（989 年）、淳化二年（991 年）、乾兴元年（1022 年）、元丰六年（1083 年）先后四次以官方途径传入高丽。辽《契丹藏》于辽兴宗时期（1031—1054 年）刻成后，曾于清宁九年（1063 年）、寿昌五年（1099 年）、乾统七年（1107 年）先后三次以官方途径传入高丽。[①] 另外还有民间的传播途径。《高丽藏》的修订增补也与中原文化有一定的联系，如义天在中国游历学习所收集的典籍成为《高丽续藏经》的主要内容之一。然而《高丽藏》又不完全是中国版大藏经的翻版，而是有自己的创造、加工和补充。这是文化交流中一种非常普遍而且非常典型的接受与变异现象。这说明，文化圈的形成不是单向的文化中心向边缘的辐射与扩散，文化中心与边缘的互动关系，也是文化圈形成的重要条件。这种互动关系主要表现在以下几个方面：一是文化传播中的主动拿来。在文化圈的形成过程中，单纯的把文化送去是不够的，因为对于接受者来说，“送”意味着接受的被动性和强制性。而被动性和强制性带来的往往是文化的冲突和抵制，不利于文化的传播。相反，积极主动的接受会进一步促进文化的传播，是文化圈形成的有利机制。主动的拿来是需要相当大的勇气和见识的，所以在文化传播中显得更为可贵。韩国古代对中国文化的接受是以自己拿来为主。史料记载高丽曾经多次派人到宋求购书籍。由于当时宋与辽为敌，书籍中常有涉及边

① 顾吉辰：《宋代佛教史稿》，中州古籍出版社 1993 年版，第 148—150 页。

防和国家机密的内容，所以1027年宋朝廷下了限制书籍出境的诏令。起初该令只针对契丹，高丽不受限制，但由于苏轼等大臣上书谏阻，恐高丽所购之书为契丹所用，宋朝廷对高丽购书也有了限制。如《续资治通鉴长编》卷362记载，1085年“高丽进奉命使人乞收买《大藏经》一藏、《华严经》一部，从之。又乞买刑法文书，不许”①。高丽使者从官方途径得不到的书籍，就从书商手中购买。② 其追求知识的执着精神可见一斑。二是文化接受的变异与改造。《高丽藏》虽然源于中国，但又不完全是中国版大藏经的翻版，而是有自己的创造、加工和补充。这种变异和改造不仅在文化接受中非常普遍，而且能够体现接受者的民族文化个性，这对于研究人类文化的传播规律和民族文化的发展规律都具有重要的理论意义和实践意义。三是文化传播中的反馈作用，即边缘对中心的影响。《高丽藏》在这方面体现得比较明显，自古至今，《高丽藏》曾多次回流中国，产生了比较大的影响。

从出版印刷的角度看，大藏经的刻印促进了两国印刷技术的发展。古代中国和韩国是世界上印刷技术最发达的两个国家。史料记载中国是最早发明雕版和活字印刷术的国家，而韩国是现今发现世界最早的雕版印书的国家，也是世界上最早使用金属活字印书的国家。③ 而两国印刷术的发展与佛经的传播有着非常直接的关系。因为佛教重视经典的流通，将抄写、传播、流通佛经视为一大功德。由于佛教盛行，佛徒和信众对佛经和佛像的需求量很大，手工抄写和描画供不应求，而这些佛经佛像又是千篇一律的，最适合批量印刷，雕版印刷便应运而生。隋朝时（公元593年）朝廷曾敕令用雕版印制佛像和佛经，这是雕版印刷发明的最早记载。④ 中国的唐宋和韩国的新罗、高丽都是佛教昌盛的时代，产生《开宝藏》和

---

① 转引自蒋非非、王小甫等《中韩关系史》，社会科学文献出版社1998年版，第209页。另参阅杨渭生《宋丽关系史研究》，杭州大学出版社1997年版，第288页。

② 参阅蒋非非、王小甫等《中韩关系史》，第209—210页；杨渭生《宋丽关系史研究》，第288—289页。

③ 在韩国庆州佛国寺发现的《天垢净光大陀罗尼经》是现存最早的雕版印书，但对其产地有不同看法，有中国初唐说和韩国新罗说。参见黄建国、金初升主编《中国所藏高丽古籍综录·前言》，第3页。

④ 王鸿生：《中国历史中的技术与科学（从远古到1990）》，中国人民大学出版社1991年版，第106页。

《高丽藏》这样的雕版大藏经不是偶然的，两国印刷技术的发达也不是偶然的。《开宝藏》和《高丽藏》的出现，既是两国佛教史上的大事，也是两国印书史上的大事，其间的互相影响是显而易见的，其深刻的渊源和奇妙的因缘在文化交流史中具有重要意义。

主要参考书目

（中文以著者姓氏拼音字母为序，译著以原著者国别排列，外文以著者姓氏字母为序）

曹顺庆：《中西比较诗学》，北京出版社 1988 年版；《中外比较文论史》（上古时期），山东教育出版社 1998 年版。

曹顺庆主编：《东方文论选》，四川人民出版社 1996 年版；《世界文学发展比较史》，北京师范大学出版社 2001 年版。

曹顺庆等：《中外文学跨文化比较》，北京师范大学出版社 2000 年版。

陈东原：《中国妇女生活史》，上海书店 1984 年版。

陈峰君主编：《印度社会论述》，中国社会科学出版社 1991 年版。

陈跃红：《比较诗学导论》，北京大学出版社 2005 年版。

陈玉龙等：《汉文化论纲——兼述中朝中日中越文化交流》，北京大学出版社 1993 年版。

杜继文主编：《佛教史》，中国社会科学出版社 1991 年版。

葛兆光：《七世纪前中国的知识、思想与信仰世界》，复旦大学出版社 1998 年版。

郭绍虞主编：《中国历代文论选》，上海古籍出版社 1979—1980 年版。

何乃英主编：《东方文学概论》，中国人民大学出版社 1999 年版。

侯传文：《东方文化通论》，山东教育出版社 2002 年版；《佛经的文学性解读》，中华书局 2004 年版。

胡适：《白话文学史》，百花文艺出版社 2002 年版。

黄宝生：《印度古典诗学》，北京大学出版社 1993 年版。

黄宝生编著：《梵语文学读本》，中国社会科学出版社 2010 年版。

黄霖、韩同文选注：《中国历代小说论著选》，江西人民出版社 1990

年版。

黄心川：《印度哲学史》，商务印书馆 1989 年版。

季羡林：《中印文化关系史论文集》，生活·读书·新知三联书店 1982 年版；《中印文化交流史》，新华出版社 1991 年版；《比较文学与民间文学》，北京大学出版社 1991 年版；《季羡林学术论著自选集》，北京师范学院出版社 1991 年版；《季羡林文集》，江西教育出版社 1995 年版。

季羡林主编：《印度古代文学史》，北京大学出版社 1991 年版；《简明东方文学史》，北京大学出版社 1987 年版；《东方文学史》，吉林教育出版社 1995 年版；《东方文学作品选》，湖南人民出版社 1986 年版。

季羡林、刘安武编：《印度两大史诗评论汇编》，中国社会科学出版社 1984 年版。

季羡林、刘安武选编：《印度古代诗选》，漓江出版社 1987 年版。

季羡林、张光璘编选：《东西文化议论集》，经济日报出版社 1997 年版。

金克木：《梵语文学史》，人民文学出版社 1980 年版；《印度文化论集》，中国社会科学出版社 1983 年版；《比较文化论集》，生活·读书·新知三联书店 1984 年版。

金宜久主编：《伊斯兰教史》，中国社会科学出版社 1990 年版。

李琛编译：《古巴比伦神话》，湖南少年儿童出版社 1989 年版。

李达三、罗钢主编：《中外比较文学的里程碑》，人民文学出版社 1997 年版。

李泽厚、刘纲纪主编：《中国美学史》第一、二卷，中国社会科学出版社 1984、1987 年版。

梁立基、何乃英主编：《外国文学简编》（亚非部分），中国人民大学出版社 2004 年版。

刘安武：《印度印地语文学史》，人民文学出版社 1987 年版；《印度两大史诗研究》，北京大学出版社 2001 年版。

吕元明：《日本文学史》，吉林人民出版社 1987 年版。

马美信：《宋元戏曲史疏证》，复旦大学出版社 2004 年版。

孟昭毅：《东方戏剧美学》，经济日报出版社 1997 年版；《东方文学交流史》，天津人民出版社 2001 年版。

纳忠等：《传承与交融：阿拉伯文化》，浙江人民出版社 1993 年版。

牛枝慧编：《东方艺术美学》，国际文化出版公司 1990 年版。
邱紫华：《东方美学史》，商务印书馆 2003 年版。
饶宗颐：《饶宗颐东方学论集》，汕头大学出版社 1999 年版。
任厚奎、罗中枢主编：《东方哲学概论》，四川大学出版社 1991 年版。
《十三经注疏》，浙江古籍出版社 1998 年版。
孙绍先：《女性主义文学》，辽宁大学出版社 1987 年版。
陶阳、钟秀编：《中国神话》，上海文艺出版社 1990 年版。
王重民等编：《敦煌变文集》，人民文学出版社 1984 年版。
王国维：《人间词话》，山西古籍出版社 2001 年版。
王燕编：《东方神话》，河南文艺出版社 1998 年版。
魏善浩：《东方神话概观》，湖南文艺出版社 1998 年版。
韦旭升：《朝鲜文学史》，北京大学出版社 1986 年版。
伍蠡甫、胡经之主编：《西方文艺理论名著选编》，北京大学出版社 1985—1987 年版。
杨义：《中国古典小说史论》，人民出版社 1998 年版。
姚鹏等编：《东方思想宝库》，中国广播电视出版社 1990 年版。
叶舒宪：《中国神话哲学》，中国社会科学出版社 1992 年版。
叶舒宪选编：《神话——原型批评》，陕西师范大学出版社 1987 年版。
叶维廉：《比较诗学》，台湾东大图书公司 1983 年版；《道家美学与西方文化》，北京大学出版社 2002 年版；《叶维廉文集》，安徽教育出版社 2002 年版。
叶渭渠：《日本文学思潮史》，经济日报出版社 1997 年版。
叶渭渠、唐月梅：《日本文学史》，昆仑出版社 2003 年版。
伊宏：《阿拉伯文学简史》，海南出版社 1993 年版。
游国恩等主编：《中国文学史》，人民文学出版社 1979 年版。
乐黛云：《比较文学原理》，湖南文艺出版社 1988 年版。
乐黛云、陈珏编选：《北美中国古典文学研究名家十年文选》，江苏人民出版社 1996 年版。
郁龙余：《中国印度文学比较》，中国社会科学出版社 2001 年版。
郁龙余等：《梵典与华章——印度作家与中国文化》，宁夏人民出版社 2004 年版；《中国印度诗学比较》，昆仑出版社 2006 年版。
郁龙余、孟昭毅主编：《东方文学史》，北京大学出版社 2001 年版。

郁龙余编选:《中印文学关系源流》,湖南文艺出版社 1987 年版。
张鸿年:《波斯文学史》,北京大学出版社 1993 年版。
张鸿年编选:《波斯古代诗选》,人民文学出版社 1995 年版。
张萍:《日本的婚姻与家庭》,中国妇女出版社 1984 年版。
赵明主编:《先秦大文学史》,吉林大学出版社 1993 年版;《两汉大文学史》,吉林大学出版社 1998 年版。
郑振铎:《插图本中国文学史》,人民文学出版社 1957 年版;《中国俗文学史》,上海书店 1984 年版。
《中国大百科全书·外国文学卷》,中国大百科全书出版社 1982 年版。
中华大藏经编辑局编:《中华大藏经》(汉文部分),中华书局 1984—1995 年版。
仲跻昆:《阿拉伯文学通史》,译林出版社 2010 年版。
周绍良主编:《敦煌文学作品选》,中华书局 1987 年版。
朱东润主编:《中国历代文学作品选》,上海古籍出版社 1979 年版。
朱光潜:《西方美学史》,人民文学出版社 1979 年版;《诗论》,安徽教育出版社 1997 年版;《悲剧心理学》,人民文学出版社 1983 年版。
朱维铮:《走出中世纪》,上海人民出版社 1987 年版。
朱维之主编:《希伯来文化》,浙江人民出版社 1988 年版。
朱维之、雷石榆、梁立基主编:《外国文学简编》(亚非部分),中国人民大学出版社 1983 年版。
[阿拉伯]《古兰经》,马坚译,中国社会科学出版社 1996 年版。
[埃及]艾哈迈德·爱敏:《阿拉伯——伊斯兰文化史》(1—8 册),纳忠译,商务印书馆 1982—1999 年版。
[德]汉尼希、朱威烈等:《人类早期文明的木乃伊——古埃及文化求实》,浙江人民出版社 1988 年版。
[德]黑格尔:《美学》,朱光潜译,商务印书馆 1995 年版。
[德]马克思:《资本论》,郭大力、王亚南译,人民出版社 1966 年版。
[德]马克思、恩格斯:《马克思恩格斯选集》,人民出版社 1972 年版。
[德]W. 施密特:《原始宗教与神话》,上海文艺出版社 1987 年版。
[俄]M·ф·奥夫相尼科夫:《中近东美学》,王家瑛译,中国人民大学出版社 1992 年版。
[韩]赵润济:《韩国文学史》,张琏瑰译,社会科学文献出版社 1998

年版。
［美］艾德华·麦克诺尔·伯恩斯、菲利普·李·拉尔夫：《世界文明史》，罗经国等译，商务印书馆 1987 年版。
［美］贝拉：《德川宗教：现代日本的文化渊源》，王晓山、戴茸译，生活·读书·新知三联书店 1998 年版。
［美］鲁思·本尼迪克特：《菊花与刀》，孙志民等译，浙江人民出版社 1988 年版。
［美］维尔·杜伦：《东方的文明》，李一平等译，青海人民出版社 1998 年版。
［美］塞·诺·克雷默等：《世界古代神话》，魏庆征译，华夏出版社 1989 年版。
［美］勒兰德·莱肯：《圣经文学》，徐钟等译，春风文艺出版社 1988 年版。
［美］厄尔·迈纳：《比较诗学》，王宇根等译，中央编译出版社 2004 年版。
［美］麦克斯·缪勒：《宗教的起源与发展》，金泽译，上海人民出版社 1989 年版。
［美］蒲安迪：《中国叙事学》，北京大学出版社 1996 年版。
［美］希提：《阿拉伯简史》，马坚译，商务印书馆 1973 年版。
［美］夏志清：《中国古典小说史论》，胡益民等译，江西人民出版社 2001 年版。
［日］富士谷笃子主编：《女性学入门》，张萍译，中国妇女出版社 1986 年版。
［日］今道友信：《东方的美学》，蒋寅等译，生活·读书·新知三联书店 1991 年版；《美的相位与艺术》，周浙平、王永丽译，中国文联出版公司 1988 年版。
［日］西乡信纲：《日本文学史》，佩珊译，人民文学出版社 1978 年版。
［日］永田广志：《日本哲学思想史》，陈应年等译，商务印书馆 1978 年版。
［希伯来］《新旧约全书》，中国基督教协会、中国基督教三自爱国运动委员会 1988 年版。
［希腊］亚里斯多德：《诗学》，罗念生译，人民文学出版社 1984 年版。

［印］A. L. 巴沙姆主编：《印度文化史》，闵光沛等译，商务印书馆 1997 年版。

［印］《奥义书》，黄宝生译，商务印书馆 2010 年版。

［印］《梵语诗学论著汇编》，黄宝生译，昆仑出版社 2008 年版。

［印］R. C. 马宗达等：《高级印度史》，张澍霖等译，商务印书馆 1986 年版。

［印］《摩奴法论》，蒋忠新译，中国社会科学出版社 1986 年版。

［印］萨拉夫：《印度社会》，商务印书馆 1977 年版。

［印］泰戈尔：《泰戈尔全集》，刘安武、倪培耕、白开元主编，河北教育出版社 2000 年版。

［英］詹·乔·弗雷泽：《金枝》，徐育新等译，中国民间文艺出版社 1987 年版。

［英］汉密尔顿·阿·基本：《阿拉伯文学简史》，陆孝修、姚俊德译，人民文学出版社 1980 年版。

［英］伯纳·路易：《历史上的阿拉伯人》，马肇春、马贤译，中国社会科学出版社 1979 年版。

［英］A. A. 麦唐纳：《印度文化史》，龙章译，上海文化出版社 1984 年版。

［英］汤因比：《历史研究》，曹未风等译，上海人民出版社 1966 年版。

Aruna Goel. *Environment and Ancient Sanskrit Literature*. Deep and Deep Publications Pvt. Ltd. New Delhi, 2003.

Devy, G. N. *After Amnesia: Tradition and Change in Indian Litery Criticism*. Bombay: Orient Longmans, 1992.

Griffith, Ralph, T. H. *Poetry and Poetical Rhetorics in Indian Literature*. New Delhi: Asian Publication Services, 1985.

Krishnamoorthy, K. *Studies in Indian Aesthetics and Criticism*. Mysore, India, 1979.

Ranchor Prime. *Hinduism and Ecology: Seeds of Truth*. Delhi, Motilal Banarsidass Publishers Privete Limited, 1996.

Navaratna S. Rajaram and David Frawley. *Vedic Aryans and Origins of Civilization*. New Delhi: Voice of India, 1997.

Rhys - davids, T. W. *Buddhism: Its History and Literature*. London: Literature at University College, 1896.

Tagore, R. *Personality*. London: Macmilan, 1917.

Tagore, R. *The Religion of an Artist*. Calcutta: Visva – Bharati Bookshop, 1953.

Tagore, R. *Lectures and Addresses*. Slected by A. x. Soares, Madras: Macmilan India Limited, 1988.

Weber, Albrech. *The history of Indian literature*. London: Routledge, 2002.

Winternitz, Maurice. *A history of Indian literature*, Delhi: Mitalpub, Banarsidass publishers private limited, 1999.